Sylter Sterne

Sabine

Sarah Mundt

Sylter Sterne

Roman

tolino media

tolino books

1. Auflage 2016
Dieser Titel ist auch als eBook erschienen.

Albrechtstraße 14
80636 München
www.tolino-media.de
Lektorat: Redaktionsbüro Julia Feldbaum, Augsburg
Korrektorat: Redaktionsbüro Diana Napolitano, Augsburg
Umschlaggestaltung: medialike / Florian Flunger, Bozen, unter Verwendung der Bilder „Möwen am Sandstrand" von Visions-AD (fotolia), „Neuer Strandkorb hochkant" von Superhasi (fotolia), „Weststrand bei List auf Sylt" von Benno Hoff (fotolia), „Seestern" von studiosasper (istock)
Druck und Bindung: Weltbild GmbH & Co. KG, Augsburg
Printed in Germany
ISBN 978-3-7393-4663-2

Kapitel 1

Kathi schabte mit einem Teigspatel die letzte Sahne aus der Rührschüssel, verteilte sie gleichmäßig auf dem fertigen Apfelkuchen und stäubte ein wenig Zimt darüber. Kritisch betrachtete sie ihre Arbeit und nickte schließlich zufrieden.

»So, das wäre das letzte Blech für heute, Gott sei Dank!«, seufzte sie. »Jetzt noch schnell aufräumen und saubermachen, und dann nichts wie raus hier, ehe die Köche kommen!«

Neele, die ihr gegenüber am Tisch stand und die Backbleche abtrocknete, sah auf und nickte. »Marten hat vorgestern schon wieder Ärger gemacht, als er nicht sofort an den Backofen konnte. Wenn seine Schicht beginnt, sollen wir hier gefälligst verschwunden sein, hat er gesagt. Und das nicht sehr freundlich.«

Kathi verdrehte die Augen. »Der liebe Herr Küchenchef soll sich mal nicht so aufblasen! Immerhin haben wir die Erlaubnis vom Chef. Wir können hier backen, solange die Küche in Gesas Haus umgebaut wird. Und das weiß Marten ganz genau.«

»Er meinte, Hauke würde das sicher nicht zulassen. Der Platz in der Küche sei sowieso schon so knapp, dass sie sich alle im Weg stehen würden. Und immerhin sei Hauke der richtige Chef und nicht der alte Herr Frerichs.«

Kathi schluckte die Bemerkung herunter, die ihr schon auf der Zunge lag. Neele war ihre Mitarbeiterin, und da machte es sich nicht gut, wenn sie allzu vertraulich über derartige Dinge mit ihr sprach.

Seit vier Wochen kamen Neele und sie frühmorgens in die Kate, eines der führenden Gourmetrestaurants auf Sylt, um die tägliche Lieferung an Sylter Wolken für ihre Stammkundschaft herzustellen. Inzwischen lief das Geschäft ausgesprochen gut, und Kathi wäre aufgeschmissen gewesen, wenn Renke Frerichs, der Seniorchef des Restaurants, ihr nicht den Vorschlag gemacht hätte, in die *Kate* auszuweichen, solange das Haus ihrer Großmutter Gesa zum Café umgebaut wurde.

Neele war jetzt seit sechs Wochen fest bei ihr angestellt. Renke hatte sie empfohlen. Ihre Eltern waren ehemalige Nachbarn, und er kannte Neele, seit sie ein kleines Kind war. Nach der Konditorlehre hatte sie in einem Sylter Betrieb gearbeitet und war kurz vor ihrer Meisterprüfung gestanden, als sie von jetzt auf gleich entlassen wurde. Nicht, weil sie schlechte Arbeit geleistet hatte, eher im Gegenteil. Renke vermutete, dass ihr Vorgesetzter wohl Angst vor der heranwachsenden Konkurrenz gehabt und sie beim Besitzer der Konditorei angeschwärzt habe. Außerdem musste ihr ehemaliger Chef irgendwelche Horrorgeschichten über sie in die Welt gesetzt haben, denn trotz der vielen Bewerbungen bekam Neele nur Absagen.

Nach Gesas Unfall in der Küche, bei dem sie schwere Verbrennungen erlitten hatte, hatte Neele zunächst bei Kathi als Aushilfe angefangen. Aber nach Rücksprache mit ihrer Großmutter und Renke, der als stiller Teilhaber und Geldgeber in Kathis Kuchenvertrieb eingestiegen war, hatte Kathi ihr eine feste Stelle angeboten und dies bisher keine Sekunde bereut.

Neele war zwar still und zurückhaltend, aber sie sah die anfallende Arbeit und erledigte sie zuverlässig und ohne großes Aufheben. Die zwei jungen Frauen hatten schnell Hand in Hand gearbeitet und waren inzwischen ein eingespieltes Team. Auch deshalb fiel es Kathi schwer, in ihr nur eine Mitarbeiterin zu sehen.

»Sag mal, Neele, könntest du mir einen Gefallen tun?«, fragte Kathi. »Kannst du heute ausnahmsweise die Auslieferung übernehmen? Oder hast du noch was vor?«

Neele zog die hellblonden Augenbrauen hoch. »Nein, ich hab nichts vor. Wenn du mir die Adressen aufschreibst, kann ich das gern übernehmen.«

»Ich weiß ja, dass das eigentlich nicht deine Aufgabe ist«, meinte Kathi ein wenig verlegen. »Aber ich bin schon verdammt spät dran.«

»Ist wirklich kein Problem.« Neele schob das letzte Backblech in den Ofen zurück, schloss die Klappe und wischte mit dem Handtuch noch einmal über die Stahloberfläche.

Kathi nahm einen Block vom Regal und notierte eilig die beiden Adressen. »Beim Hotel *Krone* musst du dir unbedingt vom Küchenchef den Lieferschein unterschreiben lassen. Da hat es mal Ärger gegeben, weil die angeblich nichts geliefert bekommen haben.«

Neele nickte. »Ja, den kenn ich. Das passt zu ihm.« Sie lächelte.

Was für ein Jammer, dass Neele nichts aus sich macht, dachte Kathi. Mal ein paar nette Klamotten, nicht nur immer beulige Jeans und verschossene T-Shirts, und vielleicht ein wenig Wimperntusche, um die kornblumenblauen Augen zu betonen – dann wäre Neele richtig attraktiv.

»Hier«, sagte Kathi und drückte Neele den Zettel in die Hand. »Und du schreibst bitte die Überstunden fürs Ausliefern auf.«

»Das ist wirklich nicht nötig, Kathi. Das ist ja kein großer Umweg für mich.«

»Nein, damit fangen wir gar nicht erst an. Das ist ganz klar deine Arbeitszeit.« Sie warf einen kurzen Blick auf die Wanduhr. »Halb vier schon! Jetzt muss ich mich aber wirklich beeilen, sonst wird das heute nichts mehr mit meiner Überraschung für Björn.«

»Hat er Geburtstag?«, fragte Neele.

»Nein, das nicht, aber wir sind heute seit zwei Monaten zusammen, und da hab ich ein Candle-Light-Dinner in den Dünen geplant. Ganz romantisch mit allem Drum und Dran!«

»Oh!«, war alles, was Neele dazu sagte.

»Kann ich dich mit dem Rest jetzt hier allein lassen? Ich muss noch ein bisschen was einkaufen und vorbereiten. Und bei der Baustelle wollte ich auch noch vorbeischauen.«

»Ja, sicher, ich räum schnell zu Ende auf, dann fahr ich die *Wolken* aus. Wie gesagt, kein Problem!«

»Neele, du bist ein Schatz!« Am liebsten hätte Kathi Neele umarmt, so wie ihre Freundin Maja das immer bei ihr gemacht hatte. Aber sie ging davon aus, dass dies der zurückhaltenden Neele nicht recht gewesen wäre. So beschränkte sie sich darauf, Neele kurz über den Arm zu streichen. »Morgen reicht es aber, wenn wir erst um halb neun mit der Arbeit anfangen. Es stehen nur sechs Bleche an. Bis dann und danke!«

Neele grinste. »Nun fahr schon los! Nicht, dass das Dünen-Dinner noch ausfällt.«

Kathi nickte ihr zu, bevor sie zum Hinterausgang der *Kate* lief und in Gesas alten Golf stieg. Wenige Sekunden später fuhr sie in Richtung List.

Der Einkauf im Supermarkt war schnell erledigt. Obst, frisches Brot, eine gute Flasche Wein, verschiedene Sorten Käse und eine Auswahl an italienischen Vorspeisen, die Björn so liebte. Sie hätte sicherlich auch in der *Kate* etwas bekommen können, aber weder ihr noch Björn stand der Sinn nach abgehobenen Gourmet-Köstlichkeiten.

Sie verstaute ihre Einkäufe im Kofferraum und fuhr weiter zur Baustelle, wie sie Gesas Haus inzwischen nur noch nannte.

Zwei Monate herrschte hier nun bereits ein heilloses Durcheinander. Eigentlich hätten die Arbeiten schon eine Woche zuvor abgeschlossen sein sollen, aber bislang war noch kein Ende in Sicht. Der Bauleiter, Jochen Hinrichs, hatte ihr schon zu Beginn der Arbeiten prophezeit, dass man sich bei einer so umfangreichen Altbausanierung auf alles einstellen müsse. Neben zwei maroden Dachbalken, die ersetzt werden mussten, stellte sich schnell heraus, dass eine Innenwand, die abgerissen werden sollte, tragend war und durch Stahlträger ersetzt werden musste.

Zum Glück war das Reetdach, das bei einem Frühlingssturm im März schwer beschädigt worden war, inzwischen an der Wetterseite komplett erneuert worden, und die Küche war so weit hergerichtet, dass in der kommenden Woche die Profigeräte eingebaut werden konnten. Damit hätte zumindest das Provisorium in der *Kate* ein Ende.

Die blau gestrichene Haustür stand sperrangelweit offen, Kathi betätigte den Türklopfer und rief ein lautes »Hallo« in den Flur. Hinrichs streckte den Kopf aus der ehemaligen Wohnzimmertür und lächelte, als er sie erkannte.

»Ach, hallo, Frau Adrians«, sagte er und wischte sich die Hand an seiner Arbeitshose ab, ehe er sie Kathi reichte. »Ich hatte schon fast gedacht, heute kontrolliert keiner mehr, ob wir auch alles richtig machen.«

Es klang freundlich, aber so ganz konnte Hinrichs den säuerlichen Unterton nicht verbergen. Ihm behagte es offenbar gar nicht, dass jeden Tag Kathi oder Renke Frerichs den Handwerkern auf die Finger sahen.

»Und, wie geht es voran?«, fragte Kathi, ohne auf seine spitze Bemerkung einzugehen.

»Ich kann nicht klagen! Wenn erst mal Dienstag im Gastraum die neuen Fenster drin sind, können die Maler rein. Dann muss nur noch im Obergeschoss die Wohnung gemacht werden, aber Herr Frerichs sagte ja, das sei nicht ganz so eilig.«

»Na ja, eilig ist es schon. Meine Großmutter kommt in knapp zwei Wochen aus der Kur zurück. Bis dahin sollte alles fertig sein.«

»Ist es auch. Es sei denn …«

Kathi zog die Augenbrauen hoch. »Es sei denn, was?«

»Na ja, man weiß ja nie, was so alles dazwischenkommen kann. Schon gar nicht bei einem alten Haus, an dem ewig nichts gemacht wurde.«

Kathi widerstand der Versuchung, die Augen zu rollen. Diese Litanei kannte sie schon zur Genüge. Wenn sich etwas verzögerte, war nie der Bautrupp daran schuld, sondern immer nur das alte Haus, an dem ewig nichts gemacht worden war. Heute hatte sie weder Zeit noch Lust, sich mit dem Bauleiter zu streiten.

»Wenn Sie so weit im Plan liegen, ist doch alles in Ordnung. Morgen komme ich mit Herrn Frerichs vorbei, der kennt sich sowieso mit diesen Sachen besser aus als ich. Eigentlich bin ich heute auch nur da, um etwas vom Dachboden zu holen.« Damit ließ sie den verblüfften

Bauleiter stehen und lief, immer zwei Stufen auf einmal nehmend, die Treppe hinauf. Oben angekommen, zog sie die Bodenluke auf und schaltete das Licht ein.

Vorsichtig kletterte sie die schmale Stiege hinauf und sah sich um. Auf dem Dachboden war sie seit Ewigkeiten nicht mehr gewesen, aber hier musste es irgendwo sein. Gebückt tastete sie sich bis zur hintersten Ecke vor und fand schließlich im Schein der Taschenlampe ihres Handys, was sie gesucht hatte. Da lag es, ihr altes Zweipersonenzelt, in dem sie als Jugendliche immer in Gesas Garten kampiert hatte. Sie schnupperte vorsichtig daran, aber das Zelt roch nicht muffig oder gar nach Schimmel. Offenbar hatte es die letzten zehn Jahre unbeschadet überstanden. Auch die Isomatten waren noch da.

Gut gelaunt trug Kathi alles nach unten, verabschiedete sich kurz von Herrn Hinrichs und verstaute das Zelt in ihrem Kofferraum. Ehe sie losfuhr, schlich sie näher an das Nachbarhaus heran. Hier befand sich die Tierarztpraxis, in der Björn arbeitete. Sie erkannte den Mercedes-Geländewagen, mit dem er seine Hausbesuche erledigte.

Auf dem Hof standen nur noch wenige Autos. Vermutlich war die Sprechstunde bald vorbei, und er würde nach Hause kommen. Sie sollte wirklich zusehen, dass sie die letzten Vorbereitungen für heute Abend traf, sonst würde ihre Überraschung ins Wasser fallen.

Eilig lief sie zum Golf zurück und fuhr die kurze Strecke zu Björns Haus auf der anderen Seite der Siedlung. Eigentlich Annemaries und Björns Haus, korrigierte sie sich, als sie auf die Haustür zulief, die Einkaufstüten in der einen Hand, das Zelt und die Isomatten unter den anderen Arm geklemmt. Der professionell angelegte Garten, der Fußweg aus Natursteinen, die geschnitzte Haustür unter dem tiefgezogenen Reetdach, alles wie einem Hochglanzmagazin entsprungen. Es war deutlich zu sehen, womit Björns Frau ihre Zeit zugebracht hatte.

Kathi fummelte den Schlüssel aus ihrer Tasche und öffnete die Haustür. Laut maunzend kam Walter, ihr schwarz-weiß gefleckter Kater, aus der offenen Küchentür geschossen, strich um ihre Knöchel und ließ sich schließlich vor ihr auf den Boden fallen. Aus großen Augen sah er flehend zu ihr hoch.

»Na, du Schauspieler?«, rief Kathi lachend. »Möchtest du mir sagen, dass du dringend gefüttert werden musst?« Als Antwort ließ der Kater ein lang gezogenes »Miau!« hören. »Ist ja auch schon Ewigkeiten her, dass Björn hier war und dich gefüttert hat, was? Na, dann komm mal mit, du Schlawiner.«

Immer noch lachend schüttelte Kathi den Kopf und ging, gefolgt von Walter, in die Küche. Begeistert machte er sich über das Futter her. Kathi ging neben ihm in die Hocke und streichelte sein weiches Fell.

»Du hast dich bestimmt gelangweilt, so ganz allein hier«, murmelte sie. »Nicht einmal nach draußen in den Garten darfst du. Ist aber ja nicht mehr lange, nur noch ein paar Tage.«

Björn hatte gemeint, man müsse Katzen bei einem Ortswechsel mindestens sechs Wochen lang im Haus halten, damit sie sich an die neue Umgebung gewöhnten. Erst dann sollten sie wieder Freigang bekommen. Sie hatten auch schon darüber gesprochen, im Tierheim einen Katzenkumpel für den sichtlich gelangweilten Walter zu suchen.

Kathi kraulte den Kater, der sich inzwischen auch den letzten Krümel einverleibt hatte, zwischen den Ohren und stand auf.

Der Picknickkorb war schnell gepackt, das Zelt und die Matten verstaute sie zusammen mit den beiden Mumienschlafsäcken in Björns großem Rucksack. Gerade als sie beides im Flur abgestellt hatte, hörte sie den Schlüssel im Schloss, und Björn öffnete die Tür.

»Was für ein Tag!«, seufzte er und stellte seine Tasche auf den Boden. »Ich bin völlig platt. Das Einzige, was mich aufrecht gehalten hat, war das hier.«

Er zog Kathi in seine Arme und küsste sie. »Hallo, Liebes!«, flüsterte er, seine Stirn an ihrer. »Ich hab dich vermisst.«

»Und ich dich erst!«, erwiderte sie und küsste ihn zärtlich.

Walter, der aus der Küche gekommen war, strich um ihre Beine und schnurrte. Björn löste sich aus Kathis Umarmung, bückte sich und streichelte dem Kater über den Rücken.

»Ja, dich hab ich natürlich auch vermisst«, sagte er lachend. Er schaute zu Kathi hoch. »Weißt du was? Wir fahren in die *Bootshalle*, essen da was und machen uns einen faulen Abend zu Hause. Ich hab heute überhaupt keine Lust, zu kochen.«

»Die *Bootshalle*? Was meinst du, wie voll es da ist. Da müssen wir ewig warten, bis wir einen Tisch bekommen. Ich hab eine bessere Idee. Und keine Sorge, vom Kochdienst bist du heute befreit. Lass dich überraschen! Wir haben schließlich was zu feiern.«

Björn richtete sich auf, und seine braunen Augen sahen sie fragend an. »Haben wir das?«

Kathi legte ihre Arme um seinen Hals und nickte. »Haben wir. Einundsechzig Tage oder genau zwei Monate. Die glücklichsten zwei Monate meines Lebens.«

Björn zog sie ganz fest in seine Arme. »Ja, mir geht es genauso. Und eigentlich kann ich es noch immer nicht wirklich glauben. Die Zeit ist wie im Flug vergangen.«

»Also, raus mit der Sprache: Steht dir der Sinn nach einer kleinen Überraschungsfeier, oder willst du doch lieber faul zu Hause auf dem Sofa liegen?«

»Was hast du denn vor?«

»Wäre es eine Überraschung, wenn ich das verraten würde?«

Björn lachte. »Nein, natürlich nicht. Also gut, ich bin dabei.«

Kathi gab ihm einen flüchtigen Kuss. »Wunderbar. Und zu Hause hocken, können wir immer noch, wenn wir alt und grau sind.« Sie deutete auf die Garderobe. »Ich nehme den Picknickkorb, du den Rucksack, und los geht's. Und du, mein Walter, passt gut auf das Haus auf.«

Sie fuhren zur Lister Westerheide, stellten den alten Golf in der Feriensiedlung ab und liefen auf dem Weg durch die Heide auf den Strand zu. Für einen Hochsommertag war es tagsüber ziemlich windig gewesen und schon von Weitem hörten sie die Brandung. Die Sonne stand bereits tief und färbte den Himmel in sattem Orangerot.

Hand in Hand kletterten sie zu den Dünen hinauf, doch als Björn weiter zum Strand hinuntergehen wollte, hielt Kathi ihn auf.

»Nein, wir gehen hier lang«, sagte sie und deutete auf die Dünen zu ihrer Linken. »Wir müssen uns noch ein Stück vom Weg entfernen. So ganz legal ist meine Überraschung allerdings nicht, deshalb sollten wir uns lieber nicht erwischen lassen.«

Björn warf ihr einen überraschten Blick zu, sagte jedoch nichts.

Nach ungefähr fünfhundert Metern quer durch die Dünen blieb Kathi stehen und schaute sich um. Sie und Björn befanden sich in einer flachen Sandkuhle, die vom Strand aus nicht einsehbar war.

»Ich glaube, diese Stelle ist gut«, sagte Kathi. Inzwischen war die Sonne im Meer versunken, und im samtenen Blau des Himmels tauchten die ersten Sterne auf.

Kathi nahm Björn den Rucksack ab, zog eine Decke und die Isomatten heraus und breitete sie auf dem immer noch sonnenwarmen Sand aus. Nachdem sie ein paar mitgebrachte Windlichter entzündet und den Picknickkorb geöffnet hatte, setzte sie sich und zog Björn neben sich.

»Du musst doch zugeben, dass es hier schöner ist als in der überfüllten *Bootshalle* voller Touristen«, sagte sie lächelnd. »Und heute Nacht gehört der ganze Himmel uns. Ich hab zwar für den Notfall noch ein Zelt dabei, aber so mild, wie es jetzt ist, können wir auch unter den Sternen schlafen.«

Im flackernden Schein der Kerzen sah sie ihn lächeln.

»Kathi, eine wirklich tolle Idee.« Er beugte sich zu ihr hinüber und küsste sie zärtlich.

»Und weißt du, was das Beste ist?«, flüsterte Kathi, als sich ihre Lippen wieder voneinander gelöst hatten. Seine Finger streichelten zart über ihren Nacken und den Rücken hinunter.

»Nun?«, flüsterte er ihr ins Ohr, ehe sein Mund die empfindliche Stelle an ihrem Hals fand.

»Wir haben Anfang August. Die Perseiden. Oder Sternschnuppensommer, wie mein Großvater das nannte. Immer um den elften August herum gibt es massenhaft Sternschnuppen. Da habe ich mit ihm im Garten oder in den Dünen gesessen und Ausschau gehalten, und bei jeder Sternschnuppe, die ich gesehen habe, hab ich mir was gewünscht.«

»Wir haben noch gar nicht den Elften«, murmelte Björn, den Kopf noch immer in ihrer Halsbeuge.

»Stimmt. Aber auch vorher sind schon welche zu sehen. Vielleicht haben wir ja Glück.«

»Noch mehr Glück, als ich sowieso schon habe?«

Damit zog er sie an sich und küsste sie leidenschaftlich. Kathi vergaß Strand, Himmel, Sternschnuppen und alles andere um sich herum.

Eine gefühlte Ewigkeit später lagen sie eng aneinandergeschmiegt auf den offenen Schlafsäcken, aßen, tranken Wein und betrachteten den Himmel, der so klar war, dass zwischen den funkelnden Sternen das helle Band der Milchstraße zu sehen war.

»Ist dir kalt? Sollen wir das Zelt aufbauen?«, fragte Björn irgendwann.

»Nein, gar nicht. Und ich will doch die Sternschnuppen nicht verpassen!«

Björn hauchte Kathi einen Kuss auf die Stirn. »Du bist hoffnungslos romantisch«, sagte er. Die Windlichter waren inzwischen heruntergebrannt, und Kathi konnte wegen der Dunkelheit nur erahnen, dass Björn lächelte.

»Du bist der Erste, der das über mich sagt.«

»Das kann ich mir kaum vorstellen.«

»Doch, es ist so! Vielleicht, weil du der Erste bist, bei dem ich nicht immerzu die Vernünftige sein muss. Bei dir kann ich einfach ich sein.«

»Ich liebe dich, Kathi.«

Sie musste lächeln. »Ich dich auch.« Sie küsste ihn und fühlte, wie sich seine Arme ganz fest um sie schlangen.

»Und du bist nach langer Zeit die Erste, mit der ich mir wirklich vorstellen könnte, Kinder zu haben«, flüsterte er in ihr Ohr.

Einen Moment lang verschlug es ihr die Sprache. Vor Glück machte ihr Herz einen Satz, und sie musste tief Luft holen. Sie schmiegte sich an ihn und streichelte über seine Wange.

»Am liebsten ein kleines Mädchen, das genauso aussieht wie du.«

»Und wenn ich lieber einen Jungen hätte?«

Kathi hörte ihn leise lachen. »Dann werden wir wohl oder übel zwei Kinder bekommen müssen. Ein Mädchen für mich und einen Jungen für dich.«

Kathi schwieg und genoss die Wärme seiner Umarmung. »Du meinst es wirklich ernst?«, fragte sie schließlich.

»Sogar sehr ernst. Vielleicht noch nicht sofort, aber allzu lange möchte ich auch nicht mehr warten.«

»Ja, wir haben ja noch Zeit. Zuerst muss das Café richtig laufen. Und deine Scheidung sollte auch durch sein.«

»Ja, das wäre vernünftig.« Er küsste sie auf die Wange. »Aber wer will in einer solch schönen Nacht schon vernünftig sein!«

In diesem Moment schoss ein heller Lichtstreifen am Himmel entlang.

»Eine Sternschnuppe!«, rief Kathi. »Hast du sie gesehen?«

»Ja.«

»Und? Hast du dir etwas gewünscht?«

Björn lachte leise. »Natürlich. Aber was, darf ich doch nicht verraten, sonst wird es nicht wahr. Und das wäre jammerschade.«

»Stimmt.«

In Gedanken formulierte Kathi ihren Wunsch noch einmal, während sie den Blick fest auf das funkelnde Sternenzelt richtete.

Ich wünsche mir, dass wir immer so glücklich bleiben wie an diesem Abend, dachte sie. *Und einen kleinen Jungen mit dunklen Augen und braunen Locken*, fügte sie hinzu, in der Hoffnung, dass eine Sternschnuppe auch zwei Wünsche tragen konnte.

Mit einem nie gekannten Gefühl von Geborgenheit fielen ihr die Augen zu.

Es dauerte eine Weile, bis sie das Klingeln nicht mehr mit dem alten *Bakelit*-Telefon ihrer Großeltern verband, sondern es als Björns Handyklingelton identifizierte. Sie rieb sich die Augen und richtete sich auf. Über den Dünenrändern hellte der Himmel zur Insel hin allmählich auf. Spätestens in einer Stunde würde die Sonne aufgehen.

Björn saß neben ihr und suchte in seiner Jacke nach dem Handy. »Schuster«, meldete er sich verschlafen.

Aus dem Hörer konnte Kathi eine aufgeregte Frauenstimme hören.

»Was ist los?«, fragte er verwirrt. »Nun mal ganz langsam und der Reihe nach, Mama! Was genau ist passiert?«

Eine Weile lauschte Björn der Stimme. Er atmete schwer. Kathi hörte es aus dem Telefon gellen, ohne ein einziges Wort zu verstehen. Nur gelegentlich gab Björn ein leises »Ja« oder »Verstehe« von sich. Kathi sah ihn fragend an, aber er winkte ab und wich ihrem Blick aus. Er wirkte wie versteinert.

»Ja. Natürlich komm ich sofort«, sagte er schließlich. »Gar keine Frage. Ich muss nur noch ein paar Sachen packen, dann mach ich mich auf den Weg. Wenn ich den ersten Autoshuttle erwische, bin ich am frühen Nachmittag bei euch.«

Wieder eine kurze Pause. »Jetzt bleib bitte ganz ruhig, Mama, ich werde mich um alles kümmern. Ja … ja, sicher. Das besprechen wir alles später ganz in Ruhe, wenn ich da bin. Am besten, du legst dich jetzt noch etwas hin und versuchst, ein wenig Schlaf zu finden. Und pass gut auf Papa auf! Dass er seine Medikamente regelmäßig nimmt! Das ist ganz wichtig. Gerade jetzt, hörst du? Bis später, Mama.«

Er nahm das Telefon vom Ohr und beendete den Anruf. Tief holte er Luft und ließ sie mit einem Seufzen wieder entweichen.

Kathi legte ihm die Hand auf den Arm. »Was ist denn los, Björn? Du bist ja kalkweiß.«

Er hob den Blick und sah Kathi in die Augen.

»Das war meine Mutter am Telefon. Mein Bruder und seine Frau hatten einen schweren Autounfall. Renate war auf der Stelle tot, Christoph liegt auf der Intensivstation. Schweres Schädelhirntrauma. Man weiß noch nicht, ob er durchkommt. Und wenn, dann …« Seine Stimme wurde rau. Er brach ab und schüttelte den Kopf.

»Oh mein Gott! Wie furchtbar!«

Björn schluckte ein paar Mal, ehe er mit seiner Erklärung fortfuhr: »Meine Mutter hat mich gebeten, sofort zu kommen. Sie ist völlig durcheinander. Meine Schwestern hat sie schon angerufen, aber die können frühestens morgen oder übermorgen da sein. Ob Greta aus den USA rüberkommen kann, steht noch nicht fest.«

»Ja, natürlich fahren wir hin! Gar keine Frage!«

Er griff nach ihrer Hand, die noch immer auf seinem Arm lag, und drückte sie. »Kathi, sei mir nicht böse, aber es ist vermutlich besser, wenn ich allein fahre. Ich werde sicher ein paar Tage dableiben müssen, wenigstens bis nach der Beerdigung von Renate. So lange kannst du doch nicht einfach weg.«

Auch wenn sie wusste, dass Björn recht hatte, widerstrebte ihr der Gedanke, allein hierzubleiben. »Neele kommt bestimmt ein paar Tage ohne mich aus. Ich müsste nur …«

»Kathi, bitte. Mach dir doch nichts vor«, sagte er eindringlich. »Sie ist erst seit ein paar Wochen bei dir angestellt. Das kann sie nicht ohne deine Hilfe. Du weißt doch noch, wie du rotiert bist, als du allein mit all der Arbeit warst.«

»Ja, aber …«

»Nichts *aber*!«, unterbrach er sie. »Außerdem, solange Gesa noch in Kur ist, hast du auch niemanden, der sich um Walter kümmert. Wirklich, es ist besser, wenn du hierbleibst.«

Er beugte sich zu ihr, nahm ihr Gesicht in seine Hände und küsste sie zärtlich. »Ich komm schon klar!«, sagte er. Einen Moment lehnte er seine Stirn an ihre.

»Wenn du meinst …«, sagte sie, »… dann bleibe ich hier. Aber versprich mir, dass du mich jeden Tag anrufst.«

»Das werde ich, Ehrenwort. Jeden Abend.« Er warf einen Blick auf seine Armbanduhr. »Wenn ich den ersten Shuttle noch erwischen will, müssen wir jetzt wirklich aufbrechen.«

Kathi nickte, erhob sich und begann, ihre Sachen einzupacken. Noch einmal warf sie einen letzten wehmütigen Blick auf die flache Sandkuhle, in der sie die Nacht verbracht hatten. Ein kühler Wind wehte von See her, zerzauste Kathi die Haare und ließ sie frösteln.

Björn trat von hinten an sie heran, legte seine Arme um ihre Taille und küsste sie lange und zärtlich auf den Nacken.

»Danke für die wunderschöne Nacht«, sagte er leise.

Kapitel 2

»Brems doch! Warum bremst du denn nicht?«, schrie Kathi, riss die Arme hoch und hielt sie schützend über den Kopf.

Aus den Augenwinkeln sah sie, dass Björn mit aller Kraft auf die Bremse trat, doch der Wagen verlangsamte sich nicht.

»Es geht nicht!« Björns Stimme klang panisch. »Halt dich fest. Ich fahre ins Feld.«

Er schaltete einen Gang herunter, der Motor heulte auf. Gleich darauf lenkte Björn das schlingernde Fahrzeug von der Straße in ein Maisfeld. Die reifen Maiskolben schlugen wie dicke Hagelkörner gegen die Fensterscheibe, während der Wagen durch die hoch aufragenden Stängel mähte, über denen Kathi undeutlich Baumkronen aufragen sah.

»Pass auf!«, schrie sie und deutete mit der Hand nach vorne. »Da sind Bäume!«

»Mist!« Björn riss das Steuer herum. Der Wagen schwankte hin und her und neigte sich bedrohlich zur Seite. Plötzlich kippte der schwere Koloss aufs Dach, schleuderte zurück auf die Räder, um gleich darauf noch eine Drehung zu vollziehen.

Kathi wurde herumgewirbelt und schlug hart auf. Sie lag auf den Dielen vor dem Sofa und hielt sich die schmerzende Schulter. Walter sprang vom Sessel, lief zu ihr und drückte ihr schnurrend den Kopf an die Wange. Mühsam rappelte Kathi sich auf und streichelte den Kater.

»Schon gut, Walter, es ist nichts passiert. Ich muss noch mal eingeschlafen sein«, sagte sie.

Sie angelte ihr Handy vom Wohnzimmertisch und erschrak. *Mist, ich komme mindestens eine halbe Stunde zu spät*, dachte sie ärgerlich und lief ins Bad.

Wenige Minuten später kämmte sie die handtuchfeuchten Haare zurück und band sie zu einem Pferdeschwanz zusammen.

Neele würde bestimmt nicht auf sie warten. Kathi hatte zwar gesagt, es könne etwas später werden, aber Neele würde sicher schon mit den ersten Kuchen fertig sein, ehe Kathi in der *Kate* eintraf.

Aus dem Bad zurück kontrollierte sie erneut das Handy. Björn hatte sich immer noch nicht gemeldet. Wenn die Straßen frei waren, sollte er bald bei seinen Eltern sein, die in einem Dorf am Niederrhein lebten. Möglicherweise würde er auch gleich nach Düsseldorf zu seinem Bruder ins Universitätsklinikum weiterfahren und sich dort mit seinen Eltern treffen.

Walter sah Kathi misstrauisch zu, während sie das Handy in ihrer Hosentasche verstaute.

»Du hast ein wirklich feines Gespür für Katastrophen«, meinte Kathi und kraulte ihn unter dem Kinn. »Ich muss leider gleich wieder los, mein Kleiner. Keine Angst, dein Futter habe ich doch noch nie vergessen.«

Als Kathi am Haus ihrer Großmutter vorbeifuhr, fiel ihr Blick auf das Nachbarhaus, die Tierarztpraxis von Martin Piper, dem Noch-Schwiegervater von Björn. Ihr fiel ein, dass sie Björn versprochen hatte, Dr. Piper Bescheid zu geben, dass Björn für ein paar Tage ausfallen würde. Einen Augenblick war sie versucht, weiterzufahren und später in der Praxis anzurufen, aber dann setzte sie kurz entschlossen den Blinker und fuhr auf den Parkplatz. Auf die paar Minuten kam es jetzt auch nicht mehr an, und es wäre sicher besser, wenn sie persönlich mit Dr. Piper sprach, statt nur die Sprechstundenhilfe am Telefon zu informieren.

Eigentlich waren Björn und Dr. Piper mehr Freunde als Kollegen, doch Björns Trennung von Martin Pipers Tochter Annemarie hatte die Beziehung zwischen den beiden Männern auf eine ziemlich harte Probe gestellt. Dr. Piper war zwischen beiden Seiten hin- und hergerissen, aber im Moment herrschte eine Art Waffenstillstand, auch weil er hautnah miterlebt hatte, wie seine Tochter mit Björn umgesprungen war.

Kathi lief am leeren Wartezimmer vorbei auf den Empfangstresen zu.

»Guten Morgen, Gabi«, sagte sie zu der Sprechstundenhilfe hinter dem Tresen. »Hat Dr. Piper gerade Patienten?«

»Guten Morgen«, erwiderte die Angesprochene freundlich. »Nein, ist noch ganz ruhig heute. Geh doch durch, du kennst ja den Weg.«

Sie zeigte mit der Hand in Richtung des zweiten Büros. Kathi klopfte an und trat in den Raum.

»Hallo, Dr. Piper«, begrüßte sie den alten Herrn, der hinter seinem Schreibtisch saß.

»Guten Tag, Kathi«, antwortete er. »Einen kleinen Augenblick noch. Ich bin sofort fertig.« Er drückte den Enterknopf auf der Tastatur, dann bewegte er die Maus und klickte ein paar Mal.

»So, jetzt aber.« Er erhob sich, kam auf Kathi zu und gab ihr die Hand. »Was kann ich für dich tun?«, fragte er lächelnd.

»Björn hat mich gebeten, ihn für ein paar Tage abzumelden. Sein Bruder hatte einen Autounfall und liegt im Koma. Björn ist heute in aller Herrgottsfrühe zu ihm gefahren.«

»Ach, du meine Güte«, sagte Dr. Piper. »Klingt nach einem schweren Unfall.«

Kathi nickte. »Genaues weiß ich selbst noch nicht. Nur, dass Björns Schwägerin dabei ums Leben gekommen ist und sein Bruder auf der Intensivstation liegt. Seine Eltern haben ihn gebeten, sich um alles zu kümmern.«

»Ja, das ist klar. Familie geht vor«, sagte Dr. Piper und stutzte bei seinen eigenen Worten. »Eigentlich wollte ich ein paar Tage wegfahren, aber dann muss ich wohl notgedrungen hierbleiben.«

»Tut mir leid. Björn wird Sie sicher noch anrufen.«

»Schon gut, Kathi. Grüß ihn von mir, und sag ihm, dass er sich keine Sorgen machen soll. Ich komm hier schon zurecht.«

Kathi verabschiedete sich schnell und verließ die Praxis.

Dr. Piper kannte sie schon seit ihrer Kindheit, aber in den letzten zwei Monaten begegnete er ihr mit Vorsicht. Er wusste zwar, dass Kathi nicht der Grund war, weshalb die Ehe seiner Tochter gescheitert war, trotzdem schien eine unsichtbare Mauer zwischen ihnen zu existieren. Kathi konnte gut nachempfinden, wie Dr. Piper sich fühlen und was für eine Überwindung es ihn gekostet haben musste, Björn weiter in der Praxis zu beschäftigen. Aber letztlich hatte die Freundschaft zwischen ihm und Björn die Oberhand behalten. Annemarie war seit Ende Juni nicht mehr auf der Insel und, soweit Kathi gehört hatte, unterwegs auf einer Weltreise mit ihrem, wie Björn ihn abfällig nannte, *Millionärssöhnchen.*

»Moin, moin«, sagte Neele augenzwinkernd, als Kathi die Küche der *Kate* betrat. »Ist wohl spät geworden, die Nacht unter den Sternen.«

»Guten Morgen, Neele. Entschuldige, dass ich erst jetzt komme. Meine Herren, du warst aber schon fleißig.« Kathi ließ ihren Blick über die vier fertigen Bleche gleiten.

»Man tut, was man kann!«, sagte Neele und grinste. »Und? Ist die Überraschung gelungen?«

»Ja, es war wirklich traumhaft.« Kathi lächelte. »Bis auf das abrupte Ende …«, fügte sie hinzu und bereute sofort, davon angefangen zu haben.

»Was war denn?«, fragte Neele. »Dicke Luft bei euch?«

»Nein, das nicht. Aber Björn bekam einen Anruf. Sein Bruder hatte einen Unfall, und er ist sofort los zu seinen Eltern ins Rheinland.«

»Oh je. Schlimm?«

Kathi überlegte, ob sie Neele einweihen sollte, entschied sich aber dagegen. Neele war ihre Mitarbeiterin, und ob es Björn recht wäre, wenn sie schon jetzt darüber redete, wusste sie auch nicht.

»Ich weiß noch nichts Genaues. Auf jeden Fall mehr als ein Blechschaden.«

»Verstehe«, sagte Neele. »Sag Bescheid, wenn ich helfen kann.«

Kathi nickte. »Mach ich, Neele. Jetzt aber an die Arbeit. Ich die Äpfel, du den Teig?«

Drei Stunden später waren die *Sylter Wolken* fertig für den Transport. Neele half Kathi beim Verstauen im Kofferraum des Golfs. Schon Wochen zuvor hatte sich Kathi eine Art Haltesystem beim Schlosser anfertigen lassen, in dem sie bis zu zehn Bleche transportieren konnte. Zusätzlich hatte ihr die Werkstatt eine Art Klimaanlage für den Kofferraum eingebaut.

»So. Fertig für heute«, sagte Neele und schaute in den hellblauen Sommerhimmel. »Ab an den Strand.«

»Auf der Suche nach einem einsamen Millionär?«, fragte Kathi grinsend.

Neele lachte. »Quatsch! Die haben kein Interesse an einer Bäckersfrau mit kräftigen Oberarmen.«

»… im bequemen Schlabberlook?«, ergänzte Kathi.

Neele sah an sich hinab. »Hauptsache, es kneift nirgends!«, sagte sie in ihrer trockenen Art. »Ich bin nun mal kein Modepüppchen.«

Kathi trat einen Schritt zurück und betrachtete Neele von oben bis unten. »Sich hin und wieder ein bisschen zurechtzumachen, hat doch nichts mit Modepüppchen zu tun. Ich kenne da eine kleine Boutique in Westerland. Gar nicht so teuer. Wenn du Lust hast, können wir mal zusammen losziehen.«

Neele rollte mit den Augen. »Nee, lass mal. Ist lieb gemeint, aber das ist nicht so mein Ding.« Sie hob die Hand zum Gruß und stieg auf ihr Rennrad. »Bis morgen in alter Frische.«

Kathi schaute ihr hinterher. Wie gerne würde sie Neele doch zu einem Einkaufsbummel überreden. Vielleicht würde sie es ja noch schaffen. Hin und wieder brauchte jeder Mensch einen kleinen Anstoß. Ihr war es nicht anders ergangen, als sie im Frühjahr aus Hamburg geflüchtet war. Damals hatte sie den Job verloren und ihren Langzeitfreund Till mit einer anderen im Bett erwischt. Hals über Kopf war sie zu ihrer Oma Gesa nach Sylt geflohen, ohne Plan, nur mit einem Koffer und Walter im Gepäck. Ihr Leben hatte von heute auf morgen eine Kehrtwendung gemacht, und heute war sie froh darüber. Neuer Job, neue Liebe und ihre Oma, die sie, wie ihr erst zu diesem Zeitpunkt so richtig aufgefallen war, schrecklich vermisst hatte.

Kathi stieg in den Golf und wollte gerade losfahren, als ihr Handy klingelte. Sie griff danach, sah Björns Nummer auf dem Display und nahm das Gespräch schnell an.

»Endlich«, sagte sie. »Bist du gut durchgekommen? Ich habe mir schon Sorgen gemacht. Die lange Fahrt und …«

»Alles in Ordnung, Kathi«, unterbrach Björn sie. »Ich bin in einem Rutsch durchgefahren und war danach mit meiner Mutter im Krankenhaus. Mit dem Oberarzt hab ich auch gerade gesprochen.«

»Und was sagt er?«, fragte Kathi. »Wie schwer ist dein Bruder denn verletzt? Muss er noch operiert werden? Wie stehen seine Chancen, wieder ganz gesund zu werden?«

»Nicht so viele Fragen auf einmal. Also … Im Moment können die Ärzte noch gar nichts Konkretes sagen. Christoph ist heute Nacht notoperiert worden, um die Gehirnblutungen in den Griff zu bekommen, danach hat man ihn ins künstliche Koma versetzt. Jetzt müssen wir abwarten. Wenn die Schwellungen in den nächsten Tagen zurückgehen, wollen sie versuchen, ihn langsam aufzuwecken. Erst dann kann man sehen, wie schlimm die Schäden wirklich sind.«

»Oh je. Das klingt aber nicht gut, oder?«, fragte Kathi leise.

»Ich weiß es wirklich nicht, Kathi. Ich versuche nachher noch einen Freund zu erreichen, der ist Neurologe in der Unfallklinik in Hamburg. Vielleicht kann der mir mehr sagen. Jetzt fahre ich erst einmal meine Mutter nach Hause. Sie muss dringend ein paar Stunden schlafen. Ihr geht es gar nicht gut.«

»Ja, das kann ich mir vorstellen. Soll ich nicht doch nachkommen? Ich könnte …«

»Das geht schon, Kathi. Ich komm klar.«

»Aber du klingst so müde. Versprichst du mir, sofort Bescheid zu geben, wenn du Hilfe brauchst?«

»Natürlich. Mach dir keine Sorgen. Ich rufe dich heute Abend an. Dann sehen wir weiter.«

»Ja, gut«, sagte Kathi, obwohl sie am liebsten sofort zu ihm gefahren wäre. »Ich denke an dich.«

»Ich liebe dich«, sagte Björn leise. »Bis heute Abend.«

Kathi hörte, wie die Leitung unterbrochen wurde, und blieb noch eine Weile mit dem Handy am Ohr stehen. Erst als jemand hinter ihr hupte, fuhr sie los.

Eine Stunde später hatte sie alle Bleche mit *Sylter Wolken* ausgeliefert und befand sich kurz vor List. Die Temperatur war inzwischen auf knapp dreißig Grad angestiegen, aber dank der frischen Brise, die vom Meer her wehte, fühlte es sich immer noch angenehm an.

Renke Frerichs wartete auf sie in Gesas Haus. Erst sein finanzielles Engagement hatte es überhaupt möglich gemacht, dass die alte Küche nach Vorgabe des Gesundheitsamtes umgebaut und gleichzeitig Gesas altes Reetdach-Haus zu einem Café umgestaltet werden konnte. Gesa und Renke kannten sich bereits seit ihrer Jugend und waren früher kurze Zeit ein Paar gewesen, bis sie durch unglückliche Umstände getrennt wurden. Später heirateten sie andere Partner, aber inzwischen waren sowohl Kathis Opa wie auch Renkes Frau verstorben. Ganz allmählich waren sich Gesa und Renke wieder nähergekommen und schienen jetzt eine gemeinsame Zukunft zu planen. Zwar hatte Gesa darauf bestanden, weiter eine kleine Wohnung in ihrem Haus zu behalten, trotzdem war sich Kathi sicher, dass sie insgeheim seit einigen Wochen mit dem Gedanken spielte, bei Renke einzuziehen. Aber Kathi wusste auch, wie sehr Gesas Herz an ihrem Elternhaus hing, in dem sie zeitlebens gewohnt hatte. *Einen alten Baum verpflanzt man nicht*, sagte sie gerne.

Als Kathi die Tür von Gesas Haus öffnete, kam ihr Renke Frerichs mit ausgestreckten Armen entgegen und zog sie kurz an sich.

»Hallo, Kathi. Wie geht es dir?«, fragte er lächelnd.

»Gut so weit«, antwortete Kathi.

Sie hatte Renke Frerichs in den letzten Wochen richtig ins Herz geschlossen, mit seiner offenen und fürsorglichen Art, sich um alles zu kümmern. Wenn sie ihn traf, fühlte sie sich immer ein klein wenig an ihren Großvater erinnert, an dem sie sehr gehangen hatte.

»Dann mal auf in den Kampf. Ich habe schon kurz mit Hinrichs gesprochen. Es scheint mal wieder Probleme zu geben. Leider! Diesmal mit der Wohnung oben.«

In diesem Moment kam auch schon der Bauleiter auf sie zu. Sein mürrischer Gesichtsausdruck sprach Bände, als er entschuldigend die Hände hob.

»Ich weiß, ich weiß. Sie erwarten Wunder von mir, aber ich bin nur ein ganz normaler, kleiner Handwerker und nicht *Superman*. Wenn wir jetzt nicht Nägel mit Köpfen machen, zerren Sie mich in ein paar Jahren vor Gericht.«

»Schon gut, Hinrichs«, sagte Renke in ruhigem Ton. »Erzählen Sie doch erst mal.«

»Was soll ich groß sagen? Holzbockkäfer! Mindestens ein Drittel der Balken ist befallen. Und bevor Sie fragen: Wir konnten das erst sehen, nachdem wir heute die Verkleidung abgemacht hatten.«

»Gibt es denn da keine Möglichkeit …?«, begann Kathi, wurde aber sofort von Hinrichs unterbrochen.

»Nein, keine Chance. Die Balken müssen raus, bevor wir überhaupt weitermachen können.«

»Kosten?«, fragte Renke nüchtern.

»Die Frage aller Fragen. Ich kann das nur schätzen, aber wir sollten mit Drei- bis Fünftausend hinkommen.«

»Gut«, sagte Renke. »Und unser Zeitplan?«

Hinrichs rollte mit den Augen. »Der ist natürlich nicht mehr einzuhalten.«

»Vorsicht!«, ertönte es hinter ihnen. Einer der Arbeiter stand mit einem langen Balken auf der Schulter im Flur. »Kann ich mal vorbei?«

Die drei traten zur Seite, um den Mann durchzulassen.

»Also, gut«, sagte Renke. »Nur ungefähr, bitte. Ich weiß, dass alles Mögliche passieren kann, aber so in etwa werden Sie doch abschätzen können, wie lange es dauern wird.«

»Ist schwierig«, brummte Hinrichs. »Zwei bis drei Wochen zusätzlich, denke ich. Aber nur, wenn keine weiteren bösen Überraschungen auf uns warten.«

Renke reichte ihm die Hand. »Sie machen das schon, Hinrichs. Ist ja nicht Ihr erster Bau. Legen Sie los, und dann sehen wir weiter.«

»Jo, ist in Ordnung!« Der Bauleiter tippte zum Abschied mit der Hand an seinen Helm und ging die Treppe hinauf.

Kathi atmete tief durch und lehnte sich mit dem Rücken an die Wand.

»Mist!«, fluchte sie. »Und was machen wir jetzt?«

»Es ist noch nicht aller Tage Abend«, antwortete Renke. »Erst mal ruhig Blut. Den Rest besprechen wir draußen.«

Kathi folgte ihm schweigend und dachte an Gesa, die fest damit rechnete, bei ihrer Rückkehr aus der Kur in die kleine Wohnung im oberen Stockwerk einzuziehen. Nur mit Renkes Hilfe hatte sie Gesa überhaupt von dem Plan überzeugen können, das alte Haus komplett zu sanieren und im Untergeschoss in Zukunft ein Café zu betreiben. Die Voraussetzungen für den Erfolg des Projekts waren zwar gegeben, da in unmittelbarer Nähe zu ihnen gerade eine große Feriensiedlung im Bau war. Aber die Kosten waren im Laufe des Umbaus immer weiter gestiegen.

Auf dem Hof blieb Renke stehen und wandte sich Kathi zu. »Hast du schon etwas zu Mittag gegessen?«

Kathi schüttelte den Kopf.

»Dann lass uns kurz nach List in die *Bootshalle* fahren und einen Happen zu uns nehmen.«

Kathi grinste. »Wenn das nicht unter deinem Niveau ist, gerne.«

Renke winkte ab. »Was hast du denn für eine Meinung von mir? Hin und wieder was Deftiges zwischen die Kiemen ist genau das Richtige für mich. Fährst du bei mir mit?«

Sie folgte ihm und stutzte, als sie den offenen Jeep sah. »Heute nicht mit der Luxuslimousine?«

»Hör mal, Deern. Dieses schöne Teil hab ich schon gefahren, als du noch im Kindergarten warst. Nix Servolenkung, ABS und der ganze Schnickschnack. In so einem Klassiker hat man Fahrspaß pur!«

Kathi öffnete die Tür und setzte sich neben ihn.

»Oma nennt es nur die *olle Kiste*«, meinte Kathi grinsend.

Renke verzog das Gesicht. »Die liebe Gesa werde ich auch noch von den Vorzügen meines Oldtimers überzeugen. Das ist nur eine Frage der Zeit.« Er hielt kurz inne und fügte mit Blick auf Kathi hinzu: »Die wir hoffentlich noch reichlich haben werden.«

Kathi legte die Hand auf seinen Oberarm. »Ganz sicher, Renke. Die Frauen in unserer Familie sind aus hartem Holz geschnitzt. Die werden alle über hundert.«

Renke startete den Jeep und fuhr, ohne zu antworten, in Richtung *Bootshalle*.

Eine halbe Stunde später saßen sie vor Rührei mit Krabben. Renke nahm eine Scheibe Schwarzbrot aus dem Korb, bestrich es mit Butter und legte obendrauf eine Schicht Ei.

»Herrlich«, schwärmte er. »Guten Appetit!«

Sie aßen eine Weile schweigend, bis Kathi fragte: »Was machen wir jetzt mit Oma, wenn die Wohnung nicht rechtzeitig fertig ist? So, wie ich sie kenne, wird sie kaum die Kur verlängern.«

»Auf der Straße wird sie schon nicht stehen müssen«, meinte Renke und trank einen Schluck Bier. »Immerhin habe ich ein großes Haus mit drei Schlafzimmern.«

»Und ich eine eigenwillige Oma«, erwiderte Kathi. »Du weißt doch genau, wie stur sie ist. Ganz so einfach wird das nicht.«

»Das ist mir doch auch klar, Kathi. Was meinst du, worüber ich die ganze Zeit nachdenke. Selbst …«, Renke zögerte einen Moment, ehe er fortfuhr, »… ja, selbst an einen Heiratsantrag habe ich schon gedacht.«

Kathi warf ihm einen verblüfften Blick zu.

Heirat? Damit hatte sie jetzt nicht gerechnet, und der Gedanke gab ihr einen kleinen Stich ins Herz. Ihr Großvater war zwar schon seit einigen Jahren tot, und sie hatte Renke sehr gern, trotzdem erschien ihr der Gedanke merkwürdig, dass jemand den Platz ihres Opas an Gesas Seite einnehmen könnte. In ihrer Vorstellung waren die beiden ein richtiges Traumpaar gewesen. Vielleicht lag das auch daran, dass ihre eigene Mutter sich so früh von ihrem Vater getrennt hatte. Kathi schluckte und wies das Unbehagen weit von sich. Sie würde die Letzte sein, die dem Glück ihrer Oma im Weg stand. Renke und Gesa gehörten zusammen, das war Kathi schon nach kurzer Zeit klar gewesen.

»Selbst wenn Oma es eigentlich will, wird sie es nicht zugeben«, sagte Kathi schließlich.

»Ja, Gesa ist manchmal eine komplizierte Person. Aber auch deshalb liebe ich sie.«

»Vielleicht …« Kathi brach ab und überlegte, wie sie ihren Vorschlag am besten formulieren sollte.

»Ja?«, fragte Renke interessiert.

»Du könntest sie doch im Schwarzwald abholen. Vielleicht nicht gerade mit dem Jeep«, fügte sie lächelnd hinzu. »Und wenn ihr dann zurückfahrt, lasst ihr euch einfach etwas Zeit, am besten zwei oder drei Tage. Dann ergibt sich bestimmt die Gelegenheit, mit ihr zu reden.«

Renke schmunzelte. »Du meinst, ich soll ihr den Gedanken, bei mir einzuziehen, langsam schmackhaft machen?«

»Sie überzeugen, meine ich. Die richtigen Argumente finden. Du bist doch nicht auf Mund gefallen, würde ich mal sagen.«

»Ja«, meinte Renke. »Da könntest du recht haben. Eigentlich eine gute Idee, aber ich weiß nicht, ob ich drei Tage weg kann. Das Restaurant macht ziemlich viel Stress im Moment. So allmählich hab ich das Gefühl, mir wächst die Arbeit über den Kopf. Und wenn ich das richtig einschätze, lag das eine oder andere schon vorher im Argen. Sei froh, dass du so eine tolle Mitarbeiterin gefunden hast.«

»Ja, Neele ist wirklich ein Schatz. Aber sag mal: Wollte Hauke nicht eigentlich längst zurück sein?«

»Eigentlich! Das Wort kann ich nicht mehr hören. Er hat es mir mindestens viermal zugesagt. Und kurz vorher kam dann immer wieder die Absage. Mal ist dies, mal ist das! Ihm scheint sein Restaurant vollkommen egal zu sein.«

Kathi sah ihn erstaunt an.

»Das glaube ich nicht. Hauke war immer mit Herzblut bei der Sache. Soll ich … Ich meine, ich könnte Maja anrufen und mit ihr sprechen.«

Kathi dachte an Maja und Hauke, die im Moment beide auf den Malediven waren. Sie hatte Maja, die jetzt wieder als Tauchlehrerin auf dem Inselstaat arbeitete, im Frühjahr in der *Kate* kennengelernt. Nach der Flucht aus Hamburg hatte Kathi dort einen Job als Servicekraft gefunden. Maja, die damals als Serviceleiterin angestellt gewesen war, hatte sie unter ihre Fittiche genommen. Später waren sie Freundinnen geworden, und als Maja und Hauke sich ineinander verliebten, war er Maja Hals über Kopf auf die Malediven gefolgt, als es sie wieder in die Ferne zog. Seit er weg war, hatte sein Vater Renke ersatzweise die Leitung des Gourmet-Restaurants übernommen.

»Wenn du meinst, dass das hilft? Vielleicht kannst du ihm ja klarmachen, wie dringend er hier gebraucht wird.« Renke Frerichs zog die rechte Augenbraue hoch. »Ich habe da, ehrlich gesagt, nur wenig Hoffnung.«

»Hast du ihm klipp und klar gesagt, wie die Lage ist?«

Renke trank den letzten Schluck Bier aus seinem Glas.

»Das klingt so einfach bei dir: gesagt! Was soll ich ihm sagen? Dass ich den Laden nicht im Griff habe? Dass mir so langsam die Leute auf der Nase rumtanzen?«

»Warum nicht?«, fragte Kathi. »Mit Ehrlichkeit kommt man im Leben am weitesten. Also, ich spreche mit den beiden, und dann bist du am Zug.«

Kathi schob den Teller von sich.

»Bin ich satt!«, sagte sie. »Vielen Dank für die Einladung. Wenn Gesa heute Abend anruft, versuche ich schon mal, vorzufühlen. Vielleicht verlängert sie ja doch die Kur, und wir machen uns hier ganz unnötig Gedanken. Und wenn nicht, tritt halt Plan B in Kraft. Soll ich dir schon mal ein paar Hotels heraussuchen? Es könnte doch eine kleine Gourmet-Recherchereise werden. Gucken, was die Konkurrenz so macht.«

»Kathi, Kathi. Du hast es wirklich faustdick hinter den Ohren. Hat dir das schon mal jemand gesagt?«

Kathi grinste, zwinkerte ihm zu und antwortete: »Nein, ich glaube nicht.«

Kapitel 3

Kathi klappte ihren Laptop auf. In zehn Minuten war sie mit Maja zu einem Videochat über *Skype* verabredet.

Mit Gesa hatte sie bereits telefoniert, als sie nach Hause gekommen war. Wie Kathi schon vermutet hatte, weigerte sich Gesa strikt, auch nur über eine Kurverlängerung nachzudenken. Im Grunde genommen, so sagte sie, wisse sie nicht, was sie überhaupt in dieser schrecklichen Landschaft mit den vielen dunklen Bäumen solle. Erholen könne sie sich besser zu Hause, und von dem Gerede der anderen Kurgäste werde sie noch ganz trübsinnig. Kur sei etwas für Leute, die gern krank seien, aber doch nichts für eine *Inseldeern* wie sie. Kathi lachte über die Formulierung, ahnte aber insgeheim, dass Gesa schrecklich Sehnsucht nach ihrer geliebten Insel und der Nordsee hatte. Sie versicherte ihr, dass sie vollkommen problemlos mit der Arbeit fertig werden würde und der Umbau des Hauses auf einem guten Wege sei.

Der Laptop gab einen Klingelton von sich, das Zeichen, dass Maja versuchte, sie zu erreichen. Kathi setzte sich schnell vor das Gerät und klickte auf den grünen Button. Nach ein paar Sekunden hatte sich die Verbindung aufgebaut, und Maja erschien auf dem Bildschirm.

»Hey, junge Frau«, sagte Maja und winkte dabei fröhlich in die Kamera. »Alles gut bei dir?«

Kathi grinste. »Guten Abend, Maja. Oder sollte ich lieber *Gute Nacht* sagen?«

»Kein Problem. Wir schlafen morgens immer etwas länger. Wie spät ist es bei dir?«

Kathi sah auf die Uhr des Laptops. »Kurz vor fünf Uhr nachmittags.«

»Erzähl doch mal! Was macht das große Projekt? Café-Besitzerin auf Sylt. Ich kann es immer noch nicht fassen.«

»Läuft alles. Aber ohne Renke würde ich hier untergehen. Er ist mir eine große Hilfe. In ein paar Wochen wollen wir aufmachen.«

»Wow! So weit seid ihr schon? Gratuliere! Das ist sicher alles wahnsinnig spannend, oder?«

»Ja«, erwiderte Kathi. »Schon …«

Maja verschwand für einen Moment aus dem Bereich der Kamera.

»Bin noch da«, hörte Kathi ihre Stimme etwas leiser, bevor Majas Gesicht wieder auf dem Bildschirm auftauchte. »Hauke ist hundemüde. Ich habe ihm gerade einen Gutenachtkuss gegeben. Ich soll dich von ihm grüßen.«

»Danke und Gruß zurück. Wie geht es ihm denn?«, fragte Kathi.

»Fantastisch geht's ihm. Er ist verliebt bis über beide Ohren.« Sie grinste. »Gelegentlich hat er Sehnsucht nach seinem biederen Deutschland, aber er hält sich tapfer. Er bekocht mich und die Bande hier und ist damit natürlich der Hahn im Korb. Manchmal muss ich den Kolleginnen richtig auf die Finger gucken. Sonst ist alles prima! Wirklich, Kathi, uns geht's saugut. Wir haben schon herumgesponnen, dass Hauke hier ein Lokal aufmachen könnte. Wenn nur sein blödes Heimweh nach der Insel nicht wäre. Könnt ihr Sylter Fischköpfe nicht auch anderswo glücklich werden?«

»Das ist schwierig!«, sagte Kathi lachend und wurde dann schlagartig ernst. Konnte sie es übers Herz bringen, Maja darauf anzusprechen, dass Hauke nach Sylt zurückkommen musste? Wenigstens vorübergehend war es nötig. Die *Kate* war Haukes Restaurant, und er hatte seinem Vater die Arbeit lange genug aufgebürdet. Und obendrein war da noch die Scheidung von seiner Frau zu regeln.

»Hier ist es wirklich wie im Paradies. Das Wetter wird von Tag zu Tag besser, und ich habe schon die erste Tauchgruppe durch die Korallengärten geführt. Die Leute waren total begeistert. Es ist so unglaublich schön hier, du solltest das unbedingt mal mit eigenen Augen sehen. Also, wann kommst du? Den Tauchkurs gibt's natürlich gratis von mir dazu! Und wenn jetzt bald der Südwest-Monsun einsetzt, wird das Meer auch ruhiger, und die Kunden werden uns die Bude einrennen.«

Kathi räusperte sich. »Maja, sag mal …«

»Ja? Was ist denn los mit dir? Sonst druckst du doch auch nicht so rum. Raus mit der Sprache.«

»Hauke – ich meine, die *Kate* –, klar, Renke versucht, ihn zu ersetzen, aber wenn ich ganz ehrlich bin, so einfach ist das für ihn nicht.«

Maja schwieg.

»Du kennst doch Marten. Wenn der keine klaren Ansagen bekommt, wird er schnell größenwahnsinnig. Und wenn es in der Küche hakt …«

»Nun sag schon, was wirklich los ist«, unterbrach Maja sie.

Kathi begann, zu sprechen. Darüber, dass sie Renke jetzt schon eine Weile beobachtete und Angst hatte, dass er sich übernehmen könnte. Sie erzählte von dem Gespräch am Vormittag und ihren Eindrücken aus der *Kate*.

»Ich fürchte, lange geht das nicht mehr gut!«, beendete sie ihren Bericht. »Ihm wächst das von Tag zu Tag mehr über den Kopf. Er gibt das nicht wirklich zu, aber …«

»Ich verstehe«, sagte Maja leise. »Irgendwie habe ich das schon geahnt. Ich habe ja lange genug in dem Laden gearbeitet.« Sie seufzte. »Warum kann das Leben nicht einmal so funktionieren, wie man es sich wünscht? Nur ein einziges Mal?«

»Tut mir leid, Maja. Aber sollte ich das verschweigen? Hauke muss doch wissen, wie die Lage wirklich ist. Wenn Renke zusammenbricht, hat niemand etwas davon. Er ist schließlich sein Vater.«

»Du hast ja recht«, antwortete Maja und verschwand aus dem Bereich der Laptop-Kamera. Kathi hörte ein leises Schniefen. »Bin gleich wieder da«, rief sie. »Ich brauche was zu trinken.«

Wenige Sekunden später tauchte sie mit einem Glas in der Hand wieder auf.

»Land unter. Sagt man das nicht so bei euch an der Küste?«, fragte sie mit einem gezwungenen Lächeln. Ihre Augen schwammen in Tränen. Kathis Magen zog sich vor Mitleid zusammen, und sie überlegte verzweifelt, wie sie ihrer Freundin helfen konnte.

»Sag mal, könnt ihr nicht einfach für ein paar Wochen hier vorbeischauen. So richtig hat deine Saison doch noch nicht begonnen.«

»Ach, Liebes, wenn das so einfach wäre! Ich kann hier wirklich unmöglich weg. Eine meiner Kolleginnen ist krank geworden und musste zurück nach Deutschland, eine andere hat familiäre Probleme, was am Schluss aufs Gleiche hinausläuft. Ich stehe hier im Wort. Auf der anderen Seite … Hauke könnte natürlich kommen.« Maja wischte sich mit einer schnellen Handbewegung die Tränen aus dem Gesicht, bevor sie fortfuhr. »Ich rede morgen mit ihm, versprochen. Keine Ahnung, wie das alles gehen soll, aber irgendwas muss passieren.«

»Das ist lieb, Maja.«

»Quatsch! Das fällt in Haukes Verantwortung, und davor kann er nicht davonlaufen.« Maja schien einen Moment sehr nachdenklich, ehe sie sich mit einem Ruck aufsetzte und lächelte. »Und jetzt erzähl mal, wie es mit deinem Mr. Right läuft. Immer noch so schwer verliebt?«

Eine halbe Stunde später klappte Kathi ihren Laptop zu und ließ sich rücklings aufs Sofa fallen. Walter, der sich während des Gesprächs von ihr hatte kraulen lassen, sprang erschrocken auf den Boden.

Ihre Hand glitt über das samtweiche Sofaleder. Ein Designerstück aus Italien, hatte Björn ihr einmal abfällig erklärt. Das ganze Haus wäre voll mit dem Mist, den er lieber heute als morgen als Sperrmüll an die Straße stellen würde. Kathi hatte nichts dazu gesagt, obwohl es ihr genauso ging.

Alles im Haus erinnerte an Björns Noch-immer-Ehefrau Annemarie. Sie hatte es eingerichtet, die Fliesen und Tapeten ausgesucht, die Möbel gekauft. Alles teuer und edel, doch es wirkte so tot wie eine Anzeige aus einer Wohnzeitschrift. Schön anzusehen, aber nichts, um sich darin wohlzufühlen. Nichts davon entsprach Kathis Stil und schon gar nicht der Preisklasse, in der sie bisher Möbel gekauft hatte. Sie fühlte sich fremd in diesem Haus.

War sie zu früh zu Björn gezogen? Als der Umbau von Gesas Haus angestanden hatte, schien es die einfachste Lösung. Aber Kathi wusste nur zu gut, dass die einfachsten Lösungen nicht unbedingt immer die besten waren. Annemarie war so präsent in diesem Haus, dass es manchmal wehtat. Ganz besonders fiel ihr das im Schlafzimmer auf. In diesem ausladenden Bett hatten Annemarie und Björn all die Jahre geschlafen, hatten sich geliebt, gestritten und wieder versöhnt. Manchmal hatte Kathi das Gefühl, noch Annemaries Parfüm zu riechen, ja, sogar ihr aufgesetztes Lachen oder eine giftige Bemerkung zu hören. Zumindest die Kopfkissen und Decken hatte Kathi ausgetauscht und neue Bettbezüge besorgt. Vielleicht sollte sie Björn vorschlagen, das Zimmer in einem anderen Ton zu streichen und ein neues Bett anzuschaffen.

Kathi stand auf und ging in die Küche, um Teewasser aufzusetzen. Glücklicherweise war dieser Raum am wenigsten von Annemarie geprägt. Sie habe nicht gekocht, wie Björn erzählt hatte. Die Kücheneinrichtung hatte er ausgesucht und sich damals vorgenommen, ein paar Mal in der Woche für die Familie zu kochen. Weder aus der Familie noch aus Björns guten Vorsätzen war etwas geworden.

Was nicht ist, kann ja noch werden, sagte sich Kathi. Im Oktober hatte Björn Geburtstag, und Kathi hatte bereits einen Gutschein für einen gemeinsamen Kochkurs besorgt.

Das Telefon klingelte. *Das muss Björn sein*, dachte Kathi, lief ins Wohnzimmer zurück und griff nach ihrem Handy.

»Hallo, Björn. Endlich! Wie geht es dir?«

»Hallo, Kathi. Ich bin jetzt zu Hause bei meinen Eltern. Wir kommen gerade aus dem Krankenhaus zurück. Christophs Zustand ist immer noch unverändert. Wir müssen Geduld haben und abwarten, sagen die Ärzte. Meine Mutter hält sich ganz gut, aber mein Vater ist vollkommen mit den Nerven am Ende. Er fragt immer, was passiert ist und wann Christoph endlich kommt. Er scheint noch gar nicht begriffen zu haben, was geschehen ist.«

»Und dir? Wie geht es dir?«, fragte Kathi noch einmal.

Sie hörte Björn seufzen. »Mir? Keine Ahnung, ehrlich gesagt. Ich bin bisher nicht viel zum Nachdenken gekommen. Irgendwie laufe ich immer noch auf Hochtouren und fühle mich, als hätte ich zwanzig Tassen Kaffee getrunken und mindestens vier Tage nicht mehr geschlafen.«

»Oh, das klingt nicht gut.«

»Wie es mir geht, ist im Moment auch nicht so wichtig. Wichtig ist nur, wie es mit Christoph weitergeht. Mir ist regelrecht schlecht geworden, als ich ihn vorhin auf der Intensivstation liegen sah. Ein dicker Verband um den Kopf, das Gesicht so zerkratzt und geschwollen, dass ich ihn kaum erkannt habe. Dann die ganzen Schläuche und die Geräte rundherum – es ist schrecklich, Kathi. Einfach nur schrecklich.« Er schwieg einen Moment. Kathi hörte ihn tief Luft holen. »Man steht so hilflos davor. Wir hatten kein sehr enges Verhältnis zueinander, aber ich hätte heulen können. Und wenn ich ganz ehrlich bin, ich weiß noch nicht, wie ich den morgigen Tag überstehen soll. Zuerst wieder in die Klinik, dann der Termin beim Bestatter wegen Renates Beerdigung, später muss ich zum Pfarramt und mit Pastor Lübbers reden. Das ist der Priester in Christophs Gemeinde. Dann …« Björn hielt inne. »Entschuldige, Kathi, ich jammere dir hier was vor. Dabei hattest du sicher auch einen schweren Tag. Was macht der Bau?«

»Unsinn! Das ist doch alles nebensächlich. Du und deine Familie, ihr seid jetzt wichtig. Bist du ganz sicher, dass ich nicht doch kommen soll? Ich könnte den Zug heute Abend … «

»Nein, Kathi. Bleib du besser zu Hause. Erzähl mir lieber was Schönes, um mich abzulenken. Wie geht es Walter? Eigentlich könnte der kleine Rabauke doch bald mal auf Tour gehen. Ist das nicht schon fast sechs Wochen her, seit du …«

Kathi hörte im Hintergrund jemanden reden. Björn antwortete leise.

»Entschuldige. Meine Mutter hat mich gerade gefragt, ob ich gleich zum Abendbrot komme. Ist aber nicht so eilig. Was macht denn jetzt Walter?«

»Der fühlt sich pudelwohl«, sagte Kathi und zwang sich, dabei möglichst unbefangen zu klingen. Schon bei Björns ersten Worten hatte sie gespürt, wie schlecht es ihm ging und wie erschöpft er war. Er, der normalerweise wie ein Fels in der Brandung wirkte, schien mit diesem Unglück nur schwer umgehen zu können und schon nach diesem einen Tag am Ende seiner Kräfte zu sein. »Er liegt neben mir auf der Wohnzimmercouch, streckt alle viere in die Luft und lässt sich den Bauch kraulen.«

»Ja, das kann ich mir gut vorstellen«, sagte Björn mit einem leisen Lachen. »Ich glaube, ich habe dir nie erzählt, dass wir auch eine Katze hatten, als ich noch ein Kind war. Einen roten Kater, der uns zugelaufen war und den mein Vater nur behielt, weil er die Mäuse in der Scheune in Schach hielt. Christoph und ich haben ihn Franklin getauft. Franklin, der Mäusekiller. Ein ziemlich struppiger, scheuer Kerl, der sich von niemandem streicheln ließ, außer von Christoph und mir. Mein Gott, ist das ewig her!«

Björn schwieg und schien in Gedanken bei seinem Bruder zu sein.

»Er wird bestimmt wieder gesund«, sagte Kathi in die entstandene Stille hinein.

»Da bin ich mir nicht so sicher«, sagte Björn leise. »Der Oberarzt blieb zwar sehr vage und wollte nichts Konkretes sagen, außer, dass sie seinen Zustand stabilisieren konnten. Aber ich habe vorhin mit meinem Studienfreund telefoniert. Der, von dem ich dir erzählt habe …, der Neurologe aus Hamburg. Als ich ihm die Verletzungen geschildert habe, hat er mir – natürlich unter Vorbehalt – nicht viel Hoffnung gemacht. Wenn Christoph durchkommt, kann sein Koma Jahre dauern, und im schlimmsten Fall wird er nie wieder aufwachen. Kathi, das alles hier ist ein absoluter Albtraum.«

Kathi suchte nach den richtigen Worten, um Björn zu trösten und ihm Mut zu machen, ohne dabei abgedroschen und banal zu klingen. Ihr Drang, sich sofort auf den Weg zu Björn zu machen, wuchs von Sekunde zu Sekunde.

»Ich weiß«, sagte sie schließlich. »Ich habe etwas im Internet recherchiert. Trotzdem: Es gibt wohl immer wieder überraschende Besserungen nach so einer Verletzung. Ich glaube fest daran, dass alles gut wird.«

»Danke, Kathi«, sagte Björn. »Ich hoffe ja auch, dass Christoph noch eine Chance hat.« Kathi hörte, wie er tief Luft holte. »Jetzt erzähl schon: Was macht der Bau?«

»Wenn du meinst …«

»Das ist die beste Ablenkung für mich. Glaub mir.«

Zwanzig Minuten später legte Kathi auf. Obwohl sie sich die größte Mühe gegeben hatte, Björn auf andere Gedanken zu bringen, war ihr Gespräch immer wieder zurück auf den Unfall und Christophs Koma gekommen. Kathi spürte, welche Last auf Björns Schultern lag, und fühlte mit ihm.

Sie musste daran denken, wie sehr sie schon beim vergleichsweise harmlosen Unfall ihrer Oma gelitten hatte. Vor ihrem geistigen Auge sah sie Björn, wie er langsam den Telefonhörer auflegte und aufstand, um zum Abendessen zu gehen. Sah, wie er schweigend am Tisch saß und wenig später verzweifelt nach Antworten auf die Fragen seiner Eltern suchte. Irgendwann würde er den Teller von sich schieben, ohne mehr als ein paar Bissen gegessen zu haben, und aufstehen, um nach oben in sein altes Kinderzimmer zu gehen, das er sich früher mit seinem Bruder geteilt hatte. Müde würde er sein, furchtbar müde. Unter seinen Augen würden tiefe Ringe liegen, wie immer, wenn er zu wenig geschlafen hatte. Langsam würde er mit hängenden Schultern die Treppe hochsteigen. Und dann würde er im Bett liegen und an die Decke starren, stundenlang, ehe er irgendwann in einen unruhigen Schlaf fiel.

Ihr Magen krampfte sich vor Mitgefühl zusammen. Wie gern wäre sie jetzt bei ihm, würde ihre Arme um ihn legen und ihn einfach nur festhalten. Ihm zeigen, dass er nicht allein war. Dass sie für ihn da war. Sie gehörte jetzt zu ihm, an seine Seite. *In guten und in schlechten Tagen,* schoss es ihr durch den Kopf. Ganz besonders in schlechten.

Kathi sprang plötzlich auf, sodass Walter, der sich wieder neben sie gekuschelt und geschlafen hatte, erschrocken zusammenfuhr. Ihr Entschluss stand fest. Sie würde Björn hinterherfahren.

Im Flur lag noch immer Björns großer Rucksack, den sie mit in die Dünen genommen hatten. Die Nacht unter den Sternen kam Kathi inzwischen ganz unwirklich vor.

Sie zog das Zelt und die Isomatten heraus, drehte den Rucksack um und ließ den Sand, der noch daran geklebt hatte, achtlos auf die Fliesen rieseln. Dann lief sie ins Schlafzimmer, öffnete den Schrank und zog die Schubladen der Kommode auf. Wahllos warf sie Unterwäsche, ein paar T-Shirts, Jeans und Blusen hinein.

Du wirst etwas Schwarzes für die Beerdigung brauchen, sagte sie sich und steckte auch noch ihre alte Dienstkleidung aus der *Kate* ein: eine schwarze Stoffhose und eine schmal geschnittene Bluse aus schwarzem Satin. Die dazu passenden Ballerinas stopfte sie in eine Seitentasche und zurrte dann den Rucksack zu.

Walter, der mit hoch erhobenem Schwanz ins Schlafzimmer stolziert kam, sah sie fragend an.

»Es ist ja nur für ein paar Tage, mein Süßer!«, sagte sie. »Ich werde Renke bitten, nach dir zu sehen. Den kannst du doch auch gut leiden! Wenn Björn und ich zurückkommen, bist du bestimmt kugelrund, so wird er dich füttern.«

Sie schulterte den Rucksack und lief ins Wohnzimmer hinunter, griff nach ihrem Handy und wählte Renkes Nummer. Erst nach dem vierten Klingeln meldete er sich.

»Frerichs?«, erklang es verschlafen aus dem Hörer.

»Hallo, Renke«, sagte sie hastig. »Könntest du mir einen großen Gefallen tun?«

»Was, wer ist da?«, fragte Renke verwirrt.

»Ich bin's, Kathi. Oh, entschuldige, hast du schon geschlafen?«

»Ich muss wohl auf dem Sofa eingeschlafen sein. Was gibt's denn?«

Mit wenigen Worten erzählte sie von ihrem Entschluss, Björn nachzufahren. »Es ist nur für ein paar Tage. Schlimmstenfalls für eine Woche. Könntest du bitte zweimal am Tag nach Walter sehen und ihn füttern?«

»Und wann willst du fahren?«

»Jetzt gleich! Wenn ich mich beeile, erwische ich den letzten Zug noch. Ich leg den Hausschlüssel in die Garage. Hinten im Regal in den blauen Werkzeugkasten. Du wirst ihn schon finden.«

»In Ordnung. Weiß Björn, dass du kommst?«

»Nein. Er meinte, er käme schon klar, ich müsse nicht zu ihm kommen. Aber als ich vorhin mit ihm telefoniert habe, da klang er so … Ich weiß auch nicht. Ich möchte einfach nur zu ihm.«

Renke seufzte. »Ja, das verstehe ich. Aber wie steht es mit ihm, möchte er auch, dass du kommst? Darüber solltest du mal nachdenken, min Deern. Was deinen Kater angeht, kein Problem, den kann ich versorgen. Und was ist mit deiner Arbeit? Weiß Neele schon Bescheid? Glaubst du, dass sie allein zurechtkommt?«

»Oh Gott, die hab ich ja ganz vergessen. Könntest du vielleicht morgen früh mit ihr sprechen? In den nächsten Tagen steht nicht so viel an. Damit sollte sie eigentlich allein fertig werden.«

»Deern, Deern, Deern, du machst Sachen mit mir!«, sagte Renke vorwurfsvoll. »Gut! Ich werde ihr Bescheid geben.«

»Du bist ein Schatz, Renke! Und du hast was gut bei mir«, rief Kathi erleichtert. »Ich lass den Wagen in Westerland beim Bahnhof stehen und häng den Ersatzschlüssel dafür mit an den Schlüsselbund fürs Haus. Dann kann Neele den zum Ausliefern nehmen, solange ich weg bin.«

»Gute Idee. Ich sag ihr Bescheid.«

Kathis Blick fiel auf die Kaminuhr. »Ach, du meine Güte, ist das schon spät!«, rief sie. »Ich muss los, wenn ich den Zug noch erwischen will. Wie gesagt, den Schlüsselbund leg ich in die Garage. Ich melde mich von unterwegs. Tschüss, Renke! Und noch mal vielen Dank!«

»Dafür nicht, Deern.«

Kathi legte auf, griff nach ihrem Rucksack und verließ eilig das Haus.

Eine Viertelstunde später parkte Kathi den alten Golf in der Nähe des Bahnhofs von Westerland in einer Seitenstraße und hastete auf das rote Backsteingebäude zu. Der Zug wartete schon auf dem Gleis.

Typisch. Wenn ich es mal eilig habe, ist der Infoschalter natürlich nicht mehr besetzt, dachte sie ärgerlich und ging auf einen der beiden Fahrkartenautomaten zu. Erst beim dritten Anlauf spuckte das Gerät das gewünschte Ticket nach Hamburg aus.

Kathi griff danach und rannte zu ihrem Bahnsteig. Der schwere Rucksack schlug bei jedem Schritt schmerzhaft gegen ihren Rücken. Schwer atmend erreichte sie den ersten Waggon, stieg ein und ließ sich auf den ersten freien Sitzplatz fallen.

Ein paar Reisende hoben kurz den Kopf und starrten Kathi verwundert an. Obwohl es schon zehn Uhr war, war der Zug noch gut besetzt.

Eine ältere Frau, die Kathi gegenübersaß, schüttelte den Kopf und lächelte. »Sie hätten sich gar nicht so abhetzen müssen! Haben Sie die Anzeige am Bahnsteig nicht gesehen? Die Abfahrt verzögert sich.«

»Was?«, stieß Kathi immer noch atemlos hervor. »Aber warum? Der Zug startet doch hier. Wie kann er dann jetzt schon Verspätung haben?«

Die Dame zuckte mit den Schultern und zeigte an Kathi vorbei zur Waggontür. »Da hinten kommt der Schaffner. Vielleicht weiß der mehr.«

Kathi kämpfte sich aus den Schultergurten des Rucksackes und stellte das Gepäckstück auf den freien Platz neben sich. Als der Schaffner vorbeiging, sprach sie ihn an und erkundigte sich nach dem Grund für die Verzögerung.

»Da gibt es ein Problem auf der Strecke gleich hinter dem Hindenburgdamm«, antwortete er. »Solange das nicht behoben ist, geht's nicht los. Da werden wir alle wohl noch etwas Geduld aufbringen müssen.«

»Und wie lange wird das dauern? «

Der Schaffner zog die Mundwinkel herunter und wiegte den Kopf hin und her. »Kann man nicht so genau sagen. Eine halbe bis eine Stunde, hat man dem Zugführer gesagt. Wenn die Strecke wieder freigegeben wird, gibt es eine Durchsage.«

Die ältere Dame schnaubte verächtlich. »Na, prima! Da kann ich meinen Anschlusszug in Hamburg wohl vergessen!« Sie murmelte etwas Unverständliches, zog eine Brille und ein dickes Buch aus ihrer Handtasche und begann, zu lesen.

Kathi sah sie neidisch an. Sie war so überhastet aufgebrochen, dass sie nicht daran gedacht hatte, sich etwas zu lesen einzustecken. Schließlich holte sie ihr Handy aus der Tasche und sah das Blinken über dem Display. Es war eine SMS von Björn, in der er ihr eine gute Nacht wünschte. Die Nachricht war nicht älter als fünf Minuten.

Nachdenklich strich sie mit dem Daumen über Björns Bild auf dem Display. Ob sie ihn noch anrufen sollte? Jetzt, da sie langsam zur Ruhe kam, erschien ihr der Plan, ihm Hals über Kopf nachzufahren, reichlich übereilt. Immerhin hatte er immer wieder betont, sie brauche nicht zu kommen. Kathi biss einen Moment auf ihrer Unterlippe herum, ehe sie auf den grünen Hörer tippte.

Es klingelte nur zweimal, ehe Björn sich meldete. »Schuster?«

»Hallo, mein Schatz, ich bin's!«

»Kathi! Das muss Gedankenübertragung gewesen sein. Ich hab gerade an dich gedacht, Liebes. Wie schön, dass du noch einmal anrufst.«

»Geht's dir gut?«, fragte Kathi leise. Sie sah, dass die ältere Dame sie über den Rand ihrer Brille hinweg neugierig beobachtete, und senkte schnell ihren Blick.

»Ja, eigentlich schon«, hörte sie Björn sagen. »Ich fühl mich zwar wie gerädert, kann aber trotzdem nicht einschlafen.«

»Du Armer. Gibt es noch irgendwas Neues von Christoph?«

»Nein. Alles unverändert. Aber in diesem Fall sind keine Nachrichten wohl gute Nachrichten.«

»Ja, das stimmt sicher.«

Kathi seufzte und wusste nicht recht, was sie sagen sollte. »Vermisst du mich?«, flüsterte sie.

»Und wie! Ich wollte, ich wäre schon wieder bei dir auf Sylt. Eine ganze Woche ohne dich. Ich weiß gar nicht, wie ich das aushalten soll.«

»Brauchst du doch auch nicht.«

»Ich kann hier unmöglich weg, Kathi.«

»Ja, ich weiß. Darum komm ich ja zu dir. Ich sitze schon im Zug nach Hamburg. Morgen früh bin ich bei dir.«

Björn schwieg. Sie hörte ihn ein paar Mal tief Luft holen. »Ich weiß nicht, ob es so eine gute Idee ist, wenn du herkommst«, sagte er schließlich leise.

»Aber …«

»Versteh mich nicht falsch, Kathi! Natürlich hätte ich dich unglaublich gern hier bei mir. Es ist nur …« Wieder schwieg er einen Moment und schien nach den richtigen Worten zu suchen. »Meine Eltern wissen noch nichts von dir. So, jetzt ist es endlich raus!«

»Was?«, stieß Kathi hervor.

»Bitte, sei nicht böse, Liebes. Es ist ja nicht so, dass ich das geheim halten wollte. Ganz im Gegenteil! Aber so oft telefoniere ich ja nicht mit den beiden, und ich hab irgendwie immer auf eine passende Gelegenheit gewartet, ihnen alles zu erzählen. Dass Annemarie mich verlassen hat und dass ich dich gefunden habe. Nur jetzt? Als meine Mutter nach Annemarie fragte, habe ich ihr gesagt, dass sie nicht herkommen könne. Sie hat das so hingenommen. Eigentlich schien sie sogar ganz froh zu sein. Die beiden sind nie gut miteinander ausgekommen. Trotzdem, ich glaube, wenn du jetzt plötzlich vor der Tür stehst, wäre das vielleicht ein bisschen zu viel. Ich weiß nicht, ob sie das auch noch verkraftet.«

Kathi schwieg.

»Entschuldige«, sagte Björn leise. »Ich hätte es dir schon früher sagen müssen.«

»Ja, das wäre besser gewesen«, flüsterte Kathi.

»Jetzt bist du sicher sauer auf mich.«

»Nein, nein. Ein bisschen enttäuscht vielleicht, aber ich kann dich verstehen.«

Sie musste an ihre Mutter Elke denken. Immer, wenn diese bei Gesa anrief, ließ Kathi sich am Telefon verleugnen. Das Verhältnis zu ihr war schon seit Jahren angespannt, und seit Kathi auf Sylt war, hatten sie kein Wort miteinander gewechselt. Kathi fürchtete nichts so sehr wie die klugen Ratschläge und bissigen Kommentare zu allem, was die Tochter in ihren Augen falsch machte.

»Wenn ich ehrlich bin, ich kann dich sogar sehr gut verstehen«, sagte sie. »Meine Mutter weiß auch noch nichts von dir! Ich habe genau wie du auf einen günstigen Moment gewartet. Oder ich war zu feige. Was auch immer.«

Aus dem Handy drang ein leises Lachen an Kathis Ohr. »Wir sind schon ein paar Strategen«, sagte Björn. »Offenbar sind wir zwei so mit uns selbst beschäftigt, dass wir die ganze Welt um uns herum vergessen.«

»Das liegt wohl daran, dass ich dich so liebe. Da brauch ich nicht noch mehr Familie«, sagte Kathi lächelnd. »Außer Oma natürlich!«

Wieder lachte Björn leise. »Natürlich! Auf Gesa können wir auf keinen Fall verzichten.« Er schwieg einen Moment. »Also, gibst du mir noch etwas Zeit? Sobald die Situation hier klarer ist, werde ich meinen

Eltern schonend beibringen, dass sie bald eine neue Schwiegertochter bekommen.«

»Ja, Björn, ist in Ordnung. Und im Herbst, wenn die Saison vorbei ist, fahren wir für ein paar Tage nach Frankfurt und beichten es meiner Mutter.«

»Abgemacht, Kathi.«

Im Lautsprecher, der sich direkt über Kathi befand, knackte es. »Verehrte Fahrgäste«, ertönte eine sonore Männerstimme. »Leider verzögert sich unsere Abfahrt noch um weitere fünfundzwanzig Minuten. Über Ihre Anschlussmöglichkeiten werden wir Sie in Kenntnis setzen, sobald wir Näheres erfahren. Vielen Dank für Ihre Geduld!«

Die ältere Dame stöhnte. »Das ist doch einfach unfassbar! Die Bahn kommt! Dass ich nicht lache!« Sie legte ihr Buch zur Seite und kramte ein Handy aus der Tasche.

»Was ist denn da los bei dir?«, fragte Björn.

»Der Zug steht immer noch in Westerland im Bahnhof. Irgendwas ist da auf den Schienen hinter dem Hindenburgdamm.«

»Oh, ich dachte, du wärst schon auf dem Weg nach Hamburg und hättest möglicherweise eine Nacht auf dem Bahnhof vor dir. Gerade wollte ich dir vorschlagen, dass du dir ein Zimmer nimmst. Aber so kannst du ja doch im eigenen Bett schlafen.«

»Eigenes Bett … Darüber müssen wir auch noch reden.«

»Ja, ich weiß, was du meinst. Wir sprechen darüber, versprochen. Jetzt fahr schnell nach Hause und leg dich schlafen. Ich werde dasselbe versuchen. Gute Nacht, Kathi.« Björn machte eine kurze Pause und sprach leise weiter: »Ich liebe dich. Sehr sogar.«

»Ja, das weiß ich«, antwortete Kathi ebenso leise. »Und ich werde es bestimmt nicht vergessen. Schlaf gut, Björn.«

Kapitel 4

Kathi hatte das Gefühl, dass die Woche einfach nicht vorbeigehen wollte. Tagsüber hatte sie genug zu tun, um sich abzulenken, aber die Nächte waren lang. Sie lag stundenlang wach, starrte auf den Betthimmel aus weißem Musselin und nahm sich ein ums andere Mal vor, das Monstrum so schnell wie möglich loszuwerden.

Jeden Tag telefonierte sie mehrmals mit Björn, und auch er beteuerte jedes Mal, wie sehr sie ihm fehle und dass er die Stunden zähle, bis er wieder nach Hause fahren könne.

Er plante, am kommenden Samstag, am Tag nach der Beerdigung seiner Schwägerin, heimzukommen, auch wenn – wie Kathi genau wusste – durch den Bettenwechsel auf der Insel an diesem Tag die Staugefahr auf der Autobahn groß und mit langen Wartezeiten vor dem Autoshuttle zu rechnen war. Alles in allem würde die Fahrt vermutlich einige Stunden länger dauern.

Die Stimme der Vernunft in ihrem Kopf flüsterte Kathi zu, Björn vorzuschlagen, er solle doch lieber erst am Montag fahren. Aber die Sehnsucht nach ihm war größer, und sie schluckte den Vorschlag, der ihr schon auf der Zunge lag, hinunter.

Björns Bruder Christoph lag immer noch auf der Intensivstation, aber sein Zustand hatte sich weiter stabilisiert. Im Moment waren die Ärzte zuversichtlich, dass er überleben würde, wenn es keine weiteren Komplikationen gab. Darüber, wann und ob er aus dem Koma aufwachen würde, wollten die Ärzte aber keine Prognose abgeben.

Seine Mutter sei davon überzeugt, dass sein Bruder wieder ganz gesund werden würde, erzählte Björn. Sie weise den Gedanken, er könne schwere Folgeschäden davongetragen haben, empört von sich und wolle kein Wort darüber hören. Nur mit seinen Schwestern habe er schon gesprochen, was zu tun sei, wenn das Koma länger andauern würde. »Die Pflege kann keiner von uns übernehmen, schon gar nicht meine Mutter, auch wenn sie das jetzt vielleicht meint«, sagte er. »Es wird dann wohl auf ein Pflegeheim hinauslaufen. Sie hat schon genug damit zu tun, sich um Lilly zu kümmern.«

»Lilly?«

»Meine Nichte. Sie ist fast vierzehn. Christophs und Renates einziges Kind.«

»Du hast sie bislang noch gar nicht erwähnt.«

»Nicht? Ich dachte, ich hätte von ihr erzählt. Mag vielleicht daran liegen, dass ich mit dir lieber über angenehme Dinge spreche.«

»Warum? Was ist denn mir ihr?«

»Eine verwöhnte Großstadtzicke. Hat die Weisheit mit Löffeln gefressen, ist respektlos und frech, kurz: ein richtiges Herzchen. Lilly wusste schon immer genau, wie sie ihren Kopf durchsetzen konnte. Klar, im Moment steht sie natürlich unter Schock. Da ist es noch schwieriger, an sie heranzukommen. Und alle gehen übervorsichtig mit ihr um.«

»Na ja, das ist wohl auch gut so. Die Mutter ist tot, und der Vater liegt im Koma, das muss entsetzlich für das arme Kind sein.«

»Das ist mir schon klar. Aber sie ist kalt wie ein Eisblock. Oder wenigstens tut sie so.«

»Vielleicht ist das ihre Art, mit der Situation umzugehen.«

Björn schwieg einen Moment. »Ja, mag sein. Mal sehen, wie sie sich morgen auf der Beerdigung hält.«

»Das wird sicherlich ein harter Tag. Für euch alle.«

»Ganz bestimmt. Renate und Christoph waren schon seit der Schulzeit zusammen, und sie ist immer bei uns ein- und ausgegangen. Sie hatte selbst keine Geschwister, und ihre Eltern sind früh gestorben. Sie war wie eine Schwester für mich. Immer freundlich und liebenswert. Ich werde sie sehr vermissen. Die Beerdigung wird schlimm werden.«

»Vergiss nicht: In Gedanken bin ich immer bei dir.«

»Danke, Liebes. Ich weiß.« Kathi hörte ihn seufzen. »Dann noch die Kaffeetafel und die Verabschiedung von meinen Schwestern. Und am nächsten Morgen setze ich mich ins Auto und komme, so schnell es geht, wieder zu dir.«

»Noch zwei Nächte allein schlafen.«

»Ja. Aber dann bin ich wieder da. Außerdem hast du doch Walter als Bettgefährten …«

»Hör bloß auf mit Walter!«, unterbrach sie ihn. »Der hat mir gestern eine tote Maus mitgebracht und auf mein Kopfkissen gelegt. Jetzt hat er Schlafzimmerverbot.«

Björn lachte. »Der Arme! Wo er dir doch nur ein schönes Geschenk machen wollte. Ein Betthupferl, sozusagen!«

Auch Kathi musste lachen. »Na, danke! Auf solche Geschenke kann ich gut verzichten.«

Einen Augenblick war Björn still. »Ich vermisse dich furchtbar, Kathi«, sagte er dann in ernstem Tonfall. »Und ich möchte nie wieder von dir getrennt sein. Nicht einen einzigen Tag und vor allem nicht eine einzige Nacht.«

»Und ich nicht von dir. Ich liebe dich, Björn.«

»Und ich liebe dich!«

Ein Gefühl von Glück durchfloss Kathi. Sie schmiegte die Wange an das Handy, als könnte sie Björn dadurch berühren.

»Und jetzt sollten wir beide schlafen, Liebste. Morgen habe ich einen anstrengenden Tag vor mir. Gute Nacht, Kathi.«

»Gute Nacht, Björn. Wir sehen uns übermorgen.«

Am nächsten Tag war Kathi so unkonzentriert bei ihrer Arbeit, dass Neele sie erstaunt musterte.

»Mach du mal lieber den Teig. Ich schäle die Äpfel«, sagte Neele und nahm Kathi das Messer aus der Hand. »Sonst säbelst du dir noch die Finger ab.« Sie nickte Kathi aufmunternd zu. »Wenn du möchtest, kann ich heute auch ausliefern. Ich bin mit dem Auto da, weil ich nachher sowieso noch nach Westerland wollte.«

»Würdest du?«

Neele zuckte mit den Schultern. »Wenn ich eh schon in der Gegend bin? Klar! Die vier Bleche krieg ich problemlos in Papas Kombi.«

»Neele, du bist unbezahlbar!«, rief Kathi.

Die junge Frau lachte. »Ich werde dich dran erinnern, wenn wir wieder über mein Gehalt reden!«

Als Neele und Kathi zwei Stunden später die fertigen Kuchen im Wagen von Neeles Vater verstauten, fuhr ein Jeep auf den Personalparkplatz hinter der *Kate,* und Renke Frerichs stieg aus.

»Na, ihr zwei?«, rief er, während er auf die beiden Frauen zuging. »Ich hatte gedacht, ich treff euch noch in der Küche an.«

»Nee, wir sind schon fertig für heute«, sagte Neele und schloss die Kofferraumklappe. »Ich fahr dann jetzt mal los, Kathi, damit der Kuchen schnell wieder in die Kühlung kommt. Sonst läuft mir noch die Sahne durchs Auto.« Sie nickte Renke und Kathi noch zum Abschied zu und stieg dann ein. Die beiden sahen dem Wagen hinterher.

»Na, Deern, wie geht es dir?«, fragte Renke und zog Kathi kurz zu sich heran.

»Gut!«, antwortete Kathi halbherzig. »Und wenn ich daran denke, dass morgen Björn wiederkommt, sogar noch besser.« In Gedanken war sie den ganzen Morgen bei Björn gewesen, hatte sich vorgestellt, wie er in seinem dunklen Anzug in der Kirche saß und auf den Sarg starrte.

»Heute ist die Beerdigung, nicht wahr?«, fragte Renke. »Da wärst du sicher gern bei ihm gewesen.«

Kathi warf ihm einen erstaunten Blick zu. »Hast du dir das mit dem Gedankenlesen bei Oma abgeguckt?«, fragte sie.

Renke lachte. »Nein, das konnte ich schon, bevor ich wieder mit ihr zusammengekommen bin«, sagte er. »Dem Gast jeden Wunsch von den Augen abzulesen, macht den Erfolg des Restaurants aus. Aber, pst! Berufsgeheimnis!«

Ein jungenhaftes Grinsen flog über sein Gesicht. »Ich komme gerade von der Baustelle«, sagte er. »Endlich gibt es mal gute Neuigkeiten. Hinrichs hat mir gesagt, dass die anderen Balken in Ordnung sind und die Wohnung in vierzehn Tagen fertig sein wird. Ab morgen musst du übrigens auf dem Bau nach dem Rechten sehen. Ich fahr schon früh los in den Schwarzwald, um Gesa abzuholen.« Er bot Kathi seinen Arm an, und gemeinsam schlenderten sie zu Gesas altem Golf. »Wie wir uns schon gedacht haben, wollte sie direkt zurück. Aber ich hab sie überreden können, noch ein paar Tage dranzuhängen. Ihre einzige Bedingung war, dass wir pünktlich zum Poloturnier wieder da sind.«

Kathi nickte und versuchte, so gut wie möglich, Gesas Stimme zu kopieren, als sie zu Renke sagte: »*Seit Jahren stehe ich jedes Mal am Stand der Sylt-Retter, und ich werde dieses Jahr bestimmt nicht damit aufhören*!«

Renke grinste breit. »So, so! Das hast du dir also auch anhören müssen?«

»Mehr als einmal!«, antwortete Kathi lächelnd. Sie sah zu Renke hoch. »Was meinst du? Hast du Zeit für einen Kaffee in der *Alten Backstube*?«

»Sonst liebend gern, Kathi, aber heute muss ich noch meine Leute in der *Kate* einnorden. Nicht dass die Mäuse auf dem Tisch tanzen, nur weil die Katze kurz aus dem Haus ist! Hauke kommt ja erst Mitte nächster Woche zurück. Und …« Er nahm ihre Hand in seine und streichelte darüber. »Vielen Dank noch mal, dass du mit Maja gesprochen hast.«

Kathi umarmte ihn und flüsterte ihm ins Ohr: »Das habe ich doch gern für dich gemacht.«

Kapitel 5

Kathi richtete sich im Bett auf und rieb sich den Schlaf aus den Augen. Zum ersten Mal, seitdem Björn zu seinen Eltern gefahren war, hatte sie sechs Stunden am Stück geschlafen. Sie sprang aus dem Bett, lief ins Bad und stellte sich unter die Dusche.

Eine Stunde später stand sie neben Neele in der Küche der *Kate* und schnitt Äpfel.

»Du bist ja heute wieder ganz die Alte«, sagte Neele, die mit beiden Händen tief im Teig steckte und knetete.

Kathi blickte verwundert auf. »War es so schlimm mit mir?«

»Alles gut. Wenigstens muss ich jetzt keine Angst mehr um deine Finger haben.«

Kathi hielt lachend beide Hände hoch. »Alle noch dran.«

»Und wenn erst mal dein Liebster wieder da ist …« Neele ließ den Satz unvollendet in der Luft hängen und formte schnell und geschickt aus dem Teig eine Kugel.

Kathi grinste. Für ihre Verhältnisse war Neele heute Morgen sehr redselig. Normalerweise konnte eine Stunde vergehen, ohne dass sie auch nur ein Wort von sich gab. Mit schlechter Laune hatte ihre wortkarge Art aber nichts zu tun. So seien die Friesen nun mal, erklärte Neele. Die würden nie viele Worte machen, es sei denn, sie hätten was zu sagen.

Nur selten gab es Momente, in denen Neele von sich, ihren Träumen und davon erzählte, wie sie sich ihr restliches Leben vorstellte. Auf jeden Fall, so beteuerte sie stets, freue sie sich auf die neuen Aufgaben in Kathis Café.

»Und bei dir?«, fragte Kathi augenzwinkernd. »Immer noch kein Traumprinz in Sicht?«

Neele schaute zu ihr hoch und verdrehte die Augen.

»Die meisten Männer kannst du doch in der Pfeife rauchen«, antwortete sie trocken.

»Bist du da nicht etwas zu kritisch?«

»Sei froh, dass du deinen Björn gefunden hast. Ich habe den letzten Kerl vor fast zwei Jahren vor die Tür gesetzt, und das war gut so.«

»Das war dieser … Wie hieß er noch gleich?«

»Bernd«, sagte Neele abfällig. »Seinen Nachnamen habe ich verdrängt.«

»Zwei Jahre! Ich glaube, es wird Zeit, diesen Idioten zu vergessen. Es gibt doch jede Menge nette Männer!«

»Wer's glaubt«, schnaubte Neele und holte den vorbereiteten Teig aus dem Gefrierschrank.

»Sag mal, hättest du nicht Lust, mit zum Poloturnier nach Keitum zu kommen? Ich könnte Hilfe gebrauchen, wenn wir am Stand der Sylt-Retter sind. Gesa ist sicher noch nicht fit genug, um die vielen Stunden durchzuhalten.«

Neele, die angefangen hatte, den harten Teig aufs Blech zu raspeln, schüttelte den Kopf. »Nee, lass mal. So kann ich da wohl kaum auftauchen.« Sie schaute an sich hinunter. »Da würde ich gleich verhaftet werden, bei den ganzen Schickimicki-Schnöseln da.«

»Quatsch. Erstens gehen wir vorher kurz ein paar Sachen für dich einkaufen und zweitens …«

Neele zog fragend die Augenbrauen hoch.

»Zweitens habe ich vergessen«, sagte Kathi lachend.

»Wenn du mich wirklich brauchst? Ich denk drüber nach.«

»Super! Ich habe mir gestern überlegt, dass wir auf dem Poloturnier nicht nur *Sylter Wolken*, sondern auch noch ein paar andere Kuchen anbieten könnten, quasi als Werbung fürs Café. Was meinst du?«

»Klar. Warum nicht?«, murmelte Neele und legte eine Schicht geschnittene Äpfel auf den Teig.

Kathi musste daran denken, wie sie sich erst ein paar Wochen zuvor gemeinsam mit Neele Gesas Rezeptbuch vorgenommen und nach weiteren Kuchenspezialitäten für ihr Café gesucht hatte.

»Ich habe übrigens Gesa von deinen Vorschlägen für unsere Kuchenkarte erzählt. Sie war total begeistert. Ich glaube, ihr werdet euch wunderbar verstehen.«

»Klar, warum auch nicht?«

Das war typisch Neele: kurze trockene Bemerkungen, die es genau auf den Punkt brachten. Ein Gegenstück zu Maja, deren Redefluss Kathi häufig kaum stoppen konnte.

»Also, abgemacht«, sagte Kathi. »Nächste Woche gehen wir beide shoppen, Berufskleidung sozusagen!«, fügte Kathi schnell hinzu, als sie Neeles Gesichtsausdruck sah. »Gut möglich, dass du später im Café eventuell im Service aushelfen musst.«

»Schon gut, schon gut, ich komm ja mit«, sagte Neele. »Aber jetzt brauche ich mehr geschnittene Äpfel, wenn wir heute noch fertig werden wollen.«

»Bin ja schon dabei«, antworte Kathi lachend.

Gegen Mittag hatte Kathi die Bleche ausgeliefert und fuhr zum Großmarkt in Westerland. Als sie gerade die Waren im Lager der *Kate* abstellen wollte, kam ihr Marten, der Küchenchef der *Kate*, entgegen.

»Moin«, grüßte er schlecht gelaunt.

»Hallo, Marten«, sagte Kathi und setzte ihr freundlichstes Gesicht auf.

»Schon gehört? Der Chef kommt zurück«, brummte er.

»Wenn du Hauke meinst? Ja, das weiß ich.«

»Wieder mal bestens informiert, was?«

»Hey, Marten. Wenn du mir was sagen willst, dann bitte direkt und nicht mit diesen merkwürdigen Andeutungen.«

Er verzog sein Gesicht. »Ich hab doch hier gar nichts zu sagen. Das solltest du am besten wissen.«

Kathi, die während des Gesprächs die Kiste mit Mehl und Butter in der Hand gehalten hatte, öffnete mit dem Ellenbogen die Tür zum Lager. Marten zuckte mit den Schultern und ging weiter, ohne ihr die Tür aufzuhalten.

»*Stinkstiebel*«, murmelte Kathi und sortierte die Waren ins Regal ein.

Martens Laune hatte sich in den letzten Wochen immer weiter verschlechtert, und Kathi hoffte, dass er die Abwesenheit von Renke nicht dazu nutzen würde, die Stimmung in der Restaurantmannschaft noch weiter runterzuziehen. Sie würde Maja einen Tipp geben und sie darum bitten, dass Hauke mal ein ernstes Wort mit Marten sprach.

Warum nur sind so viele Menschen mit ihrem Leben unzufrieden?, fragte sich Kathi in Gedanken und nahm sich vor, nicht in eine derartig eintönige Routine zu verfallen, die einen zermürbte und einem nach und nach jegliche Freude am Leben nahm.

Seitdem sie zu Gesa nach Sylt gezogen war und eher durch Zufall ihre Berufung zur Kuchenbäckerin gefunden hatte, war ihr klar geworden, wie wichtig ihr die Arbeit war. Eine Arbeit, die ihr nicht nur Spaß machte, sondern die sie auch ausfüllte und bei der sie sich selbst verwirklichen konnte. Umso glücklicher war sie, dass Renke ihr dabei half, ihren Traum von einem eigenen Café zu realisieren. Ihre einzige Sorge war, dass Hauke das finanzielle Engagement seines Vaters nicht gutheißen würde und es zum Streit zwischen Vater und Sohn kommen könnte. Letztendlich stand dann auch ihre Freundschaft mit Maja, die ihr sehr viel bedeutete, auf dem Spiel.

Auf dem Weg nach Hause überlegte Kathi, wie sie Björn am Abend empfangen sollte. Ob er noch Lust hatte, essen zu gehen? Nach der langen Fahrt sicher nicht. Kathi beschloss, selbst zu kochen. Ja, ein romantisches Essen zu Hause, danach vielleicht noch ein Strandspaziergang in den Sonnenuntergang hinein und zu guter Letzt eine Massage mit Open End.

Björn brauchte jetzt vor allem Ruhe und etwas Ablenkung von den Ereignissen der letzten Tage, die ihn bestimmt sehr viel Kraft gekostet hatten.

Kurz vor List bog sie auf den Parkplatz des Supermarkts ein.

Eine halbe Stunde später verstaute Kathi ihre Einkäufe im Auto. Es würde Lammfilet mit zarten grünen Bohnen aus Frankreich geben, dazu Gnocchi mit einer feinen Gorgonzolasoße. Einen passenden Wein hatte sie schon Tage zuvor gekauft, einen *Bergerac*, den Björn besonders gerne mochte.

Sie schloss die Haustür auf und brachte die Einkäufe in die Küche. Jetzt noch der tägliche Anruf bei Gesa, dachte Kathi, dann würde sie die Gnocchi vorbereiten und sich anschließend ein Bad gönnen.

»Hallo, Oma«, sagte sie, als Gesa das Gespräch entgegengenommen hatte.

»Hallo, Kleines«, antwortete Gesa.

Kathi musste lächeln und überlegte, wie lange Gesa sie noch so nennen würde. Schon als Teenager war sie einen halben Kopf größer als ihre Oma gewesen.

»Wie sieht es denn mit den Vorbereitungen für das Poloturnier aus? Hast du dran gedacht, dass wir uns selbst um eine Wechselgeldkasse kümmern müssen?«

»Natürlich, Oma«, unterbrach Kathi sie lachend. »Wie könnte ich das vergessen? Seit zwei Wochen reden wir über kaum was anderes! Ich hab mir inzwischen schon eine lange Liste mit Punkten gemacht, die ich nach und nach abarbeite. Aber keine Sorge, es läuft alles!«

»Wenn du es sagst«, murmelte Gesa. »Das ist eben nicht so einfach, hier rumzusitzen und die Füße stillzuhalten. Irgendwer hat die Uhren auf Zeitlupe gestellt.«

»Du hast es doch fast geschafft, Oma«, meinte Kathi beschwichtigend. »In ein paar Tagen bist du wieder auf der Insel.«

»Das will ich hoffen. Renke war einfach nicht davon abzubringen, durch ganz Deutschland zu kurven. Warum es nun so wichtig ist, bei irgendwelchen Konkurrenten die Menükarte zu studieren, will mir nicht in den Kopf. Das kann man doch heute alles im Internet nachgucken.«

»Stimmt natürlich, aber die Karte anzusehen, ist das eine, aber davon zu probieren, ist etwas vollkommen anderes. Tu Renke doch den Gefallen!«

»Ja, ja, ja«, kam es von Gesa zurück. »Ich hab's ja verstanden. So alt bin ich auch noch nicht.«

Kathi lachte. »Wer sagt das denn? Nicht mehr lange, und du wirst hier wieder den Laden schmeißen, so fit, wie du bist.«

»Jetzt übertreib mal nicht, Kleines. Dieser doofe Unfall hat mir schon gezeigt, dass ich nicht mehr die Jüngste bin. Es dauert im Alter einfach länger, bis man wieder auf die Beine kommt.«

»Das wird schon wieder. Wenn du erst einmal da bist, sehen wir weiter.«

»Wieder warten und sehen. Ich kann es nicht mehr hören! Aber ich freue mich auf die Insel und mein Haus. Ich hätte nicht gedacht, dass ich so viel Heimweh haben würde.«

»Oma, sei mir nicht böse, ich habe heute nicht so viel Zeit. Björn kommt zurück, und ich wollte ihm etwas Schönes kochen.«

»Schon gut, Kathi. Dann mache ich eben noch einen Spaziergang. Und danach vielleicht noch einen.«

»Nur ein paar Tage noch, Oma. Und schon bist du wieder hier.«

Kathi hörte, wie Gesa tief durchatmete. »Ja, du hast ja recht. Und jetzt ab in die Küche mit dir. Grüß Björn ganz lieb von mir.«

»Natürlich, Oma, das tue ich. Und du machst dir ein paar schöne Tage mit Renke. Versprochen?«

Sie verabschiedeten sich wortreich und beendeten das Gespräch. Kathi saß noch eine Weile mit dem Telefon in der Hand auf dem Sofa und dachte an Gesa. Renke und sie wirkten wie ein altes Ehepaar, das sich auch noch nach vielen Jahrzehnten die Liebe erhalten hatte. Kathi fand es merkwürdig, dass Gesa so lange gewartet hatte, bis sie wieder Kontakt zu ihrem Jugendfreund aufgenommen hatte. Erst ein paar Wochen zuvor hatte Kathi von der alten Geschichte zwischen den beiden erfahren, als es immer augenscheinlicher wurde, dass die beiden mehr als eine alte Schulfreundschaft verband. Sie hatte Gesa gedrängt, zu erzählen, was damals vorgefallen war. Vielleicht würde sie Gesa noch einmal auf die alten Zeiten ansprechen. Irgendwie gehörte Renke ja jetzt zur Familie.

Seufzend kämpfte Kathi sich aus dem weichen Sofa hoch und ging in die Küche.

Eine Stunde später stand Kathi vor dem Spiegel und musterte das neue Sommerkleid. Sie hatte es zusammen mit Björn bei einem abendlichen Spaziergang im Schaufenster einer Kampener Boutique entdeckt. Als sie es anprobiert hatte, hatte Björn versucht, sie zum Kauf zu überreden, aber Kathi hatte mit Hinweis auf den Preis vehement abgelehnt. Dann war sie aber doch spontan nach Kampen gefahren und hatte sich das Kleid gekauft.

Ob Björn sich an das Kleid erinnern würde? *Ganz bestimmt*, sagte sich Kathi und freute sich schon jetzt auf seine Reaktion. Sie sah auf ihre Armbanduhr. In spätestens einer halben Stunde sollte er da sein. Die Gnocchi lagen fertig im Kühlschrank, die Bohnen waren gesäubert und geschnitten, das Fleisch vorbereitet. Wenn Björn eintraf, würde sie das Essen in zwanzig Minuten auf dem Tisch haben. Falls er zunächst Lust auf einen Spaziergang haben sollte, könnten sie das Abendessen problemlos nach hinten verschieben.

Sie öffnete die Terrassentür, die vom Wohnzimmer in den Garten führte. Gleich nach ihrem Einzug hatte Kathi eine bequeme Holzbank gekauft und sie so aufgestellt, dass man einen wunderschönen Blick in den Garten hatte. Sie setzte sich auf die Bank und schaute nach oben in den blauen Himmel. Die Sonne stand inzwischen so tief, dass sie nicht mehr blendete.

Im Garten fühle ich mich schon richtig wohl, dachte Kathi. *Und wenn Björn und ich noch das eine oder andere Möbelstück austauschen, kann auch das Haus sehr gemütlich werden.* Kathi spürte ihr Glück fast körperlich: Den Traummann gefunden, ein Haus auf der Insel, eine Arbeit, die ihr unglaublich Spaß machte, und außerdem war Gesa in ihrer Nähe. Alles war so perfekt, dass es Kathi fast unheimlich war, und sie fürchtete, jeden Augenblick aus diesem Traum aufzuwachen.

Als aus dem Haus Geräusche an ihr Ohr drangen und gleich darauf Björns Stimme, die nach ihr rief, sprang sie auf und lief ins Haus.

»Hier bin ich«, rief sie und blieb abrupt stehen, als sie Björn sah, der gerade die Haustür schloss.

Er war nicht allein. Neben ihm stand ein hochgewachsenes junges Mädchen mit langen dunklen Haaren. Der Lidstrich und die Wimperntusche betonten die dunkelbraunen Augen, die Kathi abschätzig musterten. Das helle, professionell aufgetragene Make-up und der Lippenstift passten perfekt zur Kleidung. Das Mädchen trug ein weißes tief ausgeschnittenes Top, eine hautenge schwarze Jeans und dazu Marken-Sneakers.

»Das ist Lilly«, sagte Björn zögernd. »Ich hab dir ja schon von ihr erzählt. Sie ist mitgekommen.«

Er stellte die Koffer auf den Boden und ging auf Kathi zu, um sie zu umarmen.

»Hallo, Liebes«, flüsterte er ihr ins Ohr. »Ich erklär dir das später. Tut mir leid, dass ich dich so überfalle, aber es ging einfach nicht anders.« Er gab der immer noch verblüfften Kathi einen Kuss und wandte sich dem Mädchen zu.

»Das ist Kathi«, sagte er.

Kathi, die mühsam versuchte, ihre Enttäuschung zu verbergen, ging auf Lilly zu und streckte ihr die Hand entgegen. »Hallo, Lilly!«

Das Mädchen zog genervt die Augenbrauen hoch und erwiderte die Begrüßung mit einem mürrischen »Hi«. Die angebotene Rechte ignorierte sie.

Kathi lächelte bemüht. »Was hältst du davon, wenn ich dir erst mal das Gästezimmer zeige?«

Lilly zuckte unmerklich mit den Schultern und schien darauf zu warten, dass Kathi ihren Koffer, den Björn ins Haus getragen hatte, in die Hand nahm. Dabei schaute sie demonstrativ auf ihren Kosmetikkoffer, den sie die ganze Zeit in der Hand gehalten hatte.

»Kein Problem«, sagte Björn hastig. »Ich bring nachher den Koffer rauf. Ich will mich nur erst etwas frisch machen.«

Kathi warf ihm einen verwunderten Blick zu, zeigte dann aber mit der Hand in Richtung Flur. »Dann komm mal mit.«

Lilly trottete hinter ihr die Treppe hinauf. Oben angekommen öffnete Kathi die Tür zum Gästezimmer und trat zur Seite. »Komm rein.«

Lilly zwängte sich an ihr vorbei ins Zimmer, blickte sich kurz um und ließ sich dann aufs Bett fallen.

»Armselige Bude«, sagte sie und blickte Kathi dabei provozierend ins Gesicht.

»Du hast sicher Hunger! In einer halben Stunde habe ich das Essen fertig. Lammfilet mit Gnocchi und grünen Bohnen.«

»Keinen Bock«, meinte Lilly kurz angebunden. »Wo ist die Toilette? Und mein Badezimmer?«

Kathi schluckte eine spitze Bemerkung hinunter und zwang sich zu einem Lächeln.

»An der Gästetoilette bist du schon vorbeigekommen. Sie ist neben der Eingangstür. Ein eigenes Gästebad haben wir nicht. Unser Bad findest du ganz am Ende des Flurs rechts. Falls du doch Hunger bekommen solltest, gesell dich doch einfach zu uns ins Esszimmer.«

Lilly öffnete ihr Schminkköfferchen und kramte darin herum.

Kathi schloss die Tür und ging langsam in Richtung Küche. Björn stand dort am Fenster, ein Wasserglas in der Hand. Als Kathi ihn fast erreicht hatte, drehte er sich zu ihr um.

»Tut mir leid, dass ich dir nicht vorher Bescheid geben konnte, aber das ging alles Hals über Kopf. Sie konnte unmöglich bei meinen Eltern bleiben. Meine Mutter ist völlig mit den Nerven am Ende und hat mehr als genug mit Papa zu tun. Sie wird mit Lilly einfach nicht fertig. Heute Morgen hat es einen Riesenkrach zwischen den beiden gegeben, mit Geschrei, Schimpfwörtern, knallenden Türen und allem Drum und Dran. Lilly verkündete dann, dass sie uns alle wie die Pest hasse und auf keinen Fall bei ihren Großeltern bleiben wolle. Als meine Mutter zu weinen begann, habe ich beschlossen, Lilly mitzunehmen. Na ja, was soll ich noch sagen? Jetzt ist sie hier.«

Kathi kam zu ihm und umarmte ihn.

»Es ist schon gut«, sagte sie leise. »Wir haben ja Platz genug, und wenn es im Moment nicht anders geht …«

»Danke, Kathi.« Björn war sichtlich erleichtert. »Ich hatte schon Angst, dass du sauer bist.«

»Unsinn«, unterbrach Kathi ihn. »Ich bin im Moment einfach nur froh, dass du endlich wieder da bist.«

Er nickte und zog sie in seine Arme. »Ich habe dich so vermisst. Und mein Bruder …«

»Das erzählst du mir alles später. Ich habe etwas zu essen vorbereitet. Es sollte auch für drei reichen.« Kathi drehte ihren Kopf leicht zur Seite und schaute zum Flur. »Allerdings hat Lilly schon verkündet, dass sie keinen Hunger hat.«

»Sie ist etwas … Egal. Ich seh gleich noch einmal nach ihr. Vielleicht kann ich sie ja überreden.«

»Mach das«, antwortete Kathi und wandte sich der Küchenzeile zu. »Eine halbe Stunde, länger brauche ich nicht. Ruh dich doch etwas auf dem Sofa aus. Ich rufe dich dann.«

Kathi blickte Björn nach, als er davonschritt. Sein schlurfender Gang verriet, wie schwer die letzten Tage für ihn gewesen waren. Das Wichtigste war jetzt, zu Lilly ein halbwegs vernünftiges Verhältnis aufzubauen, damit Björn nicht noch mehr Stress ausgesetzt war. Irgendwie würde es ihr schon gelingen, mit dem Mädchen fertigzuwerden. Lilly wirkte im ersten Augenblick zwar wie sechzehn oder siebzehn, aber bei genauerem Hinsehen hatte Kathi schnell gemerkt, dass sie noch ein Kind war.

Kathi schüttelte den Kopf, holte die Gnocchi und das Fleisch aus dem Kühlschrank und begann, zu kochen.

Björn legte Gabel und Messer auf den leeren Teller.

»Das war wunderbar«, sagte er und fügte leise hinzu: »Du bist wunderbar.«

»Ach, was! Das war ein ganz normales Essen. Sozusagen ein Begrüßungsessen«, antwortete Kathi und blickte auf den leeren Platz neben Björn.

»Und Lilly wollte wirklich nicht?«

Björn stand auf und schloss die Tür zum Flur. »Ist wohl besser, wenn sie nicht alles mithört.« Er setzte sich wieder.

»Ich hab dir ja schon am Telefon von Lilly erzählt. Da bin ich natürlich nicht im Traum drauf gekommen, dass ich sie heute würde mitnehmen müssen.« Björn legte kurz den Kopf in den Nacken und atmete tief durch. »Sie war schon immer etwas eigen, aber seit sie in der Pubertät ist, schießt sie einen Vogel nach dem anderen ab. Trotzdem, ich glaube, mein Bruder ist meistens zu ihr durchgedrungen und konnte ihr Temperament im Zaum halten. Aber jetzt, nachdem ihre Mutter gestorben ist, lässt sie überhaupt niemanden mehr an sich ran. Es ist fast so, als hätte sie überhaupt nicht begriffen, was passiert ist. Sie scheint es einfach zu ignorieren. Dabei war sie mit im Krankenhaus, hat Christoph da liegen sehen, mit all den Schläuchen und den ganzen Geräten.«

Björn senkte den Kopf. Kathi streichelte sanft über seine Hand.

»Sie stand einfach nur da und starrte ihn an. Einen Moment lang dachte ich, sie bricht gleich zusammen, aber dann hat sie sich umgedreht und ist einfach rausgelaufen. Frag mich jetzt nicht, was in ihrem Kopf vorgeht. Wer kann schon in so ein Kind reingucken? Ich zumindest nicht. Auf jeden Fall wurde nach diesem Besuch im Krankenhaus alles noch viel schlimmer. Kannst du dir vorstellen, dass sie ernsthaft allein im Haus meines Bruders bleiben wollte? Sie würde schon zurechtkommen, hat sie mich angeschnauzt.«

»Aber sie ist doch noch nicht einmal vierzehn. Das wäre vollkommen unmöglich«, sagte Kathi. »Das Jugendamt wäre schneller da, als dass sie bis drei zählen könnte.«

»Das habe ich ihr auch zu erklären versucht. Und was macht sie? Sie zeigt mir den Stinkefinger.«

»Wahrscheinlich ist sie traumatisiert.«

»Ich weiß doch, Kathi. Trotzdem oder gerade deshalb: Ich konnte sie auf keinen Fall bei meinen Eltern lassen.«

»Mach dir keine Sorgen, Björn. Wir schaffen das.«

»Dein Wort in Gottes Ohr!«, sagte Björn und stand auf, um das Geschirr abzuräumen.

»Gehen wir noch eine Runde am Strand spazieren?«, fragte Kathi.

Björn zögerte. »Meinst du, wir können sie hier allein lassen?«

»Sie ist fast vierzehn!«

»Schon! Aber ich habe ein komisches Gefühl dabei.«

In diesem Augenblick öffnete sich die Tür zum Flur und Lilly trat ins Zimmer.

»Ich habe Hunger«, sagte sie und schaute Björn herausfordernd an.

Kathi bemerkte sofort, dass Lilly sich zurechtgemacht hatte. Ihre Lippen waren nachgezogen, die Haare gekämmt und sorgfältig geglättet. Außerdem hatte sie sich umgezogen.

»Aber du hast doch eben noch gesagt, dass du nichts willst …«, antwortete Björn.

»Ja, und?«, unterbrach ihn Lilly. »Eben hatte ich keinen Hunger, jetzt habe ich welchen. Hast du ein Problem damit?«

»Was möchtest du denn?«, fragte Kathi, die spürte, dass Björn kurz davor war, zu explodieren.

Lilly drehte sich zu Kathi um und sah sie an, als sei sie erstaunt, sie noch in der Küche anzutreffen. »Pasta mit Shrimps und einen kleinen Salat.«

Kathi ging zum Vorratsschrank und öffnete ihn.

»Shrimps hab ich nicht. Ich könnte dir Spaghetti mit Lachs machen. Den muss ich zwar erst auftauen, aber das geht schnell. Was meinst du dazu?«

Lilly verzog ihr Gesicht. »Igitt! Aber wenn's sein muss, würg ich das Zeug eben runter.«

»Lilly!«, fuhr Björn dazwischen. »Nicht in diesem Ton.«

»Nicht in diesem Ton«, äffte sie ihn nach und stolzierte aus der Küche. Vom Flur aus rief sie: »Ich bin in meinem Zimmer.«

Als Björn ihr nachgehen wollte, hielt Kathi ihn zurück.

»Lass ihr Zeit! Ich mache ihr jetzt was zu essen, und du bringst es ihr ins Zimmer. Dann kannst du ja noch einmal in Ruhe mit ihr sprechen. Schlag ihr vor, dass wir ihr morgen etwas von Sylt zeigen, oder frag sie, was sie gerne machen möchte.«

»Wahrscheinlich verlangt sie morgen einen Porsche von mir, damit sie aufgedonnert durch Kampen fahren kann«, knurrte Björn.

»Dann bekommt sie halt ein Fahrrad, und da montierst du ihr ein Porsche-Logo drauf«, sagte Kathi grinsend. »Und jetzt setzt du dich schön ins Wohnzimmer und legst dir eine CD ein. Wie wäre es mit Mozarts Klavierkonzerten? Das beruhigt die Nerven.«

Björn seufzte und fuhr sich mit der Hand durch seine dunklen Locken. »Oh, Kathi. Das wird noch ein hartes Stück Arbeit.«

Sie gab ihm einen Kuss und schob ihn aus der Küche.

»Wir kriegen das hin! Du wirst sehen.«

Kapitel 6

So leise sie konnte, öffnete Kathi die Haustür und trug die Brötchen, die sie nach der Arbeit noch schnell besorgt hatte, in die Küche. Von Lilly oder Björn war nichts zu sehen, vermutlich schliefen die beiden noch. Nur Walter kam ihr mit einem lauten Miauen entgegen, warf sich theatralisch auf den Boden und sah sie auffordernd an.

»Na, mein Süßer? Lust auf ein zweites Frühstück?«, meinte sie, bückte sich und streichelte den laut schnurrenden Kater hinter den Ohren.

Nachdem sie seinen Napf noch einmal gefüllt hatte, deckte Kathi den Frühstückstisch für drei und ging hinauf ins Schlafzimmer, um Björn zu wecken.

Er lag auf der Seite, die Decke bis fast zu den Ohren hochgezogen, die Augen geschlossen, und er schlief fest. Lächelnd dachte Kathi, dass er wie ein kleiner Junge aussah.

Die Versuchung war groß, sich noch einen Moment zu ihm ins Bett zu legen, sich an ihn zu schmiegen, die Arme um ihn zu legen und zu fühlen, wie er atmete, aber Kathi entschied sich dagegen. Sie ließ sich vor dem Bett auf die Knie nieder, strich Björn zärtlich die Haare aus der Stirn und küsste ihn. »Wach auf, mein Schatz«, flüsterte sie. »Gleich gibt es Frühstück!«

Björn öffnete die Augen und lächelte verschlafen. »Guten Morgen«, murmelte er undeutlich.

»Guten Morgen, ist gut.« Kathi lachte leise. »Es ist fast zwei. Ich bin schon mit der Arbeit und dem Ausliefern fertig.«

»Aber warum hast du mich denn nicht geweckt, als du aufgestanden bist?« Er rekelte sich und gähnte.

»Ich wollte dich ausschlafen lassen. Immerhin ist heute Sonntag, und die Praxis ist geschlossen. Außerdem hast du eine harte Woche hinter dir.«

Björn legte seine Hand in ihren Nacken, zog sie zu sich heran und küsste sie. »Du bist ein Schatz, Kathi!«

Kathi nickte. »Das will ich meinen! Immerhin hab ich dir Kaffee gekocht. Und jetzt raus aus dem Bett, ehe der wieder kalt wird. Ich werde in der Zwischenzeit mal nach unserem Gast sehen!«

Björn schlug die Bettdecke zurück und erhob sich. »Na, mal schauen, ob Eure Hoheit uns heute beim Essen Gesellschaft leistet.« Mit verzweifelter Miene raufte er sich die Haare. »Gestern war sie ja nicht zu überreden. Dann versuch du mal dein Glück. Viel Erfolg!« Björn zog sich einen Bademantel über und verschwand in Richtung Badezimmer.

Kathi blickte ihm nach, ging dann zum Gästezimmer und lauschte, ehe sie klopfte. Als niemand antwortete, zog sie vorsichtig die Tür auf.

Die Jalousie war heruntergezogen, das Zimmer stockdunkel. Nur vom Bett her drang der schwache Schein eines Handydisplays zur Tür. Kathi schaltete das Deckenlicht an.

»Hey! Schon mal was von Privatsphäre gehört?«, rief Lilly entrüstet. Sie lag auf dem Bett und hatte immer noch Jeans und Top an, die sie bereits am Vorabend getragen hatte. Jetzt zog sie einen der Kopfhörerstöpsel aus den Ohren und richtete sich auf. »Raus aus meinem Zimmer!«, schrie sie.

Kathi schluckte. Sie holte ein paar Mal tief Luft, um sich wieder in den Griff zu bekommen. »Also, erstens ist das hier nicht dein Zimmer, und zweitens: Wie sieht es hier überhaupt aus?«

Sie schaute sich im Gästezimmer um. Lillys Koffer stand geöffnet mitten im Raum. Das Mädchen schien etwas darin gesucht zu haben, denn unzählige Kleidungsstücke lagen auf dem Boden verstreut herum. Auf dem Nachttisch neben ihrem Bett befanden sich noch der halb gefüllte Teller mit Nudeln und eine offene, fast leere Cola-Flasche.

»Kannst ja aufräumen, wenn's dir nicht passt«, sagte Lilly schnippisch und steckte den Stöpsel wieder in ihr Ohr.

»Den Teufel werde ich tun! Das wirst schön du machen!«

Lilly reagierte nicht, sondern wandte ihre Aufmerksamkeit wieder ihrem Handy zu und begann, mit beiden Daumen zu tippen.

Kathi fühlte eine ungeheure Wut in sich hochkochen. Sie trat auf das Bett zu und zog Lilly die Stöpsel aus den Ohren.

»Jetzt hör mir mal genau zu! Du wirst hier aufräumen, und zwar sofort! Wenn du glaubst, dass ich hier deine Putzfrau spiele, hast du dich gewaltig geschnitten. Und sobald du damit fertig bist, kannst du zum Frühstück kommen.«

Lilly funkelte sie böse an. »Als ob ich mit euch Idioten zusammen essen wollte!«

Kathi zuckte mit den Schultern. »Musst du ja nicht, dann gibt es eben nichts. Ganz, wie du willst! Das hier ist kein Hotel mit Zimmerservice. Also, wenn du etwas frühstücken möchtest, dann kommst du, bitte schön, ins Esszimmer runter.« Damit nahm sie den Nudelteller und die Cola an sich, trug beides hinaus und ging die Treppe hinunter.

In der Küche beförderte sie die Spaghetti in den Müll und goss die abgestandene Cola ins Spülbecken. Während die braune Flüssigkeit im Ausguss versickerte, fragte sie sich, ob sie nicht überreagiert hatte. Immerhin war Lilly nichts weiter als ein verstörtes Kind, das gegen seinen Willen in eine völlig fremde Umgebung verfrachtet worden war. Kathi warf das Küchenhandtuch ärgerlich in die Spüle. Wenn nur jemand da wäre, den sie um Rat fragen könnte!

»Nach verstört und traumatisiert sieht das aber nicht aus«, hörte sie Gesas Stimme in ihren Gedanken. »Eher nach einer verzogenen Göre, die ausprobiert, wie weit sie gehen kann. Wenn du der nicht von Anfang an zeigst, wer hier das Sagen hat, dann tanzt sie dir auf der Nase herum. Du wirst sehen, in zehn Minuten sitzt die Kleine am Frühstückstisch.«

Kathi seufzte. »Hoffentlich hast du recht, Oma«, murmelte sie.

Björn, der ein paar Minuten später aus der Dusche kam und sich an den Frühstückstisch setzte, erzählte sie nichts von dem Streit. Erst als er fragte, ob Lilly denn nichts essen wolle, meinte Kathi: »Die wollte vorher noch aufräumen.«

Björn zog erstaunt die Augenbrauen hoch, sagte aber nichts dazu.

Als die beiden mit dem Frühstück fast fertig waren, öffnete sich die Tür, und Lilly kam herein. Sie ließ sich auf ihren Stuhl fallen und schaute missmutig über den Tisch.

»Gibt's keine Croissants?«, knurrte sie.

»Guten Morgen, erst mal«, sagte Björn freundlich. »Oder eigentlich besser, guten Tag. Und nein, Croissants gibt es nicht. Wir essen normalerweise nur Brötchen.« Er griff nach dem Korb und reichte ihn an Lilly weiter. »Kathi konnte schließlich nicht wissen, dass du am liebsten Croissants isst.«

Lilly murmelte etwas Unverständliches, nahm sich aber dann doch ein Körnerbrötchen und schnitt es auf.

»Hier«, sagte Björn und schob ihr ein Marmeladenglas hin. »Das ist selbst gemachte Erdbeermarmelade von Kathis Oma. Die ist toll.«

Lilly würdigte ihn keines Blickes, öffnete das Glas und schmierte die Marmelade fingerdick auf ihr Brötchen. Als sie davon abbiss, tropfte ein dicker Klecks der klebrigen roten Masse auf das Tischtuch.

Kathi schluckte die Bemerkung, die sie schon auf den Lippen hatte, mit Mühe hinunter.

»Und?«, fragte Björn.

»Geht so«, antwortete Lilly. »Die von meiner Oma ist besser.« Dabei warf sie Kathi einen provozierenden Blick zu.

Björn lachte. »Geschmäcker sind ja zum Glück verschieden.«

Auch wenn ihr die Marmelade angeblich nicht so gut schmeckte, so aß Lilly doch zweieinhalb Brötchen, ehe sie ihren Teller von sich schob.

»Ich bin satt!«, verkündete sie und stand auf.

Ehe sie das Esszimmer verlassen konnte, rief Kathi sie zurück.

»Hilfst du bitte beim Abräumen?«, fragte sie so freundlich wie möglich.

»Zu Hause muss ich das nie.«

»Hier schon!«, sagte Kathi entschieden und drückte dem Mädchen die Teller in die Hand. »Erst auf die Küchenzeile damit, und später kommt alles in die Spülmaschine.«

»Ich wollte aber jetzt meine Oma anrufen!«

»Das kannst du später immer noch«, sagte Björn. »Jetzt wird abgeräumt, und dann überlegen wir, was wir heute unternehmen.«

Leise protestierend, fügte sich das Mädchen. Als Björn und Lilly mit der Spülmaschine beschäftigt waren, stahl sich Kathi kurz aus der Küche und warf einen raschen Blick ins Gästezimmer. Zu ihrer Überraschung hatte Lilly tatsächlich etwas aufgeräumt. Der Koffer stand neben dem offenen Kleiderschrank, in den Lilly ihre Kleider gestopft hatte, die vorher auf dem Boden verteilt gewesen waren.

»Da schau her! Geht doch!«, murmelte Kathi, ehe sie die Tür leise zuzog und zurück in die Küche ging.

Walter, der offenbar oben ein Nickerchen gemacht hatte, kam die Treppe herunter und strich ihr um die Beine. Kathi bückte sich und nahm den schwarz-weißen Kater auf den Arm, der sich sofort an ihre Wange schmiegte und laut schnurrte.

»Na, mein Kleiner? Mal gucken, was du zu unserem Gast sagst«, flüsterte sie und trug ihn in die Küche hinüber.

Lilly, der Björn gerade erklärte, wie sie die Spülmaschine bedienen musste, drehte sich um, als Kathi hereinkam.

»Ihr habt eine Katze?«, fragte sie und ging auf Kathi zu. »Wie heißt sie denn?«

»Das ist ein Kater, und sein Name ist Walter.«

Auf einmal fiel alles gekünstelte Erwachsensein von Lilly ab, und das kleine Mädchen darunter kam zum Vorschein. Lilly streckte die Hand mit den dunkelrot lackierten Fingernägeln aus, zuckte aber zurück, kurz bevor sie Walters Fell berührte. »Kratzt er?«

»Normalerweise nicht. Walter ist eigentlich ein ganz Lieber. Aber wenn du dich bei ihm einschmeicheln willst: In der Schublade neben dem Herd ist eine Tube mit Vitaminpaste. Dafür tut Walter alles.«

Lilly holte die Paste aus der Schublade, öffnete den Verschluss und drückte ein Stückchen der bräunlichen Masse heraus. Sofort begann Walter begeistert, die Paste aufzuschlecken und zog dabei die Nase in Falten.

»Wie niedlich. Der Kater schielt!«, rief Lilly und lachte. Vorsichtig streichelte sie Walter hinter den Ohren.

»Willst du ihn mal halten?«, fragte Kathi und drückte Lilly den immer noch an der Tube schleckenden Kater in die Arme.

Björn, der an der Küchenzeile lehnte, schüttelte leise lachend den Kopf. »Ihr werdet Walter noch dick und rund füttern!«

Kathi zwinkerte ihm zu. »Ach was, das kleine bisschen! Ist doch nur zum Freundschaft schließen.«

Sie beobachtete, wie Lilly den Kater festhielt, und lächelte, während das Mädchen Walter dabei zusah, wie er die Paste aus der Tube leckte.

»Ich wusste gar nicht, dass du so ein Tiernarr bist, Lilly«, sagte Björn.

»Doch, Katzen mag ich«, sagte Lilly. »Ganz früher hatten wir auch eine Katze, aber wir mussten sie weggeben, weil Mama doch eine Allergie gegen Tierhaare hat.« Sie stockte und schluckte vernehmlich. Als sie weitersprach, hatte sich ihre Stimme verhärtet. »Mama *hatte* eine Allergie. Da ging das nicht.«

»Nein, dann ist das schwierig«, sagte Björn leise. Er schien einen Augenblick zu überlegen, ob er weiter auf das Thema eingehen sollte, ehe er sagte: »Ich hab einen Vorschlag, was wir heute Nachmittag machen könnten. Wir fahren nach Keitum. Eine alte Freundin von mir ist seit gestern mit ihren Poloponys auf der Insel. Sie hat mir vor ein paar Tagen eine SMS geschrieben und mich gefragt, ob wir uns nicht treffen können. Eigentlich wollte ich morgen nach der Sprechstunde hinfahren, aber wir könnten uns natürlich auch alle zusammen mal die Stallungen und die Pferde ansehen.«

Lilly runzelte die Stirn. »Du meinst jetzt aber nicht, dass alle kleinen Mädchen sich für Pferde interessieren und ich deshalb …«

»Nein, Quatsch! War nur ein Vorschlag. Ich muss sowieso hin, weil Sabrina mich gebeten hat, mich um die Pferde zu kümmern. Als Leibarzt bis zum Turnier, sozusagen. Diese Poloponys sind so was wie Hochleistungssportler: irre teuer und dabei schrecklich empfindlich. Wenn ich mir die Pferde angesehen habe, könnten wir nach Westerland fahren und was essen gehen. Pasta mit Shrimps und einen kleinen Salat vielleicht?«

Er zwinkerte Lilly zu, die den Kater auf den Boden setzte. Walter, der die Tube in ihrer Hand nicht aus den Augen ließ, strich ihr schnurrend um die Knöchel, doch Lilly beachtete ihn nicht. Sie musterte Björn abschätzig mit zusammengezogenen Augenbrauen und heruntergezogenen Mundwinkeln.

Wie lange sie wohl vor dem Spiegel geübt hat, um diesen Gesichtsausdruck hinzubekommen?, schoss es Kathi durch den Kopf. Cool und überheblich wollte sie wirken, erwachsen und souverän, doch die aufgesetzte Miene war unecht und widersprach dem Ausdruck in ihren Augen, die gleichzeitig sagten: *Komm mir nicht zu nah*, und: *Halt mich bitte einfach fest.*

Schließlich zuckte Lilly mit den Achseln. »Meinetwegen. Dann geh ich jetzt mal duschen und mich fertig machen.«

Sie wandte sich zum Gehen, drehte sich aber an der Tür noch einmal um. »Kann ich euer WLAN-Passwort haben?«, fragte sie. »Mein Volumen habe ich für diesen Monat schon verbraucht, und ich muss noch meinen Freunden Bescheid geben, wo ich abgeblieben bin.«

Es war schon fast fünf Uhr, als Björn den schwarzen Geländewagen zum Bauernhof in der Nähe von Keitum lenkte, auf dem die Polopferde untergebracht waren. Bevor sie losgefahren waren, hatte Lilly über eine Stunde im Badezimmer verbracht. Jetzt flegelte sie sich auf den Rücksitz, das Handy in der Hand und die Kopfhörer in den Ohren. Kathi beobachtete Lilly im Rückspiegel. Das Mädchen starrte nachdenklich aus dem Seitenfenster, während sie die Musik so laut aufgedreht hatte, dass selbst Kathi sie vorn im Wagen noch deutlich hörte.

»Bauer Gerkens hat mit Milchvieh angefangen und ist später auf Gallowayrinder umgestiegen«, erklärte Björn mit lauter Stimme. »Vor ein paar Jahren hat er dann alle Stallungen zu Pferdeboxen umbauen lassen. Pferdezucht war schon immer eine seiner Leidenschaften gewesen. Ich kenne ihn, seit ich auf Sylt bin. Ein netter Kerl.«

Kathi berührte ihn am Arm. »Du brauchst nicht zu schreien. Lilly hört sowieso nichts.«

Björn verzog das Gesicht. »Na, bravo!«, sagte er. »Die ganze Rede umsonst.«

Kathi lächelte. »Umsonst nicht! Immerhin hab ich dir zugehört.«

Eine Weile schaute sie aus dem Fenster auf die Marschlandschaft der Ostseite von Sylt. Schließlich fasste sie sich ein Herz und stellte die Frage, die ihr seit dem Vortag auf der Seele brannte. »Wie lange wird Lilly bei uns bleiben?«

»Ganz ehrlich, Kathi, ich weiß es noch nicht«, antwortete er leise. »Das ging alles Hals über Kopf gestern, als ich zu meiner Mutter gesagt habe, ich nehme sie erst mal mit.« Sein Blick blieb geradeaus auf die Straße gerichtet. »Ich weiß, dass ich dich damit ganz schön überfallen habe.«

»Ja, ein bisschen schon.«

»Es tut mir leid, Kathi.« Er warf ihr einen schnellen Seitenblick zu. »Wenn ich einen anderen Ausweg gesehen hätte, hätte ich sie nicht mitgebracht. Aber so? Meine älteste Schwester lebt und arbeitet in den USA. Die sitzt mehr im Flieger, als dass sie zu Hause ist. Und die beiden anderen haben kleine Kinder und vor allem absolut keinen Platz für Lilly. Und bei meiner Mutter konnte ich sie wirklich nicht lassen. Nicht so, wie die Lage im Moment ist.«

»Und was meinst du, wie lange wird sie jetzt bei uns bleiben?«

»Ich dachte, erst mal bis zum Ende der Ferien, das sind noch vier Wochen. Bis dahin ist hoffentlich klarer, wie es mit Christoph weitergeht. Es sei denn …«

»Es sei denn, was?«

»Wenn du sagst, es geht gar nicht, dann müssen wir eben neu überlegen, wo Lilly bleiben kann. Möglicherweise muss ich sie dann übergangsweise bei Freunden meines Bruders unterbringen. Aber ich weiß nicht, ob das klappt.«

Kathi warf Björn einen überraschten Blick zu. Sie sah, wie hin- und hergerissen er war. »Nein, das wird sicher nicht nötig sein. Wir werden uns schon zusammenraufen«, sagte sie eilig. »Aber könntest du vielleicht mit Dr. Piper sprechen und fragen, ob du in den nächsten Wochen die Nachmittagssprechstunde übernehmen könntest?«

»Meinst du?«

»Ja, ich glaube, das wäre gut. Ich hab ein ungutes Gefühl, wenn Lilly so lange allein im Haus ist. Und dann wäre eigentlich fast immer jemand von uns da.«

Björn nickte. »Gute Idee! Gleich morgen früh spreche ich mit Martin. Ich denke, er wird nichts dagegen haben.« Björn deutete nach vorn aus dem Fenster. »Wir sind da! Das ist der Hof der Gerkens.«

Er setzte den Blinker und steuerte den Wagen auf eine lange Auffahrt, die auf ein altes reetgedecktes Bauernhaus zuführte, neben dem moderne Stallgebäude und eine Reithalle zu sehen waren. Nachdem er das Auto im Schatten einiger Bäume neben der Koppel abgestellt hatte, drehte Björn sich zu Lilly um und tippte sie an.

Sie schrak zusammen und zog die Kopfhörer aus den Ohren.

»Wir sind da!«, sagte er. »Alles aussteigen.«

»Wenn's sein muss«, antwortete Lilly missmutig, steckte das Handy in ihre Jackentasche und stieg aus. »Puh!«, machte sie und verzog das Gesicht. »Müssen Pferde so stinken?«

Björn lachte. »Ja, leider! Aber pst …! Das hören die Pferdenarren nicht so gern.« Er deutete auf eine Gruppe junger Männer, die ans Gatter der Koppel gelehnt standen und beim Longieren zusahen. Die junge Frau, die eines der Pferde an der Longierleine traben ließ, schien die drei Neuankömmlinge bemerkt zu haben, hob den Arm und winkte. »Hallo, Björn!«, rief sie. »Eine Sekunde, ich bin sofort bei dir!«

Sie stoppte das Pferd und übergab die Leine einem der jungen Männer. »Hier, mach mal weiter«, sagte sie, kletterte behände über das Holzgatter und lief auf die drei zu.

Zu Kathis Verblüffung fiel sie Björn um den Hals, drückte ihn fest an sich und gab ihm einen Kuss auf die Wange.

»Meine Güte, mein Großer, ist das lange her!«, rief sie, ohne ihn loszulassen, was Björn offensichtlich etwas unangenehm war. Dann schob sie ihn auf Armeslänge von sich und musterte ihn von oben bis unten. »Gut siehst du aus!« Sie lachte. »Die zehn Jahre sind spurlos an dir vorbeigegangen!«

»Ist das wirklich schon so lange her?«

»Ja, im September sind es genau zehn Jahre. Bei der Party zu deiner Dissertation haben wir uns zuletzt gesehen.«

Björn schüttelte den Kopf. »Nicht zu fassen! Mir kommt es vor, als sei es erst gestern gewesen.« Er zog die junge Frau zu Kathi und Lilly hinüber, die neben dem Wagen gewartet hatten.

»Kathi, das ist Sabrina. Oder eigentlich sollte ich wohl sagen: Dr. Sabrina Rademacher. Das ist Katharina Adrians, meine Freundin.«

Sabrina warf Björn einen kurzen, überraschten Blick zu, ehe sie ihre Rechte ausstreckte. Nach kurzem Zögern ergriff Kathi die Hand und erwiderte den kräftigen Händedruck. »Sabrina, bitte! Das *Dr. Rademacher* überlassen wir doch besser meinen Patienten.«

»Und ich bin Kathi!«

Ein freundliches Lächeln überflog Sabrinas Gesicht und ließ ihre blauen Augen strahlen. »Freut mich, freut mich sehr!«

Kein Wunder, dass Sabrina Björn *mein Großer* genannt hatte. Sie war klein, beinahe einen Kopf kleiner als Kathi, dabei aber ausgesprochen schlank und sportlich. Sie trug eine weiße Leinenbluse, hellbraune Reithosen und Reitstiefel aus schwarzem Leder. Ihr goldblondes Haar hatte sie zu einem Zopf geflochten, was ihr Gesicht mit den hohen Wangenknochen sehr schmal und attraktiv wirken ließ. Geschminkt schien sie nicht zu sein und wenn doch, dann so dezent, dass es nicht auffiel.

»Und das ist meine Nichte Lilly. Sie ist im Moment zu Besuch bei uns«, fuhr Björn mit der Vorstellung fort. Sabrina gab auch ihr die Hand.

Einen Moment lang entstand eine peinliche Stille, ehe Sabrina sich räusperte. »Wie sieht es aus, willst du dir meine Lieblinge mal ansehen?«

»Darum bin ich ja hergekommen!«, sagte Björn lächelnd. »Sind sie auf der Koppel?«

»Nein, ich hab sie heute lieber drinnen in der Box gelassen, die Fahrt gestern war für die vier ziemlich anstrengend. Vielleicht lass ich sie morgen mal ein bisschen Seeluft schnuppern. Kommst du mit?«

Sie machte auf dem Absatz kehrt und ging zu den Stallungen hinüber.

»Könnt ihr Daria bitte in den Stall bringen?«, rief sie den vier jungen Männern zu, die noch immer am Longierplatz standen und sie die ganze Zeit neugierig beobachtet hatten. »Ich hab Besuch bekommen. Wir machen dann morgen weiter, okay?«

»Dafür haben wir aber mindestens ein Eis bei dir gut!«, rief der Größte von ihnen grinsend und griff nach dem Halfter der Stute.

»Abgemacht!«, erwiderte Sabrina. »Aber nur, wenn ihr auch noch ausmistet.« Sie öffnete die Stalltür und ließ die anderen drei vorausgehen. »Das sind Reitschüler von mir«, erklärte sie. »Die Eltern sind wegen des Poloturniers hier, und jetzt hängen die Jungs hier hin und wieder im Stall herum, helfen mal mit, aber meistens halten sie nur die Pferdepfleger von der Arbeit ab. Eigentlich aber ganz nette Burschen.«

Lilly schaute den Jungs hinterher.

»Wenn du magst, kannst du auch gern draußen bleiben«, sagte Kathi leise zu ihr. »Vielleicht zeigen dir die Jungs ja die Ställe und die anderen Pferde.«

Lilly warf ihr einen erstaunten Blick zu, sagte dann aber: »Okay! Kann ich machen.«

Sie setzte einen coolen Gesichtsausdruck auf und ging betont lässig auf den Hof zurück. Kathi sah ihr nachdenklich hinterher, riss sich dann aber los und folgte Björn und Sabrina, die inzwischen vor den beiden größten Boxen im hinteren Teil des Stalls standen.

»Das sind sie«, sagte Sabrina mit sichtbar stolzem Gesichtsausdruck. »Gestatten? Antares und Rigel, und in der anderen Box haben wir Aldebaran und Altair.«

Björn brach in schallendes Gelächter aus. »Das hast du nicht wirklich getan, oder?«

Sabrina grinste über das ganze Gesicht. »Doch, natürlich hab ich das! Du erinnerst dich?«

»Ja, natürlich erinnere ich mich! Wie könnte ich das vergessen?« Immer noch lachend legte er Kathi den Arm um die Schultern. »Aber die arme Kathi versteht kein Wort.«

»Stimmt!«, sagte Kathi. »Was ist an den Namen denn so komisch?«

»Also, da muss ich ein bisschen ausholen. Sabrina und ich haben in Kiel zeitweise in einer WG gewohnt. Zusammen mit noch drei anderen«, fügte er schnell hinzu, als er Kathis Blick bemerkte. »Wir haben alle Medizin studiert, drei von uns Humanmedizin und zwei Tiermedizin. War ganz praktisch, weil wir uns vor den Prüfungen immer gegenseitig abhören konnten.«

»Manchmal auch fächerübergreifend!«, ergänzte Sabrina mit einem Lachen.

»Stimmt. Wir waren eine ziemlich gute Truppe. Haben viel zusammen unternommen. Mal in die Kneipe oder ins Kino. Es gab da so ein altes Programmkino in Kiel, die hatten dienstags immer Kinotag. Da konnte man sich für einen Appel und ein Ei irgendwelche Klassiker ansehen: *Vom Winde verweht, Die Zehn Gebote, Moses* und so weiter. All diese Breitwandschinken.«

»Und einmal gab es *Ben Hur*!«, fuhr Sabrina fort. »Den hab ich schon als Kind geliebt. Wegen des Wagenrennens.«

»Ja, ich auch!«, sagte Björn. »Da war diese Szene, in der zum ersten Mal die Pferde für das Wagenrennen vorgestellt werden. Vier wunderschöne Araberhengste. Du hast tief in meine Popcorntüte gegriffen und kauend gemeint, wenn du je deine eigenen Pferde hättest, würden sie so heißen wie diese vier: Antares, Rigel, Aldebaran und Altair.«

»Genau so war es! Offiziell haben sie zwar die Namen, die im Zuchtbuch stehen, aber ich nenne die vier nie anders. Es ist eben wie bei Scheich Ilderim. Das sind meine Kinder, und ich liebe sie über alles.«

»Kann ich gut verstehen, Sabrina!«, sagte Björn bewundernd. »Wirkliche Prachttiere.«

Kathi betrachtete die vier hellbraunen Pferde, die neugierig ihre Köpfe über den Rand der Box reckten, und sich von Sabrina und Björn streicheln ließen. Für sie sahen die vier ganz normal aus, vielleicht etwas kleiner als die, die sie als Kind beim Bauern in der Nachbarschaft mit Äpfeln und Möhren gefüttert hatte.

»Soll ich die vier jetzt gleich untersuchen?«, fragte Björn.

»Nein, ich denke nicht, dass das nötig ist. Ich habe sie noch mal durchchecken lassen, bevor wir losgefahren sind. Da war alles tipptopp in Ordnung. Die Fahrt haben sie gut überstanden und hier sofort gefressen. Aber wenn du in der nächsten Woche noch mal vorbeischauen könntest, wäre das super.«

»Klar, kein Problem!«

»Und falls etwas sein sollte …«

»… hast du meine Telefonnummer«, ergänzte Björn. »Du kannst jederzeit anrufen!«

Sabrina legte ihre Hand auf seinen Arm und strahlte ihn an. »Danke, Björn, lieb von dir. Das ist wirklich ein beruhigendes Gefühl. Seine Kinder vertraut man schließlich nicht irgendjemandem an.«

Björn drehte sich wieder zu den Pferden um und zog damit seinen Arm aus ihrem Griff. Ihre Berührung schien ihm etwas unangenehm gewesen zu sein.

Vielleicht, so dachte Kathi, *wollte er auch nur verhindern, dass ich falsche Schlüsse ziehe.* Trotzdem war Kathis erster Gedanke, dass die zwei in ihrer Studentenzeit vielleicht doch mehr als nur Freunde waren.

»Was meinst du, Björn, wollen wir dann mal Lilly einsammeln und weiterfahren?«, fragte Kathi betont fröhlich. »Wenn wir noch essen gehen wollen, wird es sonst doch sehr spät.«

»Ja, gute Idee.«

»Ist deine Nichte länger hier auf der Insel oder nur übers Wochenende?«, fragte Sabrina.

»Nein, sie wird wohl für ein paar Wochen hier sein.« Mit wenigen Worten schilderte er, was passiert war und warum Lilly im Moment bei ihnen lebte.

»Wie fürchterlich! Das arme kleine Ding!«, sagte Sabrina. »Sag mal, meinst du, es könnte ihr Spaß machen, hier im Stall ein bisschen zu helfen? Ich würde ihr im Gegenzug ein paar Reitstunden geben. Und sie käme unter Gleichaltrige. Hier sind eigentlich immer irgendwelche Jugendlichen aus der Nachbarschaft und den Feriensiedlungen. Mit dem alten Gerkens rede ich. Der hat sicher nichts dagegen!«

Björns Miene hellte sich auf. »Das ist eine gute Idee. Wir haben vorhin schon überlegt, wie wir es hinbekommen, dass sie nicht allzu viel allein bei uns im Haus ist und dabei vielleicht zu sehr ins Grübeln kommt. Wir beide sind ja den ganzen Tag in der Arbeit.«

»Ist doch selbstverständlich. Wozu hat man Freunde?«

Sabrina lächelte Björn an. Da lag so viel Wärme in ihrem Blick, dass Kathi inzwischen davon überzeugt war, dass sie einmal mehr für Björn empfunden haben musste.

»Dann lass uns doch zu ihr rausgehen und sie fragen, was sie von der Idee hält!«, sagte Sabrina und lief voraus zur Stalltür.

Kapitel 7

Ärgerlich räumte Kathi Lillys Geschirr ab und wischte mit dem Küchentuch die Krümel von der Tischplatte. Sie war gerade von der Arbeit zurückgekommen und hatte als Erstes gesehen, dass Lilly mal wieder ihr komplettes Frühstück hatte stehen lassen.

Kathi warf die Mortadella, die am Rand bereits angetrocknet war, in den Mülleimer und räumte den Tisch ab. Sie würde noch einmal mit Lilly über deren Pflichten sprechen müssen. Es war ja wohl nicht zu viel verlangt, dass Lilly zumindest die Lebensmittel in den Kühlschrank zurückstellte.

Das leise Knarren der Holztreppe kündigte das junge Mädchen an.

»Guten Morgen«, sagte Kathi betont freundlich, als Lilly in der Küchentür stand. »Du willst los?«

Lilly stellte ihren Rucksack vor sich auf den Boden und nickte. »Der Bus kommt gleich.«

»Wann bist du zurück?«

Lilly verdrehte die Augen. »Wie gestern. Gegen sieben oder so.«

»Oder so?«

»Ihr wolltet doch, dass ich im Pferdestall arbeite!«, sagte sie mit deutlicher Betonung auf dem *Ihr*. »Keine Ahnung, was ich heute da alles machen muss. Wenn ich fertig bin, komme ich zurück. Wo sollte ich auch sonst hin?« Sie nahm den Rucksack in die Hand und wollte sich gerade abwenden, als Kathi sie zurückhielt.

»Brauchst du noch Geld?«

»Nein.«

»Hat Björn dir was gegeben?«

»Ja. Wer sonst?«

Kathi schluckte eine Bemerkung hinunter und bemühte sich, ruhig zu bleiben. »Ich wollte dir nur noch sagen, wie toll ich es finde, dass du auf dem Hof mithilfst. Hast du schon neue Freunde gefunden?«

»Da laufen doch nur Kleinkinder herum«, antwortete Lilly widerwillig. »War's das jetzt? Ich muss los.«

»Ich wollte dich nicht aushorchen, falls du das denkst. Wie gesagt, ich finde es prima, wenn du nicht nur auf deinem Zimmer rumhängst.«

Lilly verzog das Gesicht. »Ist ja gut.«

»Dann wünsche ich dir einen schönen Tag«, sagte Kathi versöhnlich. »Ruf an, falls wir dich abholen sollen.«

»Okay«, sagte Lilly, drehte sich um und ging zur Haustür.

Kathi folgte ihr und sah ihr hinterher, während Lilly zur Bushaltestelle am Ende der Straße lief.

Immerhin läuft sie jetzt in normalen Klamotten rum, dachte Kathi. *Vielleicht kriege ich doch noch einen Draht zu ihr, auch wenn es im Moment nicht danach aussieht.*

Lilly fuhr den dritten Nachmittag mit dem Bus zum Gerkens-Hof, obwohl Kathi ihr angeboten hatte, sie mit dem Auto hinzubringen. Björn meinte, es wäre ihr vielleicht peinlich, mit dem alten Golf vorgefahren zu werden. Trotzdem fand Kathi es merkwürdig, dass die bequeme Lilly plötzlich auf ihr Taxi verzichtete und mit, für ihre Verhältnisse, relativ dezentem Make-up und Arbeitsklamotten herumlief.

Kathi ging in die Küche zurück, um die Kaffeemaschine anzustellen. Vormittags gönnte sie sich selten eine Pause. Erst, wenn die Arbeit erledigt war, konnte sie den Kaffee richtig genießen.

Am kommenden Tag würden Renke und Gesa gegen Mittag auf Sylt eintreffen, und Kathi hoffte, dass ihr gemeinsam mit Renke geschmiedeter Plan aufgegangen war. Die Dachgeschosswohnung war immer noch eine Baustelle und würde frühestens in zwei Wochen bezugsfertig sein. In Kürze würde der Fliesenleger kommen, danach die Maler und am Schluss der Elektriker.

Zumindest das Café nahm langsam Gestalt an. Die Küche war fertig, nur die Geräte ließen weiter auf sich warten. Eigentlich hätten sie längst eingebaut sein sollen, aber aufgrund von Engpässen bei zwei Zulieferern würde es noch eine oder zwei Wochen länger dauern.

»Gut Ding will Weile haben«, hatte Renke gesagt. »Mach dir mal keine Gedanken, ich ruf beim Küchenausstatter an und mach da ein bisschen Druck.«

Kathi nahm den fertigen Kaffee mit in den Garten und setzte sich auf ihren Lieblingsplatz. Seit sie bei Björn wohnte, war das geradezu ein Ritual geworden: einmal am Tag eine richtige Pause, einmal an nichts denken und mit geschlossenen Augen den Duft des Gartens einatmen und die salzige Seeluft auf der Zunge schmecken.

Heute würde sie sich eine etwas längere Auszeit gönnen können als üblich. Erst um vier Uhr nachmittags war sie mit Neele in Westerland verabredet. Kathi freute sich schon darauf, Neeles trockene Kommentare zu hören, wenn sie ihr Röcke, Kleider und Tops in die Umkleidekabine reichen würde.

Aber vor allem freute sich Kathi auf Gesa. In den wenigen Monaten auf Sylt hatte sie sich so an deren Gegenwart, deren aufmunternde Worte und anpackende Art gewöhnt, dass sie in den letzten Wochen regelrecht Entzugserscheinungen gehabt hatte. Sie vermisste sie und hatte sich fest vorgenommen, zu verhindern, dass Gesa sich wieder so viel Arbeit aufbürdete. Auch wenn sie nicht so wirkte, Gesa würde in einem Jahr siebzig werden und war einfach nicht mehr in der Lage, das Gleiche zu leisten wie Kathi. Die Zeit, die Gesa gebraucht hatte, um sich von ihrem Unfall zu erholen, hatte Kathi zu denken gegeben.

»Die ist viel zu eng!« Neele musterte, vor dem Spiegel stehend, die schmal geschnittene schwarze Hose, die sie gerade angezogen hatte.

»Im Gegenteil. Die sitzt perfekt«, sagte Kathi. »Wenn wir jetzt noch einen passenden Gürtel finden …«

»Wozu denn einen Gürtel? Die Hose kann ja wohl kaum rutschen, so knapp, wie die sitzt.«

Kathi lachte. »Nein, das nicht. Der Gürtel ist ein Accessoire, das einen farblichen Kontrast zur Hose bilden soll.«

»Wenn du meinst«, sagte Neele. »Eigentlich wollten wir doch nur meine neue – wie hast du es ausgedrückt? – Berufskleidung aussuchen.«

»Haben wir doch«, erwiderte Kathi und reichte ihr ein grünes Top.

»Und warum kämmen wir jetzt schon die dritte Boutique durch?«, fragte Neele und schüttelte mit Blick auf das Top den Kopf. »Grün steht mir nicht. Darin sehe ich aus wie an die Wand gespuckt.«

»Einfach mal anprobieren! Kostet doch nichts!«

Neele griff nach dem Oberteil und zog die Gardine zu. Kurz darauf stand sie vor dem Spiegel und wiegte skeptisch den Kopf hin und her.

»Na ja, dieses Grün geht ja gerade noch«, brummte sie.

Kathi grinste. Nach Neeles Gesichtsausdruck zu urteilen, schienen ihr die Sachen besser zu gefallen, als sie zugeben wollte. »Sag ich doch!«

Eine halbe Stunde später standen sie an der Kasse, und während die Verkäuferin die Kleidungsstücke einscannte, schien Neele im Kopf die Summen zusammenzurechnen.

»Die Geschäftsleitung hat übrigens beschlossen, dass eine kleine Lohnerhöhung notwendig ist«, erklärte ihr Kathi halblaut.

Neele grinste. »Na, dann richte mal der Geschäftsleitung ein herzliches Dankeschön aus.«

Kathi versuchte, ihr Lachen zu unterdrücken. »Mach ich doch gern.«

Die Verkäuferin reichte die volle Tragetasche über den Tresen und lächelte. »Das macht dann zweihundertvierundachtzig Euro«, sagte sie.

Neele schob ihre EC-Karte in das Lesegerät neben der Kasse und gab ihre Geheimzahl ein.

»Einen solchen Megaeinkauf habe ich mein Lebtag nicht gemacht. Ich glaube …«

»… das war schon lange überfällig«, ergänzte Kathi und griff nach der Tragetasche. »Und jetzt lade ich dich zu einem Milchkaffee ein. Einverstanden?«

Kurz darauf saßen die beiden Frauen in dem urgemütlichen Garten eines kleinen Cafés, nicht weit von der Strandpromenade entfernt. Kathi erzählte von Walter, und im Gegenzug gab Neele Geschichten von ihrem Hamster zum Besten, den sie als Kind gehabt hatte und der ein wahrer Ausbrecherkönig gewesen war. Beide lachten, und Kathi vergaß für einen Moment, dass sie sich eigentlich vorgenommen hatte, eine professionelle Distanz zu ihrer Mitarbeiterin zu wahren.

»Tiere sind nun mal die besseren Menschen«, meinte Neele und fügte noch schnell hinzu: »Björn natürlich ausgenommen.«

»Auf meine Oma könnte ich auch nicht verzichten«, erwiderte Kathi. »Die kommt morgen endlich aus der Kur zurück.«

Neele schwieg, und Kathi spürte, dass der jungen Frau etwas auf dem Herzen lag.

»Du wirst dich sicher prima mit ihr verstehen. Da mach dir mal keine Gedanken«, sagte sie mit Nachdruck.

»Klar, Sylter Deerns kommen immer miteinander aus«, meinte Neele, aber ihr verhaltenes Lächeln verriet Kathi, dass da noch etwas war.

»Aber?«, fragte sie.

»Denkst du nicht … Also, ich meine, vorher seid ihr ja auch gut zu zweit klargekommen. Wenn jetzt deine Oma wieder da ist, dann bin ich doch eigentlich überflüssig.«

Kathi legte die Hand auf Neeles Arm. »Hey, Neele, ich brauche dich auf jeden Fall. Das Geschäft mit den Dessertkuchen für die Restaurants läuft prima, und bald kommt noch das Café dazu. Ich habe nicht vor, irgendwo Kuchen dazukaufen zu müssen. Du musst dir überhaupt keine Sorgen um deinen Job machen. Wir können froh sein, wenn wir die Arbeit zu dritt schaffen. Wahrscheinlich muss ich über kurz oder lang zusätzlich noch zwei oder drei Servicekräfte auf 400-Euro-Basis einstellen. Außerdem habe ich beschlossen, dass Gesa erheblich kürzertreten muss. Der Unfall war eine klare Warnung.«

Kathi sah, dass Neele erleichtert aufatmete. »Dann ist ja alles in bester Ordnung«, sagte sie.

»Sicher! Und jetzt lass uns über was anderes reden. Die Arbeit hat uns schnell genug wieder.«

Kathi schaute auf die Armbanduhr und beschleunigte den Golf. Sie musste sich beeilen, wenn sie rechtzeitig zum Sylt-Shuttle kommen wollte. Nach ihrer Liefertour hatte sie nur kurz bei einem Blumenladen angehalten, aber eine halbe Ewigkeit warten müssen, bis alle Kunden vor ihr bedient worden waren und sie endlich den großen Blumenstrauß für Gesa kaufen konnte.

»Mist, verdammt«, fluchte sie, als sie zum dritten Mal vor einer roten Ampel anhalten musste.

Schon als Kathi frühmorgens den klingelnden Wecker ausgestellt hatte, hatte sie gespürt, dass dies nicht *ihr* Tag werden würde. Am Abend zuvor wäre es um ein Haar zum allerersten Streit mit Björn gekommen, als Kathi vorsichtig nachgefragt hatte, ob er angesichts von Lillys plötzlichem Wandel von der Großstadtdame zur Pferdenärrin auch ein komisches Gefühl hätte.

Björn hatte Kathi genervt vorgeworfen, sie verlange zu viel von Lilly. Auch wenn er sich kurze Zeit später für seine schroffe Art entschuldigt hatte, konnte das die Stimmung des Abends nicht mehr retten.

Kathi überlegte, ob sie Björn in der Praxis anrufen sollte, entschied sich aber dagegen, weil sie wusste, wie hektisch es dort häufig zuging. Sie nahm sich vor, ihn bei Dienstschluss vor der Praxis abzuholen.

Vor ihr tauchte der Bahnhof auf. Sie stellte den Golf auf dem erstbesten Parkplatz ab und rannte, ohne ein Parkticket zu ziehen, zum Entladeplatz. Gerade noch rechtzeitig sah sie, wie Renkes Limousine vom Zuganhänger herunterrollte und in Richtung Ausfahrt fuhr. Sie winkte dem Auto zu, das gleich darauf neben ihr am Straßenrand anhielt. Die Beifahrertür öffnete sich, und Gesa lief auf Kathi zu.

»Das wäre doch nun wirklich nicht nötig gewesen«, meinte Gesa mit Blick auf den Blumenstrauß.

Kathi legte den Strauß auf die Motorhaube von Renkes Wagen und umarmte Gesa stürmisch.

»Endlich, Oma«, flüsterte sie ihr ins Ohr. »Wehe, du lässt mich noch einmal so lange allein!«

Gesa küsste sie liebevoll auf beide Wangen.

»Keine Angst, Kleines. Das habe ich nicht vor.«

Renke hatte sich inzwischen zu den beiden gesellt und beobachtete nun die Szene.

»Ich störe euch ja nur ungern, aber lange kann ich hier nicht stehen bleiben«, sagte er und zeigte auf die vorbeifahrenden Autos. »Kathi, komm doch gleich zu mir nach Hause. Dann mache ich uns eine schöne Tasse Tee.«

Langsam löste sich Kathi von Gesa. Sie sah, dass auch Gesas Augen feucht waren.

»Du hast ja recht, Renke«, sagte sie. »Ich habe den Golf auf dem Parkplatz beim Bahnhof abgestellt. Ich komme dann nach.«

Eine halbe Stunde später reichte Renke Kathi die Teetassen aus dem Schrank. Sie verteilte sie auf dem Tisch und setzte sich neben Gesa.

»Erzähl schon: Wie war die Fahrt?«, erkundigte sie sich.

»Lang«, meinte Gesa. »Ich hatte das Gefühl, ich wäre zu Fuß schneller gewesen.«

»Du kennst ja deine ungeduldige Oma«, sagte Renke lachend. »Ich hatte schon Sorge, dass sie mir heimlich den Autoschlüssel wegnimmt und sich aus dem Staub macht.«

Kathi grinste. »Ja, das wäre ihr zuzutrauen.«

»Jetzt hört aber mal, ihr beiden! Ihr musstet nicht für fünf Wochen unter hohen dunklen Bäumen leben. Da konnte man froh sein, wenn man einmal am Tag für ein paar Minuten die Sonne gesehen hat. Und den Wind haben die da auch nicht gerade erfunden. Und ihr wollt mir jetzt erzählen, ich sollte mich gedulden, wieder nach Hause zu kommen?«

»Ist ja gut, Oma«, sagte Kathi lachend. »Wir sind auch froh, dass du wieder da bist. Und vor allem, dass du wieder die Alte bist.«

Renke nickte zustimmend.

»Und jetzt erzählt von der Reise!«, sagte Kathi.

Renke schenkte allen Tee ein und lehnte sich in seinem Sessel zurück. Dann begann er, von den Orten zu berichten, die sie sich angeschaut hatten. Er sprach von den Restaurants, in denen sie gegessen hatten und wo er sich heimlich Notizen gemacht hatte, die er später Hauke geben wollte. Gesa hingegen schwärmte von den kleinen, romantischen Hotels auf dem Lande, die Renke sich im Reisebüro hatte zusammenstellen lassen.

»Nur nach Frankfurt sind wir dann doch nicht mehr gefahren«, meinte Renke am Schluss.

»Ihr wolltet bei Elke vorbeischauen?«, fragte Kathi erstaunt.

»Wo wir schon mal in der Gegend waren«, sagte Gesa knapp. »Aber dann war doch keine Zeit mehr dafür.«

»Wir hätten es schon noch schaffen können«, meinte Renke vorsichtig und wandte sich trotz Gesas strafendem Blick Kathi zu. »Wie lange hast du deine Mutter eigentlich nicht mehr gesehen?«

Kathi zuckte mit den Schultern. »Keine Ahnung. Letztes Jahr Weihnachten hatte ich eigentlich vor, hinzufahren, doch dann wollte Till unbedingt bis Silvester bei seinen Eltern bleiben. Ich glaube, ich war das letzte Mal bei Elke ...« Kathi legte den Kopf in den Nacken und rechnete nach. »Ja, das muss im Frühjahr letzten Jahres gewesen sein. Zwei Tage. Länger haben wir es nicht miteinander ausgehalten.«

Renke warf ihr einen erstaunten Blick zu. »Vielleicht können wir sie ja mal nach Sylt einladen. Immerhin ...«

»Wie geht es denn der kleinen Lilly?«, unterbrach ihn Gesa. »Schrecklich, das mit ihrer Mutter. Und der Vater liegt immer noch im Koma? Das muss furchtbar sein für das Kind.«

Kathi sah zwischen Gesa und Renke hin und her und überlegte, ob sie noch einmal auf ihre Mutter zu sprechen kommen sollte. Schließlich entschied sie sich dagegen und erzählte von Lilly und deren gewöhnungsbedürftigem Benehmen.

»Jetzt hockt sie schon den dritten Nachmittag im Stall auf dem Gerkens-Hof und scheint ganz plötzlich zur Pferdenärrin geworden zu sein.«

»Du musst ihr wohl noch ein bisschen Zeit lassen«, meinte Gesa.

»Du wirst lachen, genau das habe ich schon öfter von Björn gehört. Aber wenn man selbst davor steht, ist das plötzlich nicht mehr so einfach.«

»Alle Mädchen mögen Pferde«, warf Renke ein. »Das ist doch eine prima Sache. Ich kenne den alten Gerkens ganz gut. Der hat seinen Laden im Griff.«

»Du hast Lilly noch nicht erlebt. Ein typisches Großstadtkind, das aussieht wie eine junge Frau, wenn sie sich geschminkt und aufgedonnert hat. Ich hätte im Leben nicht gedacht, dass sie einen Pferdestall ausmisten würde.«

»Du meinst, man sollte mal nach ihr sehen?«, fragte Gesa und wandte sich an Renke. »Wolltest du nicht sowieso deinen alten Freund Hannes mal wieder besuchen?«

Renke schmunzelte. »Ja, das hatte ich tatsächlich irgendwann vor.« Er beugte sich vor und gab Gesa einen Kuss auf die Wange. »Wenn du mitkommst«, fügte er lächelnd hinzu.

»Darf ich auch noch was dazu sagen?«, fragte Kathi. »Ganz so einfach ist das nicht. Wenn Lilly merkt, dass ihr nachspioniert wird, und womöglich noch herausbekommt, dass ich hinter der Sache stecke, redet sie nie wieder ein Wort mit mir.«

»Deern, das lass man meine Sorge sein«, meinte Renke. »Der Hannes redet gerne und viel. Und auf eine Tasse Tee kann er mich doch mal einladen, oder? Und Gesa natürlich auch.« Er schaute Gesa grinsend an. »Sag mal, war der damals nicht auch hinter dir her?«

Gesa schüttelte ärgerlich den Kopf. »Was redest du da für dumm Tüüg? Wir kannten uns gut. Mehr war da nicht.«

»Ich weiß doch, Gesa«, sagte Renke lachend. »Ich wollte dich nur ein bisschen aufziehen.« Er wandte sich Kathi zu. »Ich ruf nachher mal bei Hannes an, werde ganz beiläufig das Gespräch auf die Kleine bringen und fragen, wie sie sich auf dem Hof so macht. Wenn wirklich was ist, soll Hannes gleich Björn Bescheid geben.«

Er legte seinen Arm um Gesas Schultern. »Wir fahren nachher noch zur Baustelle, Kathi. Kommst du auch mit?«

Kathi zögerte einen Moment und entschied sich dann dagegen. »Sonst gerne, aber ich wollte Björn von der Praxis abholen. Sozusagen als Überraschung. Und dann kommt Lilly auch schon zurück.«

»Kein Problem, Kathi«, sagte Renke, während Gesa schweigend nickte.

»Wir haben uns da was überlegt«, sagte Gesa schließlich zögernd. »Meine neue Wohnung ist ja noch nicht fertig, und Renke und ich … Also, ich werde erst mal hier unterkriechen. Renke hat so viele Zimmer. Über kurz oder lang wird ja meine Wohnung auch fertig werden.« Sie schaute Kathi fragend an, als erwarte sie von ihr die Erlaubnis, bei Renke wohnen zu dürfen.

»Oma, das finde ich super. Ich meine, ihr beide versteht euch so gut und verbringt so viel Zeit miteinander. Warum immer so weit fahren, wenn es genauso gut anders geht?«

Gesa zog die Augenbrauen zusammen und sah argwöhnisch von Renke zu Kathi.

»Kann es sein, dass ihr euch abgesprochen habt, um mir alten Frau das schmackhaft zu machen?«

»Nein«, riefen Renke und Kathi fast gleichzeitig.

»Na, na, na. Ich sehe Kathi doch an, wenn sie nicht so ganz die Wahrheit sagt.« Gesa schüttelte den Kopf, aber Kathi spürte, dass sie nicht wirklich böse war.

»Du bist weder eine alte Frau noch kann man dich zu etwas überreden, was du nicht willst«, sagte Renke beschwichtigend.

»Ach«, meinte Gesa. »Ist man neuerdings mit fast siebzig nicht mehr alt? Das wäre mir aber neu.«

Renke lachte und drückte Gesa an sich. »Ja, du hast ja recht. Kathi und ich, wir beide haben gedacht, es sei eine gute Idee.«

»Schon gut, Renke. Ich habe es ja verstanden«, sagte sie und drückte ihm einen zärtlichen Kuss auf die Wange. »Ich wohne jetzt erst mal hier, und wenn die Wohnung fertig ist, gucken wir, wie es weitergeht.«

Kathi stellte den Golf auf dem Praxisparkplatz ab. Neben Björns Geländewagen standen noch zwei weitere Fahrzeuge, von denen eines Anja, der Sprechstundenhilfe, gehörte. Nachdem eine Frau mit einem kleinen Hund auf dem Arm die Praxis verlassen hatte, kam auch Anja heraus und kurz darauf zeigte sich Björn. Kathi stieg aus und ging ihm entgegen.

»Kathi, was machst du denn hier? Ist was passiert?«

»Muss erst was passieren, damit ich dich von der Arbeit abhole?«

»Nein, natürlich nicht.«

Er sah zum Golf hinüber. »Mit deinem oder meinem?«

»Ich muss morgen früh erst später in die *Kate*. Du kannst mich dann hierher mitnehmen.«

Er schloss den Geländewagen auf und öffnete ihr die Tür. Als er neben ihr saß, zog sie ihn zu sich heran und fragte leise: »Hast du nicht was vergessen?«

Er küsste sie zärtlich. »Ich liebe dich!«

»Ich dich auch.« Sie schaute ihm in die Augen. »Und das von gestern, was auch immer das war, das machen wir nicht wieder. Versprochen?«

»Ja, versprochen!«, antwortete er und küsste sie erneut. »Ich habe mich heute bei der Arbeit schon die ganze Zeit darüber geärgert, dass ich so aus der Haut gefahren bin. Es tut mir ehrlich leid. Ich war nicht so ganz auf der Höhe. Kurz davor war ich mit Martin aneinandergeraten. Es ging mal wieder um Annemarie. Sie hat bei ihm angerufen und sich über den Brief von meinem Anwalt beschwert. Ein Wort ergab das andere, und am Schluss habe ich einfach geschwiegen, um des lieben Friedens willen. Heute hatte er zum Glück seinen freien Tag. Ich denke, wir werden uns morgen aussprechen und die Sache hoffentlich aus der Welt schaffen.«

»Warum hast du mir das gestern nicht gleich erzählt?«, fragte Kathi verwundert.

»Du hast doch schon genug um die Ohren. Deine Arbeit, der Bau und dann noch Lilly, da wollte ich dich nicht auch noch mit meinen Geschichten belasten. Leider habe ich dann genau das Gegenteil von dem erreicht, was ich eigentlich wollte. Verrücktes Leben.«

»Nein, schönes Leben«, flüsterte Kathi. »Und das nächste Mal sagst du mir, wenn du Ärger hast, ja?«

Sie küsste ihn leidenschaftlich. »Und jetzt fahren wir nach Hause und machen uns einen gemütlichen Abend mit allem Drum und Dran.«

»Das klingt nach einem perfekten Plan«, meinte Björn lächelnd und startete den Geländewagen.

»Auf uns beide!« Kathi hob ihr Weinglas und stieß mit Björn an.

Sie saßen draußen auf der Gartenbank und genossen die letzten Sonnenstrahlen des Tages.

Björn leerte sein Glas, griff nach der Flasche, die neben ihm auf dem kleinen Tisch stand, und füllte nach.

»Du auch noch?«, fragte er.

Kathi schüttelte den Kopf. »Nein, lieber nicht, von Rotwein kriege ich so leicht Kopfschmerzen. Das halbe Glas reicht mir.«

»Lilly sah vorhin richtig zufrieden aus, findest du nicht auch? Der Pferdehof ist wohl ein absoluter Volltreffer gewesen.« Nachdenklich drehte er sein Glas zwischen den Fingern, ehe er einen weiteren Schluck trank. »Ich habe heute mit der Klinik telefoniert«, sagte er leise. »Es gibt immer noch keinerlei Anzeichen, dass Christoph aus dem Koma erwacht.

In drei oder höchstens vier Wochen werden sie ihn in ein Pflegeheim verlegen. Ich habe keine Ahnung, wie ich das Lilly beibringen soll.«

Kathi schmiegte sich in Björns Arm und legte ihren Kopf auf seine Schulter. »Lass uns noch abwarten. Solange sie nicht fragt, besteht doch auch kein Grund, sie weiter zu beunruhigen.«

»Ja, vielleicht hast du recht. Wenn es ganz schlimm kommt, wird es sowieso richtig hart für sie werden.«

Aus dem Wohnzimmer ertönte das Klingeln von Björns Handy.

»Nanu? Wer ist das denn um diese Zeit?« Björn erhob sich und ging ins Haus. Kathi hörte, wie er zuerst ruhig, dann immer aufgeregter Fragen stellte. Schließlich kam er mit schnellen Schritten zurück in den Garten.

»Das war Sabrina. Eines ihrer Ponys hat Koliken und ganz merkwürdige Symptome dabei: Fieber, Durchfall und starkes Muskelzittern. Sabrina befürchtet, dass es eine Vergiftung ist. Ich muss sofort hin.«

Sein Blick fiel auf sein halbvolles Weinglas auf dem Gartentisch. »Mist!«, sagte er. »So sollte ich mich wohl besser nicht mehr hinters Steuer setzen, und auf ein Taxi will ich nicht warten. Jede Minute zählt. Könntest du mich fahren?«

Kathi nickte, stand auf und schrieb Lilly noch schnell einen Zettel.

Als sie die Auffahrt von Gerkens' Gehöft hochfuhren, fiel durch die offene Stalltür ein breiter Lichtstreifen auf den Hof. Der ganze Stall war hell erleuchtet. Kathi hatte den Wagen kaum gestoppt, als Björn schon die Beifahrertür aufriss, hinaussprang und aus dem Kofferraum seine Tasche holte. Kathi hatte Mühe, mit ihm Schritt zu halten, als er auf die Stalltür zulief.

Sabrina, die offenbar das Auto gehört hatte, kam ihnen schon entgegen. Sie gab Kathi die Hand und drückte Björn kurz an sich.

»Es ist Rigel!«, sagte sie. »Gut, dass du so schnell gekommen bist, Björn! Es geht ihm wirklich schlecht.« Damit drehte sie sich um und ging zur Pferdebox, in der sich jetzt nur noch eines der Ponys befand. Ein älterer Mann stand dort, den Björn mit Handschlag begrüßte. »Hannes.«

»Moin, Björn! So eine schlimme Kolik hab ich schon ewig nicht mehr gesehen«, sagte Bauer Gerkens und öffnete die Boxentür.

Das Pony stand mit seltsam nach hinten ausgestreckten Hinterbeinen im Stroh, beugte den Kopf und versuchte, nach seinem eigenen Bauch zu beißen. Aus seinem Maul troff Speichel, der in langen Fäden in der Einstreu landete. Als es die beiden wahrnahm, riss es angsterfüllt die Augen auf und ging stolpernd ein paar Schritte auf Sabrina zu, die nach dem Halfter griff und beruhigend auf das Pferd einzureden begann. Langsam strich ihre Hand am Hals des Tieres entlang.

Björn stellte seine Tasche ab und holte sein Stethoskop heraus. Vorsichtig näherte er sich dem kranken Pferd und begann mit der Untersuchung. Rigel lehnte seinen Kopf gegen Sabrinas Schulter, während Björn sorgfältig den Bauch des zitternden Tieres abhorchte. Langsam und beruhigend streichelte Sabrina den Hals des Ponys.

Das hat tatsächlich was von einem Kind, das Trost bei seiner Mutter sucht, dachte Kathi, die neben Bauer Gerkens in der Futtergasse stehen geblieben war.

Endlich richtete Björn sich auf, zog das Stethoskop aus den Ohren und hängte es sich über die Schultern. Behutsam strich er mit der Hand über den Bauch des Ponys, woraufhin das Tier zusammenzuckte und versuchte, der Hand auszuweichen.

»Er hat wirklich furchtbare Schmerzen!«, stellte Björn fest. »Kein Wunder, so viel Luft, wie er im Darm hat. Seit wann geht es ihm so schlecht?«

»Die Pferde waren heute Vormittag für zwei Stunden auf der Koppel, da war noch alles in Ordnung«, sagte Sabrina, ohne ihr Streicheln zu unterbrechen. »Als ich nach dem Mittagessen nach ihnen gesehen habe, war Rigel schon unruhig, ist in der Box rumgelaufen und hat sich immer wieder hingelegt, um sich zu wälzen. Ungefähr um acht Uhr habe ich Fieber gemessen und Antares in eine andere Box gestellt.«

»Zeigt er auch Symptome?«

»Nein, allen anderen Pferden geht es gut!«

Björn nickte. »Das ist schon mal beruhigend.« Vorsichtig tätschelte er Rigels Hinterhand.

Sabrina warf Björn einen verzweifelten Blick zu. »Meinst du, es könnte eine Vergiftung sein? Rigel ist furchtbar verfressen! Der stopft wahllos alles in sich hinein, was ihm vor die Schnauze kommt. Wenn er jetzt auf der Koppel Jakobskreuzkraut gefressen hat?«

»Nun mal nicht gleich den Teufel an die Wand, Sabrina«, sagte Björn beschwichtigend.

»Das Teufelszeug gibt's hier auf dem Hof nicht«, brummte Bauer Gerkens missmutig. »Das rotten wir mit Stumpf und Stiel aus.«

»Aber wenn doch? Das Fieber und dann dieser Speichelfluss! Das habe ich so noch nie gesehen. Wenn er Kreuzkraut gefressen hat, führt das zu schweren Leberschäden, an denen er sogar eingehen kann!«

»Die Wahrscheinlichkeit ist minimal, da hat Hannes recht«, sagte Björn. »Rigel hat furchtbar viel Gas im Darm, aber die Peristaltik ist überall gut zu hören. Das ist schon mal positiv. Einen Darmverschluss hat er nicht. Jetzt bekommt er erst mal ein Schmerzmittel und was für den Kreislauf, und dann müssen wir zusehen, dass wir das Gas mit einem Nasenschlauch aus dem Darm kriegen.« Björn legte das Stethoskop in seine Tasche zurück. »Ich werde mal mein Zeug aus dem Wagen holen.«

Er kam auf Kathi zu, die noch immer neben Hannes Gerkens in der Boxentür stand. »Könntest du mir tragen helfen, Kathi?«, fragte er.

»Ja, sicher«, antwortete Kathi und folgte ihm auf den Hof hinaus, wo er den Kofferraum des Geländewagens öffnete.

»Vielleicht ist es besser, wenn du wieder nach Hause fährst, Kathi. Das kann die ganze Nacht dauern, bis ich das Pferd halbwegs stabilisiert habe.«

»So schlimm? Aber du hast doch zu Sabrina gesagt …«

»Ich wollte ihr keine Angst machen. So was überträgt sich sofort vom Halter auf das Tier. Das ist eine schwere Kolik, und so was kann schnell lebensbedrohlich werden. Wenn der Kreislauf des Ponys versagt, kann ich für nichts garantieren.«

Im schwachen Licht der Kofferraumbeleuchtung sah Kathi sein sorgenvolles Gesicht und berührte ihn kurz am Arm. Er hob den Kopf und lächelte. »So hatten wir uns unseren gemütlichen Abend nicht vorgestellt, was?«

»Nein. Das wohl nicht, aber als Freundin eines Tierarztes muss ich immer mit einem Notfall rechnen.«

Kathi nahm ihm den Infusionsbeutel und einen langen dünnen Kunststoffschlauch ab, den er ihr entgegenhielt. Geduldig wartete sie, bis er alle benötigten Medikamente zusammengesucht und in seiner Tasche verstaut hatte.

»Aber mal im Ernst, Kathi. Wir können Lilly nicht so lang allein lassen. Fahr nach Hause, schlaf ein bisschen. Morgen hast du wieder einen langen Arbeitstag vor dir, und ich hab jetzt schon ein schlechtes Gewissen, weil du mich herfahren musstest. Wenn ich hier fertig bin, lasse ich mich nach Hause bringen.«

»Ruf mich lieber an, und ich hol dich ab.«

Beim warmen Ausdruck seiner Augen schmolz ihr das Herz. »Das wäre natürlich schöner, als vom alten Hannes Gerkens nach Hause gebracht zu werden!«, sagte er lächelnd. Gemeinsam gingen sie zum Stall zurück.

Während Björn wieder zu Rigel in die Box stieg und begann, die Infusion für das Pony anzulegen, verabschiedete sich Kathi von Sabrina und dem alten Bauern. Dann machte sie sich auf den Weg nach Hause, wo sie, kaum dort angekommen, todmüde ins Bett fiel.

Als um kurz vor sechs ihr Wecker klingelte, stellte sie fest, dass Björns Bettseite unberührt war. Nur Walter rekelte sich wohlig auf der sorgfältig glatt gezogenen Decke.

»Na, du?«, meinte Kathi, streckte die Hand aus und strich über sein seidenweiches, schwarz-weißes Fell, was den Kater bewog, sich auf den Rücken zu rollen und den Hals auszustrecken, um sich unter dem Kinn kraulen zu lassen. »Wenn ich mich beeile, schaffe ich es noch, Björn abzuholen, bevor ich zur Arbeit muss.«

Die warme Dusche weckte ihre Lebensgeister, und nach einer schnellen Tasse Kaffee und einer Scheibe Toast im Stehen fühlte sie sich wieder halbwegs wie ein Mensch.

Beim Anblick des gähnend leeren Kühlschrankes überlegte sie einen Moment, Lilly eine Notiz zu schreiben und ihr einen Einkaufszettel und etwas Geld dazulassen, ließ es dann aber bleiben. Vermutlich würde das Mädchen noch im Bett liegen, wenn Kathi am frühen Nachmittag von der Arbeit käme. Es war sicherer, wenn sie selbst in den Supermarkt ging.

Seufzend trank sie den letzten Schluck Kaffee und stellte die Tasse in die Spüle, ehe sie sich auf den Weg machte.

Zwanzig Minuten später parkte Kathi den Geländewagen unter den Bäumen, die den Gerkens-Hof umsäumten, und stieg aus. Am Longierplatz lehnten mehrere Männer am Gatter und sahen zu, wie der alte Gerkens ein Pferd langsam am Halfter führte. Erst als Kathi sich näherte, erkannte sie in dem braunen Pony mit der Pferdedecke Sabrinas Rigel, der mit unsicheren Schritten hinter dem Bauern hertrottete.

»Guten Morgen!«, rief sie beim Näherkommen.

Gerkens drehte sich zu ihr herum. »Moin!«, antwortete er. »Na, das ging ja fix! Björn hat doch eben erst bei Ihnen angerufen!«

Er winkte einen der Männer heran und übergab ihm das Pferd. »Schön langsam weiterbewegen!«, wies er ihn an. »Du hast ja gehört, was der Doktor gesagt hat.« Der junge Mann nickte, griff nach dem Halfter und führte das kranke Pony weiter.

Hannes Gerkens kam mit ausgestreckter Hand auf Kathi zu. »Jetzt aber richtig! Guten Morgen, Frau … Tut mir leid, gestern Abend hab ich Ihren Namen nicht mitbekommen.«

Kathi lächelte. »Katharina Adrians«, sagte sie. »Gestern gab es wahrhaftig Wichtigeres als meinen Namen! Aber Rigel scheint es ja wieder besser zu gehen.« Sie deutete auf das Pony, das noch immer apathisch hinter dem Pferdewirt herstolperte.

»Na ja, wie man es nimmt. Koliken sind tückisch. Da kann es schnell zu Rückfällen kommen. Björn sagte, wir sollen ihn in Bewegung halten, damit das Gas sich nicht wieder festsetzt. Aber ich denke, das Pferd ist wohl über den Berg.«

»Na, Gott sei Dank!«

»War auch ein hartes Stück Arbeit. Bis halb sieben waren Björn und Sabrina im Stall. Jetzt sind sie in der Küche und trinken einen Kaffee. Als er reingegangen ist, sagte Björn, dass er Sie anrufen wolle, damit Sie ihn abholen könnten.«

Kathi zuckte mit den Schultern. »Da war ich wohl schon weg. Macht ja nichts. Wie komme ich denn in die Küche?«

Gerkens beschrieb ihr den Weg, Kathi verabschiedete sich und lief an den Stallungen vorbei zum Wohnhaus hinüber. Eine Klingel gab es nicht, und auf ihr Klopfen reagierte niemand, also öffnete sie die geschnitzte Eingangstür und trat in den breiten, schwarz-weiß gefliesten Flur. Aus einer der verschlossenen Türen drangen Stimmen und leises Gelächter. Kathi trat darauf zu und klopfte. Auf das leise *Herein!* einer Frauenstimme, öffnete Kathi die Tür und betrat die Küche des Bauernhauses. Björn und Sabrina saßen nebeneinander auf einer Holzbank und bekamen gerade von einer älteren Frau Kaffee eingeschenkt.

»Lass es dir wenigstens mal in Ruhe durch den Kopf gehen!«, hörte Kathi Sabrina gerade noch sagen, ehe die ältere Frau auf sie zutrat und sie herzlich begrüßte.

»Moin, moin! Sie sind bestimmt Björns Freundin, nicht wahr? Ich bin Johanne Gerkens«, sagte die Frau und gab Kathi die Hand. »Kann ich Ihnen auch einen Kaffee anbieten? Ist gerade fertig geworden.«

Kathi warf Björn einen kurzen Blick zu und sah auf ihre Armbanduhr. »Ein anderes Mal herzlich gern, aber ich muss mich jetzt schon beeilen, wenn ich noch pünktlich bei der Arbeit sein will.«

Björn erhob sich, kam auf sie zu und küsste sie auf die Wange. »Guten Morgen, Liebes«, sagte er. »Du hast recht, lass uns besser aufbrechen.«

Auch Sabrina war aufgestanden und trat nun zu ihnen.

»Dann lass dich noch mal tüchtig drücken, mein Lieber«, sagte sie und zog Björn fest in ihre Arme. »Danke für alles«, flüsterte sie heiser, ehe sie ihn losließ und nach seinen Händen griff. »Ich weiß nicht, was ich getan hätte, wenn …« Sie vollendete den Satz nicht. Ihre Augen waren feucht.

Björn lächelte zu ihr hinunter. »Ist doch mein Job!«, sagte er, aber Kathi bemerkte die Verlegenheit, die in seiner Stimme mitschwang.

»Blödsinn, Job! Das war schon mehr als ein Job. Zeig mir den Tierarzt, der sich nicht nur die Nacht um die Ohren schlägt, sondern auch auf den Knien neben einem kranken Pferd hockt und ihm zuflüstert, bloß nicht aufzugeben.«

»Alles gut!«, sagte Björn. »Gehört zum Service für Freunde! Ich schau dann heute Nachmittag noch mal nach Rigel. Aber falls sich sein Zustand verschlechtern sollte, dann ruf mich bitte sofort an, ja?«

Sabrina nickte. »Mach ich! Und du überlegst dir die Sache bitte noch mal.« Sie blickte ihm eindringlich in die Augen. »Versprochen?«

Björn seufzte vernehmlich. »Ja, in Ordnung, versprochen«, sagte er. »Bis heute Nachmittag.«

Er verabschiedete sich von Johanne Gerkens und verließ mit Kathi zusammen das Wohnhaus. Als sie über den gepflasterten Weg an den Stallungen vorbei zurück zum Auto gingen, fiel Kathi auf, wie nachdenklich Björn wirkte.

»Ist etwas?«, fragte Kathi.

»Nein, alles in Ordnung. Ich bin nur schrecklich müde. Das war eine lange Nacht, und, ganz ehrlich, zweimal dachte ich, dass Rigel es nicht schafft.«

Kathi öffnete das Fahrzeug und setzte sich hinters Steuer. Björn ließ sich auf den Beifahrersitz fallen und starrte mit verschränkten Armen geradeaus. Irgendwann lehnte er den Kopf an die Kopfstütze und schloss die Augen.

Erst kurz bevor sie List erreichten, fragte Kathi, was Sabrina gemeint hatte, als sie sagte, Björn solle es sich durch den Kopf gehen lassen.

»Hm?«, machte er verschlafen und öffnete die Augen einen Spaltbreit. »Ach, Sabrina hat da so eine verrückte Idee. Ist alles noch sehr unausgegoren«, antwortete er ausweichend. »Sag mal, kannst du mich gleich zur Praxis fahren?«

»Willst du nicht zuerst nach Hause und dich noch etwas hinlegen?«

»Wenn ich jetzt für ein oder zwei Stunden ins Bett gehe, fühle ich mich hinterher wie gerädert. Ich kenn das schon. Ist ja nicht das erste Mal, dass ich mir eine Nacht mit einem kranken Tier um die Ohren schlage. Aber wenn Rigel durchkommt, war es das wert.«

»Ich dachte, es geht ihm deutlich besser!«

»Ja, schon, aber über den Berg ist er noch nicht. Bislang hab ich keine Ahnung, was diese Kolik ausgelöst hat. Und solange ich die Ursache nicht kenne, kann sich die Kolik jederzeit wiederholen. Ob ich beim nächsten Mal den Kreislauf stabil halten kann, weiß ich nicht. Das war diesmal schon knapp.« Er warf Kathi einen liebevollen Blick aus rot geränderten Augen zu. »Drück mal die Daumen, dass er nur etwas Falsches gefressen hat und es ihm heute Nachmittag besser geht. Auf noch so eine Nacht lege ich keinen gesteigerten Wert.«

Kathi lächelte. »Das glaub ich gern.«

Inzwischen hatten sie die Praxis erreicht, Kathi parkte den Wagen, und beide stiegen aus. Björn zog sie in seine Arme und drückte sie fest an sich.

»Wenn ich dich nicht hätte!«, seufzte er und küsste sie.

»Was dann?«

»Dann hätte ich ein richtig großes Problem.«

»Das könnte schon stimmen!« Kathi lachte leise und küsste ihn. »Bis heute Nachmittag!«, sagte sie. »Und wenn es auf dem Gerkens-Hof länger dauert, dann ruf mich bitte an, ja?«

»Mach ich! Bis später, Liebes!« Er hauchte ihr noch einen Kuss auf die Wange, ehe er sich widerstrebend von ihr löste und in der Praxistür verschwand.

Als Kathi kurz darauf die Küche der *Kate* betrat, fand sie zu ihrer Überraschung Gesa vor, die sich gemeinsam mit Neele über ihr altes Backbuch beugte und fachsimpelte.

»Nanu, Oma, was machst du denn hier?«, fragte Kathi. »Ich dachte, wir hätten vereinbart, dass du es ruhig angehen lässt.«

»Ach, Blödsinn! Es geht mir prima, warum sollte ich mich nicht wieder ums Geschäft kümmern?« Sie lachte und legte Neele die Hand auf die Schulter. »Neele und ich haben schon mal über die Kuchenauswahl für das Poloturnier gesprochen. Es wird natürlich unsere *Wolken* geben, und Neele hat die Idee, meine Beeren-Muffins in einer Sternform zu machen und als *Sylter Sterne* anzubieten. Außerdem hat sie vorgeschlagen, auch noch Krähenbeeren in die Füllung zu tun. Sie hat noch jede Menge eingefrorene Beeren vom letzten Jahr in der Truhe. Wirklich eine tolle Idee. Solche Muffins hat sonst niemand. Wir beide wollen das heute Nachmittag mal ausprobieren. Wie sieht es aus, kommst du auch?«

»Wollt ihr das etwa hier in der *Kate* machen? Marten springt euch an die Kehle!«

»Nein, bei Renke zu Hause«, erwiderte Gesa. »Allerdings ist seine Küche ein ziemlich enger Schlauch.«

»Vermutlich ist es besser, wenn wir uns bei mir zu Hause treffen«, sagte Kathi. »Björns Küche ist groß genug, außerdem möchte ich wegen Lilly nicht so lange weg sein.«

»Ja, gute Idee!«, sagte Gesa. »Dann lerne ich die Kleine auch gleich kennen.«

Renke streckte seinen Kopf zur Tür herein. »Ich bin so weit mit allem fertig«, sagte er. »Kommst du, Gesa? Wir müssen noch zum Großmarkt.«

Gesa nickte und verabschiedete sich von den zwei jungen Frauen. »Wir sehen uns später! So gegen vier?«

»Ja, dann sollte ich mit der Liefertour durch sein. Sonst setzt ihr euch einen Moment in den Garten!«, sagte Kathi grinsend. »Der ist sowieso das Schönste am ganzen Haus.«

Lachend drückte Gesa Kathi einen Kuss auf die Wange und ging mit Renke hinaus.

»Renke fährt zum Großmarkt?«, frage Kathi verwundert, als sich die Tür hinter ihnen geschlossen hatte. »Wieso das denn? Das ist doch eigentlich Martens Aufgabe.«

»Es hat wohl gestern mächtig Ärger gegeben, jedenfalls sagte deine Großmutter das. Der alte Herr Frerichs und Marten sind heftig aneinandergeraten. War wohl kurz davor, dass er Marten vor die Tür gesetzt hätte.«

»Ach, du meine Güte! Was war denn los?«

»Genaueres weiß ich auch nicht, aber es muss richtig hoch hergegangen sein, als der alte Herr Frerichs die paar Tage weg war, um deine Großmutter abzuholen. Marten hat wohl in der Küche große Reden geschwungen und getönt, wenn er den Laden führen würde, dann würde alles anders und viel besser laufen. Aber gerade in der Küche hat wohl vorn und hinten nichts geklappt, jedenfalls haben mir das die Serviceleute erzählt. Ein Gast soll sich sogar über das Essen beschwert haben.« Neele zuckte mit den Schultern. »Ich glaube, die ganze Mannschaft wird aufatmen, wenn morgen endlich der Juniorchef wieder da ist. Mal sehen, was der zu der Sache sagt.«

»Das klingt aber alles gar nicht gut!« Kathi schüttelte den Kopf und seufzte. »Du glaubst nicht, wie froh ich bin, wenn wir endlich in unserer eigenen Küche backen!«, fügte sie hinzu. »Aber jetzt lass uns zusehen, dass wir die *Wolken* für heute fertigbekommen.«

Als Kathi gegen halb fünf von ihrer Lieferrunde zurückkam, standen bereits Renkes Audi und der Kombi von Neeles Vater in der Auffahrt. Gesa und Neele saßen gemütlich nebeneinander auf der Gartenbank und plauderten angeregt wie zwei alte Freundinnen. Walter, der von seinem Spaziergang in den Nachbargärten wieder zurück war, lag zusammengerollt auf Gesas Schoß und genoss es sichtlich, sich von ihr streicheln zu lassen.

»Tut mir leid, dass es so spät geworden ist«, sagte Kathi entschuldigend. »Aber ich hab den Verkehr in Westerland unterschätzt. Da war heute irgendwie kein Durchkommen.«

»Kein Problem, Kathi!« Gesa winkte ab. »Wir beide haben uns prima unterhalten, nicht wahr, Neele?«

Neele nickte lächelnd, sagte jedoch nichts.

»Ist die Lütte gar nicht da?«, fragte Gesa. »Wir haben ein paar Mal geklingelt, aber niemand hat aufgemacht.«

»Vermutlich ist sie auf dem Gerkens-Hof.« Kathi zuckte mit den Schultern. »Oder vielleicht liegt sie noch im Bett, hat Kopfhörer in den Ohren und die Musik laut aufgedreht.«

Gesa grinste breit. »Ich kann mich an Zeiten erinnern, da konntest du so was auch prima.«

»Ich?«, fragte Kathi entrüstet.

»Ja, du! Allerdings war diese Phase bei dir zum Glück nur kurz«, sagte Gesa lachend. Sie setzte den Kater auf die Erde und stand auf. »Und jetzt lasst uns mal loslegen, Deerns. Außerdem hab ich tüchtigen Teedurst.«

Als die Muffins im Backofen waren und ihren köstlichen Duft in der Küche verbreiteten, saßen sie zu dritt am Tisch und diskutierten bei einer großen Kanne Tee darüber, welche Kuchen sie zukünftig ins Sortiment des Cafés aufnehmen sollten.

»Nein«, sagte Gesa entschieden. »Windbeutel und Buchweizentorte würde ich der *Alten Backstube* überlassen. Das sind nun mal deren

Spezialitäten! Vielleicht ist man mal irgendwann auf Hilfe angewiesen, und da sollten wir es uns mit den direkten Nachbarn nicht verderben.«

»Stimmt natürlich«, sagte Neele. »Aber wenn wir das Rezept abändern und eher so was wie Buchweizenschnitten anbieten? Anderer Belag, andere Größe und anderer Preis?«

»Das wäre vielleicht eine Möglichkeit«, meinte Kathi. »Trotzdem würde ich sagen, dass …« Sie stockte und drehte sich zur offenen Küchentür um. Eine aufgeregte Mädchenstimme war durch die Haustür hindurch zu hören.

»Was ist denn nun schon wieder?«, stöhnte Kathi, stand auf und ging in den Flur. Durch die Scheibe der Haustür sah sie Björn, der im Begriff war, den Schlüssel ins Schloss zu stecken, und dabei mit gedämpfter Stimme auf Lilly einredete, die neben ihm stand.

»Stimmt ja gar nicht!«, rief Lilly aufgebracht. »Der Typ labert nur Scheiße.«

Die Tür öffnete sich, und jetzt konnte Kathi auch verstehen, was Björn sagte. »Er hat mir gesagt, dass er nicht nur einmal mitbekommen hat, wie du auf der Toilette verschwunden und irgendwann total aufgetakelt wieder aufgetaucht bist. Mit ultrakurzen Shorts, einem bauchfreien Top mit tiefem Ausschnitt und geschminkt ohne Ende. Und so schmeißt du dich an die Jungs ran.«

Lilly riss empört die Augen auf. »Was? Das ist ja überhaupt nicht wahr! Kein Wort davon! Der alte Sack soll aufhören, mich zu stalken! Das ist voll daneben.«

»Von wegen Stalken. Du bist noch nicht mal vierzehn und viel zu jung, um …«

»Hör bloß auf, deine Reden zu schwingen!« Sie hob den Kopf und funkelte ihn herausfordernd an. »Geht dich doch gar nichts an, was ich mache!«

»Natürlich geht es mich was an!«, rief Björn ärgerlich. »Solange du auf Sylt bist, hab ich die Verantwortung für dich!«

»Zwingt dich doch keiner dazu! Weißt du was? Ich fahre zurück nach Hause. Ich komm auch allein klar, bis Papa aus dem Krankenhaus kommt.«

»Den Teufel wirst du tun. Du wirst schön hier bei uns bleiben, Fräulein! Und du wirst machen, was man von dir erwartet.«

Lillys Augen sprühten Funken vor Wut. »Ach, ja? Das werden wir ja sehen! Du hast mir gar nichts zu sagen! Du bist nämlich nicht mein Vater!«, schrie sie, machte auf dem Absatz kehrt und lief zur Treppe. Auf der ersten Stufe blieb sie noch einmal stehen und streckte Björn den ausgestreckten Mittelfinger entgegen.

»Du kannst mich mal!«, rief sie und stapfte mit energischen Schritten die Treppe hoch. Ein paar Sekunden später knallte die Tür zum Gästezimmer zu.

»Holla, die Waldfee!«, sagte Gesa kopfschüttelnd, die neben Kathi in den Flur getreten war. »Das ist ja mal ein reizendes Früchtchen.«

Sie griff nach Kathis Arm, die im Begriff war, Lilly nachzulaufen.

»Lass sie, Kathi. Lass sie sich erst mal wieder beruhigen. Im Moment würdest du nur Öl ins Feuer gießen. Apropos Feuer!«, fügte sie hinzu. »Neele, hol doch mal die Muffins aus dem Ofen, ehe die Moorländer Art werden«, rief sie in die Küche hinein. »Und dann trinken wir noch eine Tasse Tee und überlegen, was zu tun ist.«

Kapitel 8

»Schon der dritte Tag ohne Hauke«, sagte Maja und schluckte.

Trotz des schlechten Bildes konnte Kathi deutlich sehen, wie schwer Maja die Trennung von ihrem Freund fiel. Die rot geränderten Augen, unter denen tiefe Schatten lagen, sprachen Bände.

»Ihr werdet euch sicher bald wiedersehen«, versuchte Kathi, sie zu trösten. »Irgendeine Lösung wird sich finden.«

Maja, die den Kopf gesenkt gehalten hatte, sah auf und lächelte matt.

»Lieb, dass du das sagst, Kathi. Aber ich bin zu sehr Realistin, als dass ich nicht wüsste, wie verzwickt die Lage ist. Hauke liebt Sylt und hat Heimweh nach seiner Insel. Und dann ist da die *Kate* … Das Restaurant ist für ihn so etwas wie sein Lebenswerk. Er kann seinen Vater nicht auf Dauer damit allein lassen, dazu ist ihm seine Arbeit viel zu wichtig.«

»Und was ist mit dir?«, fragte Kathi, obwohl sie die Antwort ahnte.

»Das hier, das ist mein Leben und nicht nur irgendein Job. Im Moment kann ich sowieso nicht weg. Und ob ich wirklich wieder nach Sylt zurück will, weiß ich auch nicht. Da ist Haukes altes Leben: seine Frau, sein Vater, seine Freunde. Die nehmen ihm übel, dass er Hals über Kopf verschwunden ist, und schieben mir die Schuld in die Schuhe, dass seine Ehe am Ende ist. Und wie Haukes Vater zu mir steht, weiß ich auch nicht.

»Seit wann bist du so eine Pessimistin? Ich kenne dich nur als jemanden, der um das kämpft, was er liebt.«

»Dann kennst du mich eben nicht richtig«, erwiderte Maja und zog die Mundwinkel nach unten.

»Quatsch«, meinte Kathi. »Reiß dich zusammen, und überleg dir, wie du was ändern kannst. Diese weinerliche Stimmung steht dir ganz und gar nicht.«

Maja schloss für einen Moment die Augen, schaute dann hoch und atmete einmal tief durch.

»Du hast ja recht. Irgendwie wird es eine Lösung geben, nur im Moment sehe ich sie einfach noch nicht. Aber jetzt genug davon. Erzähl mir was von dir. Hauke hat gesagt, deine Oma ist wieder da? Wie geht es ihr? Und was macht das Café? Und Björn? Gibt's schon was Neues von seinem Bruder?«

Kathi war froh, dass Maja selbst das Thema gewechselt hatte. So sehr sie für Maja und Hauke auf ein endgültiges Happy End hoffte, so klar war ihr, wie schwierig die nächsten Monate für beide werden würden. Schon die meisten Wochenendbeziehungen scheiterten, aber eine Liebe über eine Distanz von vielen Tausend Kilometern am Leben zu halten, schien ihr so gut wie unmöglich. Um Maja auf andere Gedanken zu bringen, begann Kathi, zu erzählen. Von Gesa und Neele, die sich sofort großartig verstanden hatten und jetzt perfekt im Team arbeiteten, von der Kücheneinrichtung, die endlich kommen sollte, von ihren Plänen, Björns Haus umzugestalten und von Lilly und deren Ausfällen.

»Ja, die Pubertät ist kein Zuckerschlecken«, meinte Maja lachend. »Für keinen der Beteiligten. Wenn ich da an mich und meine Eskapaden denke, kann ich nur die Engelsgeduld meiner Mutter bewundern.«

»Wir versuchen ja alle, sie mit Samthandschuhen anzupacken, aber das hat bisher nichts gebracht. Selbst Gesa mit ihrer ruhigen Art, scheint nicht die geringste Chance bei ihr zu haben. Und die Nummer mit dem Pferdehof war der Tropfen, der das Fass zum Überlaufen gebracht hat. Ich habe Björn noch nie so wütend gesehen.«

»Und hat es was gebracht?«, fragte Maja.

»Scheint fast so. Am nächsten Morgen kam Lilly kleinlaut zum Frühstück und hat sich entschuldigt.«

»Was hat sie gemacht? Sich entschuldigt? Also, als ich meine wilden Jahre hatte, hätte ich mir lieber die Zunge abgebissen, als mich für irgendetwas zu entschuldigen. Niemals.«

»Du meinst …«

»Klar«, sagte Maja. »Die spielt euch was vor. Auf Erwachsenen-Argumente habe ich mir damals ein Ei gepellt. Das war für mich nur Spießer-Gequatsche.«

»Ich weiß nicht«, sagte Kathi zweifelnd. »Nach Björns Strafpredigt war sie wie ausgewechselt. Morgen kommt sie mit zum Poloturnier und will uns auf dem Stand helfen. Vor ein paar Tagen hätte ich das nicht für möglich gehalten.«

»Dann hoffen wir mal das Beste. Müssen ja nicht alle Kinder so durchgedreht sein, wie ich es in dem Alter war.«

»So schlecht bist du am Ende doch gar nicht geraten«, meinte Kathi lachend.

»Das sagt meine Mutter auch immer. Aber ich glaube, bis heute hat sie sich noch nicht mit meinem Job angefreundet.«

»Da geht es mir nicht viel anders. Meine Mutter war der Meinung, dass ich mich als Werbekauffrau völlig unter Wert verkaufe. Und dass ich jetzt Kuchen backe, weiß sie noch gar nicht.«

»Hattet ihr so lange keinen Kontakt?«

»Wir sind nie gut miteinander ausgekommen. Als ich so alt war wie Lilly, habe ich neben der Schule mehr oder weniger noch den ganzen Haushalt geschmissen. Meine Mutter hatte ständig irgendwas zu tun. Ein neuer Freund, ein neuer Job, ihre durchgeknallten Freunde.«

»Oh je. Ich habe nicht mal die Spülmaschine beladen, geschweige denn mein Zimmer aufgeräumt«, sagte Maja. »Und du hattest vermutlich nicht einmal Zeit für eine Mini-Pubertät.«

»Mag sein und wenn, dann nur in den Ferien bei Gesa auf Sylt. Die hat wohl immer versucht, mir ein bisschen Normalität zu bieten. Immerhin war ich die ganzen Schulferien über hier auf der Insel.«

»Fast drei Monate im Jahr. Und wer hat in der Zwischenzeit das Leben deiner Mutter organisiert?«

Kathi lachte. »Jetzt übertreib mal nicht. Das bisschen Abwasch und Einkauf …«

»Kochen, staubsaugen, aufräumen … So wie ich dich kenne, hast du doch alles gemacht. Oder?«

Kathi seufzte. »Das ist ewig her. Ich hatte auch gute Zeiten mit Mama. Wenn wir es uns vor dem Fernseher gemütlich gemacht und einen alten amerikanischen Liebesfilm angeguckt haben – oder wenn wir auf einem unserer Ausflüge waren. Einmal sind wir übers Wochenende mit dem Kanu die Alster hochgefahren. Abends haben wir das kleine Zelt irgendwo am Ufer aufgebaut und uns was zu essen gekocht.« Kathi musste lächeln, als sie daran dachte.

»Egal«, meinte Maja. »Nicht alle Mütter sind perfekt. Ob ich das hinkriegen würde, weiß ich auch nicht.«

»Ihr plant …«

»Nein, natürlich nicht.« Maja lachte. »Ich und ein Kind! Wie sollte das wohl funktionieren? Hauke möchte wohl gerne – wenn ich seine Bemerkungen richtig interpretiere. Aber ich? Nein. Für mich ist das kein Thema.«

Kathi musste schmunzeln. In ähnlicher Weise hatten sich schon viele ihrer alten Freundinnen geäußert und waren dann ein oder zwei Jahre später mit einem dicken Bauch herumgelaufen.

»Warten wir es ab«, sagte Kathi. »Vielleicht schieben wir irgendwann gemeinsam unsere Kinderwägen durch Westerland.«

Maja lachte. »Da wirst du dir wohl jemand anderen suchen müssen.« Sie drehte sich um und sagte etwas in den Raum hinein.

Als ihr Gesicht wieder auf dem Bildschirm auftauchte, zuckte Maja entschuldigend mit den Schultern. »Ich muss jetzt Schluss machen. Da stimmt irgendwas mit der Auffüllanlage nicht. Meldest du dich wieder?«

»Klar. Ich schreib dir eine Mail. In zwei oder drei Tagen, denke ich«, sagte Kathi und verabschiedete sich herzlich von Maja.

Als sie den Laptop schloss, hörte sie Schritte auf der Treppe.

»Guten Morgen«, sagte sie, als Lilly in der Tür stand.

»Hi. Bist du heute nicht bei der Arbeit?«

»Ich gehe erst heute Nachmittag. Wegen des Poloturniers morgen arbeiten wir in zwei Schichten. Das wird zwar ganz schön eng in der Küche, aber irgendwie bekommen wir das schon hin. Willst du was frühstücken? Ich habe Brötchen gekauft.«

»Ist gut«, sagte Lilly und trottete davon.

Kathi ordnete noch ein paar Rechnungen ein und ging anschließend in die Küche. Lilly saß am Tisch und schmierte sich Butter und Marmelade auf ein Brötchen. Kathi goss sich einen Kaffee ein und setzte sich zu ihr.

»Gut geschlafen?«

»Geht so«, antwortete Lilly abwesend, während sie auf ihrem Handy herumtippte.

»Als ich in deinem Alter bei meiner Oma zu Besuch war, dauerte es mindestens zwei, drei Tage, bis ich mich an das Klima gewöhnt hatte.«

Statt einer Antwort biss Lilly in ihr Brötchen, ohne den Blick vom Display zu nehmen.

»Am Ende der Ferien war ich immer ganz traurig«, fuhr Kathi fort.

Lilly nickte nur.

»Übernächstes Wochenende wollen Björn und ich übrigens einen kleinen Trip nach Hamburg machen. Hast du Lust, mitzukommen?«

»Shoppen?«, fragte Lilly.

»Klar, am Nachmittag können wir das gerne machen. Abends wollen wir ins Musical: *Sister Act*. Wir haben drei Karten. Eigentlich wollte Gesa mitkommen, aber Renke hat eine Einladung von Freunden. Wie wär's?«

»Musical?«

Kathi grinste. »Das ist dieses schreckliche, altmodische Gesinge.«

Lilly musste lachen und biss erneut von ihrem Brötchen ab.

»Auf solche Musik stehe ich nicht«, meinte Lilly nach einer Weile.

»Schade«, sagte Kathi enttäuscht. Einen Moment lang war sie sicher gewesen, Lillys Interesse geweckt zu haben. »Aber wenn du keine Lust hast, kann man nichts machen. Gesa kommt dann her, solange wir weg sind.«

»Ich komme auch allein klar«, meinte Lilly, ohne viel Nachdruck.

»Keine Sorge! Sie ist nicht so streng wie Björn und ich.«

Lilly zuckte mit den Schultern und stopfte sich den Rest ihres Brötchens in den Mund, ohne den Blick von ihrem Handydisplay abzuwenden.

Kathi stand auf und schenkte sich Kaffee nach. »Vielleicht überlegst du es dir ja noch mal.«

»Ja, vielleicht«, antwortete Lilly abwesend und räumte ihr Geschirr vom Tisch ab.

Am nächsten Morgen, dem ersten Tag des Poloturniers, schien die Sonne von einem strahlendblauen Augusthimmel hinab. Kathi schob die fertigen Bleche mit den *Sylter Wolken* in den Kofferraum des Golfs, ehe sie Neele die vier großen Plastikboxen, gefüllt mit den *Sylter Sternen*, abnahm und diese vorsichtig auf der Rückbank verstaute.

»Ich komme dann nachher direkt zum Stand«, meinte Neele. »Mit meinem neuen Outfit gelange ich ja vielleicht durch die Kontrollen.«

»Wenn du es denn auch anziehst«, meinte Kathi lachend.

Neele hob die Hand zum Schwur. »Versprochen!«

Kathi stieg in den Golf und kurbelte die Scheibe herunter.

»Dann kann ja nichts mehr schiefgehen.«

»Nicht die Flyer fürs Café vergessen«, rief ihr Neele hinterher und winkte ihr nach.

Während Kathi in Richtung List fuhr, ging sie in Gedanken noch einmal das Programm für den heutigen Tag durch. Sie war mit Gesa gegen elf Uhr auf dem Turnierplatz verabredet, wo sie beim Aufbau des Standes der Sylt-Schützer helfen wollten. Renke hatte aus der *Kate* einen transportablen Kühlschrank besorgt, der am Morgen angeliefert werden sollte. So konnten sie vor Ort die *Sylter Wolken* mit einer Schicht Sahne bestreichen und in der Kühlung frisch halten.

Björn, der in den letzten Tagen regelmäßig auf dem Gerkens-Hof nach den Ponys geschaut hatte, war bereits seit dem frühen Morgen auf dem Platz. Er wolle noch ein paar Nachforschungen anstellen, hatte er zu Kathi gesagt. Inzwischen war er davon überzeugt, dass Sabrinas Pony vergiftet worden war, und befürchtete, dass während der nächsten zehn Tage, die das Turnier andauern würde, erneut etwas passieren könnte.

Kathi hatte ihn gebeten, vorsichtig zu sein, kein Risiko einzugehen und bei einem konkreten Verdacht sofort die Polizei einzuschalten. Leute, die Pferde vergifteten, seien zu allem fähig!

Kopfschüttelnd stellte sie den Wagen vor Björns Haus ab und stieg aus.

Als sie die Haustür öffnete, kam ihr eine gut gelaunte Lilly entgegen. Sie trug weiße Jeans und dazu ein rotes Top, das ausnahmsweise nicht tief ausgeschnitten war.

»Bist du schon fertig?«, fragte Kathi erstaunt.

»Ja, schon eine Weile.«

»Ich brauche aber noch ein wenig.«

»Kein Problem«, sagte Lilly. »Kann ich dir irgendwie helfen?«

Kathi war so verblüfft, dass sie fast zu antworten vergaß.

»Nein, danke. Gib mir eine halbe Stunde«, sagte sie und lief die Treppe hinauf.

Auf dem Weg nach Keitum versuchte Kathi, Lilly die Poloregeln zu erklären.

»In jeder Mannschaft reiten vier Spieler. Björn meint, dass es nicht nur für die Reiter anstrengend ist, sondern vor allem für die Ponys. Deshalb werden sie auch mehrfach während des Spiels ausgewechselt. Es ist so ähnlich wie beim Fußball: Die Mannschaft gewinnt, die die meisten Tore schießt. Das Spiel ist in Zeitabschnitte eingeteilt, die jeweils sieben Minuten andauern.«

Lilly nickte. »Ja, ich habe es auch schon gegoogelt. Soll richtig cool sein, stand da.«

»Ja, es ist wohl eine ziemliche Leistung, die die Tiere und Spieler da vollbringen. Ich bin auch gespannt. Hoffentlich habe ich etwas Zeit, um auch mal bei den Spielen zuschauen zu können. Ich war noch nie auf einem Turnier.«

Lilly antwortete nicht. Als Kathi den Golf langsam durch Kampen steuerte, stieß Lilly einen bewundernden Pfiff aus.

»Wie viele Millionäre hier wohl leben?«, fragte sie, ohne den Blick von den Reetdach-Villen abzuwenden.

»Kaum einer lebt hier«, antwortete Kathi. »Die meiste Zeit des Jahres ist das hier wie eine Geisterstadt.«

»Ja, und?«

»Für die Sylter wird es immer schwieriger, eine Wohnung zu finden. Schon für ein Kellerloch zahlt man horrende Mieten, von einem Haus ganz zu schweigen.« Lilly zuckte nur mit den Schultern und starrte weiter auf die Luxusanwesen. »Das ist inzwischen überall auf der Insel so«, fuhr Kathi fort. »Irgendwann wird die ganze Insel voll von diesen Luxusvillen sein, die fast das ganze Jahr leer stehen, und die Sylter müssen aufs Festland ziehen.«

»Und wenn schon«, meinte Lilly. »Wer die Kohle hat, hat das Sagen.«

Sie ließen Kampen hinter sich. Auf der linken Seite erhob sich majestätisch ein schwarz-weißer Leuchtturm in den Himmel. Wenige Hundert Meter weiter auf der gleichen Seite konnten sie über den gepflegten Rasen des Golf-Clubs Sylt blicken.

»Da würde ich auch gerne mal hingehen«, sagte Lilly.

»Auf den Leuchtturm?«, fragte Kathi. »Ich weiß nicht, ob man da rauf kann …«

»Nein«, unterbrach Lilly sie. »In den Golf-Club.«

»Dann fang schon mal an, zu sparen«, sagte Kathi grinsend.

Lilly schwieg. Wenig später durchquerten sie Westerland, sahen auf der linken Seite ein Flugzeug landen und fuhren weiter direkt auf Keitum zu. Schon von Weitem sahen sie die weißen Pagodenzelte mit ihren spitz zulaufenden Dächern.

»Wir sind da«, sagte Kathi und bog von der Hauptstraße ab auf das Gelände des Poloturniers. »Wir fahren kurz vor, damit ich ausladen kann. Du kannst dann schon bei den anderen bleiben, während ich das Auto parke.«

»Ist gut«, meinte Lilly und sah sich suchend um.

Kathi zeigte mit der Hand nach rechts. »Unser Stand ist dort drüben.«

Gesa und Neele winkten ihr zu, als sie langsam mit dem Golf vor den Stand fuhr.

»Da bist du ja, min Deern«, rief Gesa, öffnete die Heckklappe und nahm das erste Blech heraus.

Wenige Minuten später hatten sie alles ausgeladen, und Kathi fuhr den Wagen auf den Ausstellerparkplatz, ehe sie zurück zum Stand lief.

»Der Flyer ist wirklich gut geworden«, meinte Renke, als sie eintraf.

»Danke«, antworteten Kathi und Gesa gleichzeitig.

Renke lachte. »Manchmal könnte man meinen, ihr wärt Zwillinge.«

Gesa legte den Arm um Kathi. »Ein paar Jahre sind wir schon auseinander.«

Kathi drückte Gesa einen Kuss auf die Wange. »Aber nur ein paar.«

»Ich muss dir Gesa jetzt entführen. Wir wollen zusammen ein paar Leute begrüßen. Ihr kommt doch sicher allein zurecht, oder?«

»Geht ruhig. Lilly ist ja auch noch da«, meinte Kathi und nickte Lilly zu, die mit Händen in den Hosentaschen neben Neele stand.

Gesa hakte sich bei Renke unter, und sie schlenderten zusammen Richtung VIP-Zelt. Kathi sah ihnen einen Augenblick nach, ehe sie sich zu Neele umdrehte. Gerade als sie sie fragen wollte, womit sie anfangen sollten, meldete sich Lilly zu Wort. »Geht das in Ordnung, wenn ich mich auch ein bisschen umschaue?«

»Klar«, antwortete Kathi. »Du weißt ja jetzt, wo du uns findest. Björn ist sicher bei den Pferden. Falls du ihn suchst, geh einfach den Hinweisschildern nach.«

Lilly nickte und verschwand.

»Was habt ihr denn mit der gemacht? Die ist ja wie ausgewechselt«, erkundigte sich Neele erstaunt.

»Ehrlich gesagt, ich habe keine Ahnung.« Kathi trat einen Schritt zurück. »Aber jetzt zeig du dich mal. Du siehst echt klasse aus.«

Neele hatte sich nicht nur die gemeinsam mit Kathi ausgesuchte Sommerhose und das Top angezogen, sie war sogar dezent geschminkt, und ihre Haare waren elegant hochgesteckt.

Neele bemerkte Kathis anerkennenden Blick, und ihre Wangen röteten sich. »Quatsch. An die Arbeit. Um dreizehn Uhr eröffnet die Ausstellung, eine halbe Stunde später landen die Fallschirmspringer auf dem Platz, und um vierzehn Uhr beginnt das erste Spiel.«

»Du bist ja bestens informiert«, sagte Kathi grinsend und half ihr, die weißen Decken auf dem Tisch zu befestigen.

Kaum war die Ausstellung eröffnet, liefen Scharen von Besuchern über den Platz, und Kathi und Neele hatten alle Hände voll zu tun. Vor allem die Kinder schienen von den *Sylter Sternen* magisch angezogen zu werden. Gesa war inzwischen von ihrer Begrüßungstour zurückgekommen war und half den beiden jungen Frauen nun beim Verkauf, bis der erste Ansturm nachließ.

»Das erste Spiel beginnt gleich«, meinte Gesa nach einiger Zeit. »Ich werde da mal einen Blick drauf werfen, wenn ihr allein hier zurechtkommt. Renke hat zum Glück einen Platz auf der Tribüne für uns bekommen.«

»Viel Spaß, Oma«, sagte Kathi. »Wir kommen hier schon klar.«

Gesa nickte und ging in Richtung der Zelte.

»Die beiden passen gut zusammen«, meinte Neele und stapelte die restlichen *Sylter Sterne* auf einem Blech. »Sind Sabrinas Pferde schon heute an der Reihe?«

»Ja, aber im zweiten Spiel um halb vier«, antwortete Kathi. »Sag mal, hast du eigentlich Lilly gesehen?«

»Nee, die war noch nicht wieder hier.«

»Sie wollte sich doch nur etwas umsehen. Vielleicht sollte ich mal gucken, wo sie steckt.«

»Kannst ruhig gehen. Sind jetzt doch sowieso alle beim Spiel. Ich schaff das hier schon.«

Kathi nickte ihr zu und lief los. Direkt am Spielfeld saßen die Zuschauer eng aneinandergedrängt auf Bänken, dahinter standen sie in Dreierreihen. Kathi hielt Ausschau nach Lilly, konnte sie aber in der Menschenmenge nirgends entdecken. Gerade als sie die Suche aufgeben wollte und sich abwandte, um zum Stand zurückzugehen, sah sie einen Polizeiwagen, der mit hoher Geschwindigkeit auf den Platz zufuhr. Als der Wagen direkt am zentralen Eingang anhielt, stand dort bereits Björn, der auf die Beamten zu warten schien. Die zwei Polizisten stiegen aus, und Björn sprach sichtlich aufgebracht mit ihnen und zeigte dabei immer wieder mit der Hand in Richtung des VIP-Zelts. Kathi sah einen der Beamten nicken, dann gingen die drei Männer hinter den Zuschauern entlang und verschwanden kurz darauf in dem großen Zelt.

Mühsam bahnte sich Kathi einen Weg durch die Menschenmenge am Spielfeldrand und erreichte den VIP-Bereich gerade, als die beiden Beamten das Zelt wieder verließen. Zwischen sich hatten sie einen jungen Mann im Griff. Björn folgte den dreien und lief an Kathi vorbei, ohne sie zu bemerken. Erst als sie ihn rief, drehte er den Kopf in ihre Richtung und wirkte erstaunt, Kathi hier zu sehen.

»Sekunde«, sagte er. »Ich bin gleich bei dir. Es geht um Sabrinas Ponys. Ich weiß jetzt, was passiert ist.«

Er reckte den Hals und sah in die Richtung, in die die Beamten mit dem Mann in ihrer Mitte verschwunden waren. »Ich muss da hinterher. Ich erkläre dir alles später.«

Björn eilte weiter, Kathi überlegte einen Moment, ihm zu folgen, dann nahm sie das Handy aus der Tasche und wählte Neeles Nummer.

»Ich brauch noch einen Moment«, sagte sie zu ihr. »Ist Gesa wieder da?«

»Sie kommt gerade. Ich frage sie, ob sie bleiben kann.«

»Danke«, sagte Kathi und lief Björn hinterher.

Noch bevor sie die Gruppe erreichte, hörte sie den jungen Mann lauthals schimpfen, der sich darüber empörte, dass er abgeführt wurde.

»Was glauben Sie eigentlich, wer Sie sind? Das wird Riesenärger geben. Ich werde mich über Sie alle beschweren. Wissen sie überhaupt, wer mein Vater ist?«

»Das ist mir völlig egal«, rief Björn aufgebracht. »Es gibt Zeugen, die Sie auf dem Gerkens-Hof gesehen haben, und vorhin habe ich sie auf frischer Tat ertappt, als Sie etwas ins Futter der vier Ponys von Sabrina Rademacher gemischt haben. Es war Jakobskreuzkraut.«

Die Polizisten standen schweigend neben den beiden Männern und verfolgten die Auseinandersetzung.

»Sie sind doch vollkommen durchgeknallt!«, brüllte der junge Mann. »Ich war nicht bei den Pferden und von diesem Kraut, von dem Sie quatschen, hab ich noch nie was gehört.«

»Sie waren also nicht gerade bei den Ponys?«, fragte Björn, der plötzlich ganz ruhig geworden war.

»Natürlich nicht. Wie oft muss ich das noch sagen?« Der junge Mann wandte sich den Polizisten zu. »Kann ich jetzt gehen, oder muss ich erst unseren Anwalt anrufen?«

Der jüngere der Polizisten sah unschlüssig zu seinem älteren Kollegen hinüber. Noch bevor dieser etwas sagen konnte, hielt Björn ihm sein Handy hin.

»Hier! Ich habe ihn aufgenommen.« Björn tippte auf seinem Handy herum und ließ den Film abspielen. »Wie man unschwer erkennen kann, ist das dieser Herr.«

Björn gab das Handy an den älteren Beamten weiter und wartete, bis die Polizisten sich den Film zu Ende angesehen hatten.

»Die Tüte, in der er das Zeug mitgebracht hat, habe ich aus dem Mülleimer geholt und eingesteckt. Da sind sicher seine Fingerabdrücke drauf. Dann hab ich die Futterraufen geleert und darin Jakobskreuzkraut gefunden. Das Zeug ist hochgiftig für Pferde.«

Der junge Mann war im Verlauf der vergangenen zwei Minuten immer stiller geworden und stand inzwischen kreideweiß vor ihnen.

»Was sagen Sie dazu?«, fragte der ältere Polizist den Mann.

»Ich werde gar nichts mehr sagen.« Der junge Mann zog sein Handy aus der Tasche. »Außerdem rufe ich jetzt meinen Anwalt an.«

»Das können Sie gleich in Westerland auf der Wache machen. Wir nehmen Sie jetzt erst einmal mit, um die Personalien aufzunehmen – und Ihre Aussage, falls Sie sich doch noch äußern wollen.« Der Polizist wandte sich an Björn. »Ihre Aussage brauchen wir natürlich auch, Dr. Schuster.«

Björn nickte. »Ja, natürlich. Allerdings muss ich bis zum Ende des Turniers heute Nachmittag noch hierbleiben, ich bin hier heute sozusagen der diensthabende Tierarzt. Danach werde ich bei Ihnen vorbeikommen und meine Aussage machen. Ist das in Ordnung?«

»Kein Problem, Dr. Schuster. Wir sehen uns dann nachher. Denken Sie bitte an Ihr Handy, damit wir den Film überspielen können.« Er reichte Björn das Handy, gab ihm die Hand und ging mit seinem Kollegen und dem jungen Mann in Richtung Ausgang. Björn drehte sich um und kam auf Kathi zu.

»Tut mir leid, dass ich dich vorhin so hab stehen lassen. Aber du hast ja gehört, was los war.« Er rieb sich die Stirn und schüttelte den Kopf. »So eine verrückte Geschichte. Komm, lass uns erst mal zurückgehen.« Er griff nach ihrer Hand, und sie gingen in Richtung Turnierplatz.

»Wer war denn der Mann?«, fragte Kathi.

»Persönlich kenne ich ihn nicht, aber ich glaube, er ist der Sohn von einem der Sponsoren, der auch eine Mannschaft aufgestellt hat.«

»Und du meinst …«

»Ich kann mir nicht vorstellen, dass er im Auftrag seines Vaters gehandelt hat. Gerade im Polosport hat die Gesundheit der Pferde oberste Priorität. Erfolg hin oder her. Das macht niemand, der selbst züchtet.«

»Ein Fall von vorauseilendem Gehorsam?«, fragte Kathi.

»Eine riesengroße Dummheit, würde ich sagen. Aber den Schaden wird sein Vater haben und die gesamte Mannschaft. Wenn das öffentlich wird, bekommt er in der Poloszene keinen Fuß mehr auf den Boden.«

»Zum Glück besteht jetzt keine Gefahr mehr für Sabrinas Pferde«, sagte Kathi. »Was anderes … Ich war eigentlich auf der Suche nach Lilly. Hast du sie gesehen?«

»Lilly? Nein. Aber ich war auch fast die ganze Zeit im Stall. Die wird schon wieder auftauchen. So groß ist das Gelände ja nicht. Ich gehe jetzt noch kurz zu Sabrina und erzähle ihr, wie die Sache ausgegangen ist. Sie war ganz aufgelöst wegen des Anschlags auf ihre Pferde. Danach komme ich wieder zum Stand. Wenn Lilly dann noch nicht aufgetaucht ist, lasse ich sie ausrufen.«

»Gute Idee.« Kathi gab ihm einen Kuss. »Pass auf dich auf.«

Sie trennten sich, und Kathi ging zum Stand zurück, wo Neele gerade einem jungen Mann in traditioneller Fischerkluft eine ihrer Neukreationen verkaufte.

»Lass es dir schmecken, Thade«, sagte sie.

Der Mann strahlte sie an. »Das ist jetzt schon mein Dritter. Die Teile sind wirklich erste Sahne. Ein Seestern als Kuchen. Tolle Idee.«

»Danke, Thade«, sagte Neele und wartete offensichtlich darauf, dass er dem nächsten Kunden Platz machte, aber Thade wirkte nicht, als habe er es eilig. Erst als die alte Dame hinter ihm sich laut räusperte, schien er zu bemerken, dass er nicht allein war.

»Dann mal tschüss, Neele.« Er holte tief Luft. »Sehen wir uns heute noch? Ein paar Leute von unserem Stand wollen nachher in Keitum ein Bier trinken. Wie wär's? Kommst du auch mit?«

»Vielleicht«, sagte Neele und bedeutete ihm mit einer Handbewegung, dass er zur Seite treten solle.

Thade nickte, drehte sich abrupt um und ging.

Kathi unterdrückte ein Grinsen und zwang sich, da Neele gerade eine alte Dame bediente, ihre Neugierde zurückzustellen. Sie holte ein großes Stück *Sylter Wolken* aus dem Kühlschrank und schnitt es in Portionsstücke. Als die Durchsage aus den Lautsprechern ertönte, dass das erste Spiel beendet sei, kam Gesa an den Stand und begann sofort damit, Neele im Verkauf zu helfen. Kathi ging auf die Zehenspitzen und sah zum Spielfeld hinüber. Die beiden Polomannschaften stellten sich auf und verabschiedeten sich. Als die Pferde das Spielfeld verlassen hatten, lief ein großer Teil der Zuschauer aufs Feld. Die Menschen gingen langsam kreuz und quer übers Spielfeld und unterhielten sich dabei angeregt.

»Was ist denn jetzt los?«, fragte Kathi.

Neele zuckte mit den Achseln, während Gesa breit grinste. »Die Pferde haben den Rasen durchpflügt. Die Zuschauer treten die Grassoden wieder fest. So haben alle etwas Bewegung.«

»Und umso mehr Hunger haben sie gleich«, sagte Neele trocken.

»Das stimmt auch wieder«, kam es von der lachenden Gesa, die sich gleich darauf Kathi zuwandte. »Was war das denn eben mit Björn und den Polizisten?«

»Lange Geschichte«, antwortete Kathi. »Erzähle ich euch später, oder am besten macht das Björn. Ich habe auch nur den Schluss mitbekommen.«

Noch immer suchte sie mit den Augen das Spielfeld ab. »Oma, hast du eigentlich Lilly gesehen?«, fragte sie schließlich.

Gesa schüttelte den Kopf. »Nein, wieso denn?«

»Sie wollte sich gleich zu Beginn etwas umsehen und ist bisher nicht wieder aufgetaucht.«

»Was? Dann ist sie ja schon über zwei Stunden weg!«, sagte Gesa besorgt. »Bisschen lange, oder?«

»Ich habe sie schon überall gesucht, aber keine Spur von ihr.«

»Warst du auch hinter dem VIP-Zelt? Da treiben sich immer die jungen Leute rum«, erkundigte sich Gesa.

»Nein, Lilly kennt doch hier niemanden.« Kathi stockte und dachte an die Jungs vom Gerkens-Hof. »Vielleicht hast du recht. Am besten schaue ich gleich mal dort vorbei. Neele, könntest du …«

»Kein Problem. Ich habe hier alles im Griff.«

»Ich komme mit«, sagte Gesa kurz entschlossen und lief schnellen Schrittes neben Kathi her. Sie zeigte auf die Lücke zwischen zwei der Pagodenzelte, die für exklusive Aussteller reserviert waren, und war gleich darauf aus Kathis Blickfeld verschwunden. Kathi folgte ihr und stand nach wenigen Schritten hinter dem großen VIP-Zelt.

»Hatte ich doch recht«, meinte Gesa und zeigte auf eine Gruppe von fünf oder sechs jungen Männern, die dort im Kreis standen und sich unterhielten.

Als Gesa weitergehen wollte, hielt Kathi sie am Arm zurück. »Lass mich das mal machen, Oma. Vielleicht reden sie ja eher mit mir.«

Gesa nickte nur.

Zusammen gingen sie auf die Gruppe zu. Kathi erkannte drei der Jungs, die sie auf dem Gerkens-Hof gesehen hatte.

»Hallo«, sagte sie freundlich und lächelte die jungen Männer an. »Ich suche die Lilly. Habt ihr sie gesehen?«

Einer der Jungs zog die Augenbrauen zusammen und fragte: »Lilly wer?«

»Lilly Schuster«, sagte Kathi, obwohl sie sicher war, dass der junge Mann wusste, von wem sie gesprochen hatte.

»Keine Ahnung«, antwortete er und wandte sich an die anderen. »Habt ihr eine Lilly gesehen?«

Sie zuckten mit den Schultern oder schüttelten den Kopf.

»Nein, Sie sehen ja, hier kennt niemand eine ... Lilly«, sagte der Wortführer der Gruppe feixend.

Kathi hatte schon vor ihrer ersten Frage die beiden leeren Champagnerflaschen auf dem Boden gesehen und den süßlichen Geruch von Cannabis in der Luft wahrgenommen. Sie sah von einem Jungen zum anderen und wartete, ob es sich einer von ihnen anders überlegen würde.

»Kann ich sonst noch was für Sie tun?«, fragte der Wortführer mit einem arroganten Grinsen.

Kathi lächelte zuckersüß. »Wie gesagt, ich suche Lilly Schuster. Mindestens drei von euch habe ich auf dem Gerkens-Hof schon gesehen. Also weiß ich, dass ihr sie kennt.«

»So, so! Was Sie alles wissen. Interessant!« Er setzte wieder ein breites Grinsen auf und wandte sich demonstrativ von Kathi ab.

Kathi bückte sich und hob eine dicke selbst gedrehte Zigarette auf, die nur zur Hälfte aufgeraucht war. Sie roch an dem Joint und sagte: »Schwarzer Afghane, vermute ich mal?«

Die Jungs schauten plötzlich verlegen in die Runde. Der Wortführer schluckte und fixierte sie aus schmalen Augen.

»Also? War Lilly hier?«, fragte Kathi scharf, ohne seinem Blick auszuweichen.

Einer der jungen Männer räusperte sich und wollte offenbar etwas sagen, aber der Wortführer brachte ihn mit einer Handbewegung zum Schweigen. Er trat bedrohlich dicht an Kathi heran und musterte sie genau.

»Sie sind doch die Frau vom Tierarzt, nicht wahr? Sollten Sie sich nicht lieber um Ihren Mann kümmern, als hier herumzuschnüffeln und das überdrehte Kindermädchen zu spielen?« Er grinste überheblich. »Wer weiß, vielleicht haben Sie sonst bald keinen Mann mehr. Die liebe Frau Dr. Rademacher scheint ja ein Auge auf ihn geworfen zu haben.«

Kathi stockte der Atem. Ihre Gedanken wirbelten durcheinander. Was meinte der Junge mit seiner Bemerkung? Sie starrte ihn an und überlegte fieberhaft, was sie antworten sollte, aber ihr Kopf war auf einmal völlig leer. In diesem Augenblick trat Gesa neben sie. »Lilly ist erst dreizehn Jahre alt. Auch wenn man ihr das nicht ansieht, es ist so. Falls einem von euch nicht klar ist, was das bedeutet, solltet ihr mal ganz schnell die Anwälte eurer Väter fragen. Wenn einer von euch sie auch nur küsst oder anfasst, dann steht er mit einem Bein im Gefängnis. Schon das ist Kindesmissbrauch! Von anderen Dingen einmal ganz abgesehen. Ihr seid doch alle schon über achtzehn, nicht wahr? Also: Wenn ihr nicht sofort den Mund aufmacht und erzählt, wo Lilly ist, rufen wir die Polizei, und am Ende steht ihr alle vor dem Kadi. Habe ich mich klar genug ausgedrückt?«

Bei den letzten Worten war Gesas Stimme immer leiser und bedrohlicher geworden. Ihre Augen sprühten Funken, als sie langsam von einem zum anderen schaute, und obwohl sie beinahe einen Kopf kleiner war als die jungen Männer, hielt keiner ihrem Blick stand. Alle Jungs sahen betroffen zu Boden. Schließlich begann der Wortführer, stockend zu sprechen.

»Wir … also, keiner von uns wusste, dass Lilly erst dreizehn ist. Das müssen Sie uns glauben. Wir haben sowieso nichts mit der ganzen Sache zu tun. Und angefasst haben wir sie schon gar nicht.«

»Wo ist sie?«, fragte Gesa scharf.

»Benni … Ich meine, Benedikt, also … Er ist mit ihr weggegangen.«

»Wohin?«

»Woher soll ich das wissen?«, antwortete der junge Mann patzig.

»Wohin?«, wiederholte Gesa langsam und überdeutlich.

Keiner der Jungen schien antworten zu wollen.

Gesa wandte sich Kathi zu. »Gibst du mir bitte dein Handy? Ich rufe jetzt die Polizei.«

»Ist ja schon gut«, stammelte der Wortführer der Gruppe. »Er … sein Vater hat ein Wohnmobil. Das steht hinten auf dem Parkplatz und …«

»Das Kennzeichen?«, fragte Gesa sofort. »Ich brauche das Kennzeichen!«

Einer der anderen jungen Männer löste sich aus der Gruppe und ging auf Gesa und Kathi zu.

»Ich zeige Ihnen, wo der Wagen steht.«

Gesa und Kathi folgten ihm auf den Turnierplatz zurück und von da aus zum angrenzenden Parkplatz. Er sah sich suchend um, bis er das Fahrzeug gefunden hatte. »Da hinten«, sagte er und deutete auf ein großes Wohnmobil, das am hinteren Ende der Weide stand, die als Parkplatz diente. »Klopfen Sie dreimal kurz an die Tür. Und dann nach einer kurzen Pause noch einmal.«

Gesa ging auf das Fahrzeug zu, dessen Vorhänge zugezogen waren, und klopfte energisch an die Tür.

Nach einigen ewig langen Sekunden öffnete sich die Tür einen Spaltbreit.

»Spinnt ihr? Was ist denn los?«, rief eine wütende Stimme. »Ich hab doch gesagt …«

Gesa zog die Tür weiter auf. »Ist Lilly hier?«

»Was soll denn der Scheiß?«, schrie der junge Mann, der jetzt mit nacktem Oberkörper vor ihnen stand. »Verschwinden Sie!«

»Hör mal, Benni«, mischte sich der Junge ein, der sie hergeführt hatte. »Lilly ist erst dreizehn. Es ist wohl besser, wenn sie jetzt rauskommt.«

Benni schien etwas erwidern zu wollen, als er aber sah, dass Kathi demonstrativ ihr Handy aus der Tasche holte und zu wählen anfing, schluckte er.

»Ist ja schon gut!«, sagte er kleinlaut.

In diesem Moment erschien Lilly in der Tür und zog ihr hochgerutschtes Top glatt. Mit versteinerter Miene kletterte sie aus dem Wohnmobil und ging, ohne Kathi oder Gesa auch nur eines Blickes zu würdigen, an ihnen vorbei. Kathi hob ihr Handy und machte schnell noch ein Foto von dem jungen Mann in der Wohnmobiltür.

»Ich habe das Kennzeichen notiert«, sagte Kathi und hob ihr Handy hoch. »Zusammen mit dem Foto dürfte es wohl kein Problem sein, dich zu finden. Wenn einer von euch noch einmal mit Lilly Kontakt aufnimmt, informiere ich sofort die Polizei.«

Sie nickte Gesa zu, und beide gingen Lilly hinterher.

Kapitel 9

»Nein, es war sicher richtig, Björn nichts davon zu sagen, wo wir Lilly gefunden haben.«

Gesa bückte sich nach einer leeren Austernschale, die halb im Sand vergraben war, drehte sie einen Moment in den Händen, ehe sie sie ins Wasser warf und ihr nachdenklich hinterhersah. Schließlich steckte sie die Hände in die Jackentaschen und schlenderte weiter den Strand entlang. Kathi folgte ihr.

Als Gesa am Morgen bei ihr angerufen und gefragt hatte, ob sie nicht am frühen Nachmittag einen Strandspaziergang machen wollten, hatte Kathi zunächst absagen wollen. Die letzte Zeit war so kräftezehrend gewesen, dass sie am liebsten nur noch im Bett geblieben wäre. Immerhin war das ihr erster freier Tag seit Wochen. Der Dienstag war beim Poloturnier immer der Tag mit den geringsten Besucherzahlen, und Neele hatte gemeint, heute käme sie mit Sicherheit allein am Stand klar. So hatte Kathi sich den Luxus gegönnt, bis neun zu schlafen, und war erst von Gesas Anruf geweckt worden.

»Nicht weit. Nur mal die Seeluft um die Nase wehen lassen«, hatte ihre Großmutter gesagt. »Wir fahren zur Süderheide, lassen den Wagen da stehen und laufen ein Stück an der Wattseite entlang. Und hinterher gehen wir einen Windbeutel essen. Nur du und ich! Na, was sagst du?«

Irgendetwas in Gesas Stimme hatte Kathi dazu bewogen, zuzusagen. Gesa hatte fröhlich geklungen, aber ihr schien viel daran zu liegen, Kathi allein zu sprechen. Doch was es auch war, bislang war Gesa nicht damit herausgerückt, was ihr auf der Seele lag. Kathi warf ihr von der Seite einen neugierigen Blick zu, aber die Miene ihrer Großmutter blieb undurchdringlich.

»Ehrlichkeit in einer Beziehung ist eine schöne Sache, aber manchmal gibt es Dinge, die man besser nicht sagt, weil sie mehr schaden als nützen«, sagte Gesa mehr zu sich selbst als zu ihrer Enkelin. Sie hob den Kopf und lächelte Kathi zu. »Jedenfalls ist das meine Erfahrung.«

»Stimmt vermutlich! Björn war so mit dieser Geschichte mit Sabrinas Pferden beschäftigt, dass ihm gar nicht wirklich aufgefallen ist, dass Lilly weg war. Und als er am Abend endlich zurückkam, war es schon halb zehn und Lilly längst in ihrem Zimmer verschwunden. Ich wusste nicht, dass es so lange dauert, bei der Polizei eine Aussage aufzunehmen.«

»Keine Ahnung!«, sagte Gesa achselzuckend. »Ich war noch nie in der Verlegenheit.«

»Björn sagte, er sei danach noch ganz kurz auf dem Gerkens-Hof gewesen, um Sabrina zu erzählen, wie die Sache ausgegangen ist.« Kathi presste die Lippen zusammen. »Vielleicht hat ja auch das so lange gedauert.«

»Nanu? Du wirst doch wohl nicht eifersüchtig sein?«

»Eifersüchtig? Nein!«, beeilte sich Kathi zu versichern. »Warum auch? Sabrina ist nur eine Studienfreundin.«

»Dann ist es ja gut!« Gesa zwinkerte ihr zu. »Glaub mir. Björn weiß genau, was er an dir hat.« Kathi wich dem Blick ihrer Großmutter aus und sah über das Wasser auf das Festland hinüber. »Der läuft dir bestimmt nicht weg!«, fügte Gesa hinzu.

Eifersucht war eigentlich nicht das richtige Wort für das, was Kathi empfand, wenn sie an Sabrina dachte. Angst traf es besser. Angst davor, dass Sabrina die Gefühle wieder neu erwecken könnte, die Björn Jahre zuvor vielleicht für sie empfunden hatte. Denn dass da mal mehr als nur Freundschaft gewesen war, davon war Kathi inzwischen überzeugt. Zu tief war die Vertrautheit zwischen den beiden, die sich in Blicken und flüchtigen Berührungen zeigte. Auch das Leuchten in Sabrinas Augen, wenn sie Björn ansah, wenn sie ihn zum Abschied umarmte, sprach Bände. Was, wenn er ihre Gefühle zu erwidern begänne und sich neu in Sabrina verlieben würde? Was, wenn …

»Dazu liebt er dich viel zu sehr!«, sagte Gesa und riss Kathi aus den Grübeleien, die diese seit einigen Tagen immer öfter quälten.

»Ich hoffe es sehr.«

»Ja, das sieht man Björn ganz deutlich an.« Gesa nickte bekräftigend. »Da mach dir mal keine Gedanken.« Tief atmete sie die salzige Luft ein. »Wie schön, dass hier nicht so viel Trubel ist wie am Weststrand. Obwohl es da bei diesem Wetter heute auch nicht so voll sein dürfte. Ist ja nun nicht gerade Badewetter.«

Kathi lachte. »Nein, wirklich nicht. Gut möglich, dass wir gleich noch nass werden.«

Nach den letzten heißen Wochen hatte der Wind in der Nacht nach Westen gedreht und trieb nun tief hängende, regenbeladene Wolken vor sich her, durch die sich nur gelegentlich ein Sonnenstrahl verirrte und über die spiegelglatte See auf der Wattseite der Insel tanzte.

»Dabei ist dieses Wetter doch eigentlich viel schöner als immer nur blauer Himmel und pralle Sonne«, sagte Gesa. »Finde ich zumindest.«

»Ja, ich auch.«

Eine Weile gingen die beiden Frauen schweigend nebeneinander her.

»Und was ist jetzt mit Lilly?«, fragte Gesa schließlich. »Immer noch Funkstille?«

Kathi nickte. »Die meiste Zeit verbringt sie in ihrem Zimmer. Sie kommt nur noch kurz zum Essen raus, mit Björn redet sie nur das Allernötigste.«

»Hast du mal versucht, mit ihr zu sprechen?«

»Nicht nur einmal!«, sagte Kathi seufzend. »Ich bin zu ihr ins Zimmer gegangen und habe ihr einen langen Vortrag gehalten. Darüber, was hätte passieren können, meine ich. Da hab ich ihr auch gesagt, dass ich nicht vorhabe, Björn davon zu erzählen, dass sie mir im Gegenzug aber versprechen müsse, so was nicht wieder zu machen. Geantwortet hat sie nicht, nur demonstrativ aus dem Fenster gestarrt.«

»Und wie soll das jetzt weitergehen?«

Kathi hob hilflos die Arme. »Wenn ich das nur wüsste. Ich habe keine Ahnung, wie ich an das Mädchen rankommen soll.«

»Ein Patentrezept hab ich da leider auch nicht!«, sagte Gesa. »Ehrlich gesagt habe ich nicht einmal meine eigene Tochter verstanden, wenn sie wieder auf stur geschaltet und kein Wort mehr mit mir geredet hat. Damals bin ich dann manchmal furchtbar aus der Haut gefahren. Aber das hat es nicht besser gemacht, im Gegenteil. Heute glaube ich, ich hätte geduldiger sein müssen. Einfach den längeren Atem haben und abwarten müssen, bis sie sich abgekämpft hatte.«

»Leichter gesagt, als getan.«

»Ich weiß, Kathi. Ich weiß.« Gesa hakte sich bei Kathi unter und zog sie an sich heran. »Zumal ich ja den Vorteil hatte, in die Rolle der Teenagermutter reinzuwachsen. Dich hat man einfach so ins tiefe Wasser geworfen und nun heißt es: *Schwimm!*«

»Na ja, Mutterrolle …«

»De facto schon.« Gesa griff nach Kathis Hand und drückte sie. »Und du machst das richtig gut. Auch wenn du es selbst nicht glauben kannst.«

Kathi warf Gesa einen zweifelnden Blick zu. »Da bin ich mir nicht so sicher.«

»Ich aber. Du solltest versuchen, sie aus ihrem Zimmer rauszuholen. Auch wenn sie schimpft und meckert. Nimm sie weiter mit zum Poloturnier. Sag ihr, du wärst auf ihre Hilfe angewiesen, sonst würdet ihr nicht zurechtkommen auf dem Stand. Ganz egal, was. Lilly sollte unter Leute.«

»Aber wenn sie dort wieder mit den Jungs …«

Gesa grinste. »Ich bin sicher, das wird sie nicht. Und vor allem die Jungs werden sie meiden wie der Teufel das Weihwasser. Ich glaube, ich hab ziemlich deutlich gemacht, dass mit mir nicht gut Kirschen essen ist. Man muss nur wirklich ernst meinen, was man sagt, sonst glaubt einem keiner.«

Kathi lachte und gab ihrer Großmutter einen Kuss auf die Wange. »Immer noch die gefährlichste Oma an der Nordseeküste.«

Gesa zwinkerte, nahm Kathi in den Arm und hielt sie einen Moment lang ganz fest. Als sie sich wieder von ihr löste, griff sie nach Kathis Händen und drückte sie.

»Apropos *ernst meinen*«, sagte Gesa. »Ich muss dir was sagen und weiß nicht recht, wie.«

Kathi zog erstaunt die Augenbrauen hoch. So nachdenklich hatte sie ihre Großmutter noch nie gesehen. »Seit wann hast du Schwierigkeiten, mit mir zu reden?«, fragte sie. »Na, los, Oma, raus mit der Sprache! Worum geht's?«

Gesa holte tief Luft, ehe sie antwortete: »Renke meint es ernst. Er hat gestern um meine Hand angehalten. Mit Kniefall, einem Ring und allem Drum und Dran.« Sie löste den Blick von Kathis Händen, die sie noch immer in ihren hielt, und sah zu Kathi hoch. »Und ich habe Ja gesagt!«, fügte sie leiser hinzu.

Kathi spürte, wie ihr Herz einen Sprung machte. »Was?«, rief sie. »Aber, Oma, das ist ja großartig! Mensch, ich freu mich so für dich!« Damit umarmte sie Gesa stürmisch und drückte sie an sich. »Ich freu mich natürlich für *euch*!«, korrigierte sie sich. »Aber wieso hattest du Bedenken, mir das zu erzählen?«

»Na ja, ich hatte ein bisschen Angst vor deiner Reaktion!«, sagte Gesa sichtlich verlegen. »Du und dein Großvater, ihr wart so eng miteinander. Ich hatte wohl irgendwie ein bisschen Angst, was du sagen würdest. Ich dachte …«

»Ich könnte dagegen sein?«, fragte Kathi. »Ach, Oma, was du dir denkst. Nein, ich freue mich. Ganz ehrlich! Du warst so lange allein, all die Jahre, seit Opa gestorben ist. Und Renke ist ein so lieber Mensch, ich hab ihn furchtbar gern. Ganz ehrlich, irgendwie ist er beinahe schon so etwas wie ein Großvater für mich.«

Den Blick, den Gesa ihr zuwarf, konnte Kathi nicht deuten. Einen Moment lang schien Gesa in ihrem Gesicht zu forschen, wie sie die Bemerkung gemeint hatte. Dann aber lächelte ihre Großmutter.

»Wunderbar!«, sagte sie. »Ich bin so froh, dass du es so aufnimmst. Ganz ehrlich, ich hatte einen Riesenbammel davor, dir das zu sagen.«

Kathi beugte sich vor und gab ihr einen Kuss. »Ganz egal, was es ist, Oma. Du kannst mir immer alles erzählen«, sagte sie. »Und jetzt werden wir deine Verlobung würdig mit einem riesigen Windbeutel feiern!« Sie warf einen skeptischen Blick auf die Wolken am Himmel. »Und vielleicht sollten wir uns beeilen, zum Auto zu kommen, ich habe gerade die ersten Tropfen abbekommen.«

Erst zwei Stunden später machte sich Kathi auf den Heimweg. Nachdem sie einen der riesen Windbeutel in der *Alten Backstube* gegessen und Kaffee getrunken hatten, hatte sie Gesa zu Renke gefahren und war von ihm noch genötigt worden, einen Sekt mit den beiden zu trinken. Erst mit dem Hinweis auf das Chaos in ihrer Küche und einen Berg Büroarbeit, der noch auf sie wartete, war es Kathi gelungen, sich loszueisen.

In bester Laune pfiff sie den Frank-Sinatra-Song mit, der aus dem Radio erklang, und brauchte einen Moment, ehe sie das Klingeln des Handys in ihrer Tasche wahrnahm. Sie hielt den Golf am Straßenrand an und nestelte das Telefon aus ihrer Jackentasche.

»Adrians«, meldete sie sich.

»Gut, dass ich Sie erreiche, Frau Adrians, Hinrichs hier!«, sagte eine Männerstimme.

»Herr Hinrichs! Was gibt's diesmal für Katastrophen?«, fragte sie gut gelaunt. Möglicherweise war ja der Sekt daran schuld, aber sie war fest entschlossen, sich nicht die Stimmung verderben zu lassen.

»Katastrophen nicht gerade, aber vielleicht sollten Sie doch mal eben bei der Baustelle vorbeikommen.«

»Was ist denn los?«

»Hier ist eine Frau, die behauptet, wir dürfen ohne ihre Genehmigung nicht weitermachen. Das sei ihr Haus, und wir hätten keine Berechtigung, hier zu arbeiten. Als ich sagte, dass das alles schon seine Richtigkeit hätte, ist sie pampig geworden und wollte sofort die Baugenehmigung sehen, sonst würde sie die Polizei holen. Da hab ich sie vor die Tür gesetzt. Ich wollte schon Herrn Frerichs anrufen, aber eigentlich sind Sie ja die Bauherrin.«

»Stimmt. Was ist das denn für eine Verrück…« Das letzte Wort blieb Kathi in der Kehle stecken. Ihre gute Laune war wie fortgeblasen. Sie wusste plötzlich, wer da auf der Baustelle gewesen war.

»Wo ist die Frau jetzt?«, fragte sie heiser.

»Steht auf der Straße und guckt zum Haus herüber. Sie scheint zu überlegen, was sie nun machen soll.«

»Gut. Ich bin auf dem Weg. In ungefähr fünf Minuten bin ich bei Ihnen. Bis dann, Herr Hinrichs.«

Ohne seine Antwort abzuwarten, legte sie auf und startete den Wagen.

Schon als Kathi in die Siedlungsstraße einbog, in der Gesas Haus lag, sah sie die schmale, hochgewachsene Gestalt auf der Straße stehen. Sie parkte den Wagen in der Auffahrt zu Gesas Haus und holte tief Luft, ehe sie ausstieg.

»Hallo, Mama!«, sagte sie, während sie auf die Frau zuging, die noch immer auf der Straße stand und sie aus eisblauen Augen musterte. »Warum hast du denn nicht angerufen? Ich hätte dich doch vom Bahnhof abholen können, wenn ich gewusst hätte, dass du nach Sylt kommst.«

Sie streckte ihr die Hand entgegen, die ihre Mutter aber ignorierte.

»Kannst du mir bitte mal erklären, was das hier zu bedeuten hat, Kathi?«, fragte ihre Mutter scharf. »Der Bauarbeiter hat gesagt, dass hier ein Café gebaut wird und dass du die Bauherrin bist. Hast du Gesa das Haus abgeschwatzt, oder wie hab ich das zu verstehen?«

»Wieso … ich … nein!«, stammelte Kathi, die vom schroffen Ton ihrer Mutter völlig überrumpelt war.

»Wenn das Haus an dich überschrieben worden ist, dann hab ich da ja wohl auch noch ein Wörtchen mitzureden. Das ist immerhin mein Elternhaus.«

Kathi fühlte die Wut wie einen kalten Klumpen in ihrem Magen liegen.

»Wieso denn überschrieben?«, fragte sie. »So ein Blödsinn! Gar nichts ist überschrieben. Das ist und bleibt Omas Haus! Aber ja, wir werden in ein paar Wochen hier ein Café eröffnen. Oma ist einer der Teilhaber.«

»Teilhaber!«, schnaubte ihre Mutter verächtlich. »Nennt man das jetzt so, wenn alte Leute über den Tisch gezogen werden?«

»Über den Tisch gezogen?«, keuchte Kathi aufgebracht. »Jetzt reicht es aber. Wie kommst du denn dazu, mir so was zu unterstellen? Ich ziehe hier niemanden über den Tisch und schon gar nicht Gesa!«

Sie atmete ein paar Mal tief ein und aus, um sich wieder in den Griff zu bekommen. »Vielleicht sollten wir das nicht gerade hier auf der Straße besprechen, wo die ganze Nachbarschaft zuhören kann.«

Elke Adrians zog die Augenbrauen hoch. »Meinetwegen können das ruhig alle hören! Aber wenn dir das peinlich ist?«

»Das hat mit peinlich nichts zu tun!«, sagte Kathi so ruhig, wie sie nur konnte. »Eher etwas damit, dass ich hier lebe und nicht mein Privatleben vor den Nachbarn ausbreiten möchte.«

Da war er wieder, dieser abschätzige Blick, mit dem Elke sie von oben bis unten taxierte und den Kathi schon als Kind gefürchtet hatte, wenn ihre Mutter auf sie oder ihren Vater wütend gewesen war. Kathi fühlte, wie ein kalter Schauer über ihren Rücken lief.

»Bitte, ganz wie du willst, dann gehen wir eben ins Haus«, sagte Elke.

»Nein, die Bauarbeiter haben erst in einer halben Stunde Feierabend. Am besten, du kommst mit zu mir nach Hause.«

»Zu dir nach Hause? Ich dachte, du wohnst hier.«

»Ja, das tue ich auch. Während das Haus umgebaut wird, wohne ich bei einem Freund.«

Elkes Augenbrauen schossen in die Höhe. »Bei einem Freund?«, fragte sie spitz.

»Bei *meinem* Freund, wenn du es genau wissen willst! Ja, ich habe wieder jemanden. Und, ja, es ist was Ernstes!«

»Da hast du dich aber schnell getröstet. Na, Hauptsache, das ist nicht wieder so ein Bruder Leichtfuß. Ich hab damals ja gleich gesagt ...«

Abrupt drehte Kathi sich um und ging zum Auto zurück. Auf diese Diskussion auf offener Straße konnte sie verzichten. Neben der geöffneten Fahrertür blieb sie stehen und drehte sich zu ihrer Mutter um. »Kommst du? Es ist nicht weit.«

Während der kurzen Strecke hinüber zu Björns Haus wechselten Mutter und Tochter kein Wort miteinander. Aus den Augenwinkeln beobachtete Kathi, dass Elke den Blick aus dem Seitenfenster gerichtet hielt und die Dünen- und Heidelandschaft betrachtete, die an ihnen vorbeizog. Obwohl fast zwei Jahre vergangen waren, seit sie ihre Mutter zuletzt gesehen hatte, stellte sie fest, dass Elke sich kaum verändert hatte. Um die Augen herum waren ein paar Fältchen hinzugekommen, aber sie sah noch immer viel jünger aus, als die siebenundvierzig Jahre vermuten ließen, die in ihrem Pass standen. Die Haare trug sie noch immer kurz, allerdings schien sie sie lange nicht mehr getönt zu haben, denn an den Schläfen waren deutlich weiße Strähnen zu sehen, die sich in das Dunkelbraun mischten.

»So, da wären wir«, sagte Kathi, als sie das Auto auf dem Grünstreifen vor der Auffahrt parkte. »Hier wohnt Björn.«

Elke stieg aus und musterte das reetgedeckte Haus mit einem anerkennenden Nicken. »Ganz schön groß!«, sagte sie. »Dein Björn muss ja ordentlich was auf der Naht haben.«

Kathi schluckte den Ärger über die Bemerkung und die schnippische Antwort, die ihr schon auf der Zunge lag, nur mit Mühe hinunter.

»Er ist Tierarzt«, sagte sie stattdessen leichthin.

»Ich wusste nicht, dass man als Tierarzt genug verdient, um sich so ein Haus hinstellen zu können, noch dazu auf Sylt.«

Dass das Haus nicht Björn allein gehörte und er immer noch verheiratet war, ging ihre Mutter nichts an, beschloss Kathi. »Keine Ahnung«, erwiderte sie. »Die Praxis, in der er arbeitet, läuft wohl ganz gut.«

»Scheint so!«, sagte Elke und folgte Kathi zur Haustür.

»Lilly, ich bin wieder da!«, rief Kathi, während sie die Tür öffnete. »Björns Nichte ist im Moment bei uns zu Besuch«, fügte sie als Erklärung für ihre Mutter hinzu, die ihr einen fragenden Blick zugeworfen hatte.

Im Obergeschoss schlug geräuschvoll eine Tür zu, dann waren schnelle Schritte auf der Treppe zu hören.

»Na, endlich!«, rief Lilly, noch ehe sie den Treppenabsatz erreicht hatte. »Ich hab mich schon gefragt, ob es heute nichts mehr zu essen gibt. Ich …« Sie stockte, als sie die beiden Frauen sah, die in der Tür standen.

»Lilly, das ist meine Mutter, Frau Adrians«, sagte Kathi.

»Ach, Blödsinn, Frau Adrians. Ich bin Elke.« Kathis Mutter ging lächelnd auf Lilly zu und schüttelte ihr die Hand. »Lilly! Das ist ein sehr schöner Name. Lilien sind meine Lieblingsblumen.«

»Das waren auch die Lieblingsblumen meiner Mutter!«, erwiderte Lilly. »Die hat sie jedes Jahr von Papa und mir zum Geburtstag bekommen.«

»Ja, ich auch immer.« Elke lachte. »Das ist aber schon ewig her!« Sie drehte sich zu Kathi um und nickte ihr lächelnd zu. »Wie wär's, Kathi, kochst du uns einen Tee? Dann können wir uns ja zu dritt zusammensetzen und ein Schwätzchen halten.«

Völlig verblüfft starrte Kathi ihre Mutter an, deren schlechte Laune wie fortgeblasen schien, und ging in die Küche hinüber. Während sie den Wasserkocher unter den rauschenden Wasserhahn hielt, schossen ihr lauter unzusammenhängende Gedanken durch den Kopf.

Warum war ihre Mutter hier? Eigentlich hasste sie die Insel doch abgrundtief und vermied es, herzukommen. Sie hatte sogar darauf bestanden, dass Kathi sie in Frankfurt besuchte, da sie selbst nach Hamburg nur ungern gefahren war. Und jetzt war sie hier in List, offenbar ohne dass sie irgendjemandem Bescheid gesagt hatte. Hätte Gesa von Elkes Absicht gewusst, sie hätte es Kathi sicher gesagt. Und dann noch dieser merkwürdige Auftritt vor Gesas Haus. Dieser unsinnige Vorwurf, Kathi hätte Gesa über den Tisch gezogen.

Gut, sie waren schon früher immer wegen aller möglichen Sachen aneinandergeraten, aber das? Das ging wirklich zu weit.

Irgendetwas stimmt da nicht, dachte Kathi, während sie den summenden Wasserkocher betrachtete.

Als sie kurze Zeit später mit dem Teetablett ins Wohnzimmer ging, stellte sie fest, dass Lilly mit Elke offenbar gleich eine kleine Wohnungsbesichtigung gemacht hatte und jetzt zusammen mit ihr auf der Terrasse stand. Die beiden unterhielten sich angeregt, während Lilly mit ausgestrecktem Arm auf die verschiedenen Beete deutete. Kathi stieß mit dem Ellenbogen die Terrassentür auf und folgte ihnen nach draußen.

»Wollen wir nicht lieber drinnen Tee trinken?«, fragte sie. »Es ist doch noch etwas zu kühl, um draußen zu sitzen.«

»Ach was, zu kühl!«, sagte Elke lachend. »Wir sind doch nicht aus Zucker! Außerdem kommt gleich die Sonne wieder raus. Seht ihr, da hinten wird es schon wieder heller!« Sie deutete in Richtung der Dünen zur Westseite der Insel, wo zwischen den Wolken die ersten blauen Lücken zu sehen waren.

»Wie ihr meint«, sagte Kathi achselzuckend und stellte das Tablett auf den Gartentisch.

Lilly, die sich gleich einen Platz auf der Bank gesichert hatte, stand wieder auf und verteilte die Tassen und Löffel auf dem Tisch. »Sind noch Kekse da?«, fragte sie.

Kathi warf ihr einen erstaunten Blick zu. So viel Hilfsbereitschaft kannte sie von dem Mädchen sonst gar nicht. »Im Vorratsschrank in der Küche müssten noch welche sein«, sagte sie.

»Ich geh schnell welche holen!«, rief Lilly und lief los.

»Ein nettes Mädchen!«, sagte Elke und goss sich Tee in ihren Becher. »Sehr offen und aufgeweckt.«

»Da bist du aber die Erste, die das so sieht«, murmelte Kathi. »Meistens lässt sie die pubertierende Zicke raushängen und sich rein gar nichts sagen.«

Elke blies über die Oberfläche des dampfenden Tees und lächelte. »Waren wir nicht alle mal so?«

»Ich kann mich nicht erinnern, so gewesen zu sein.«

»Alle, außer dir natürlich.« Elke lachte leise.

In diesem Moment kam Lilly zurück und warf eine geschlossene Packung Schokowaffeln auf den Gartentisch. »Hab sie gefunden!«, sagte sie und lümmelte sich neben Elke auf die Bank.

»Du hättest die Kekse auch auf einen Teller legen können«, sagte Kathi und griff nach der Packung, um das nachzuholen.

»Lass doch!«, sagte Elke. »Ich glaub dir auch so, dass du die Schränke voller Porzellan hast. Stell einfach die Packung auf den Tisch, und jeder bedient sich. Ist doch viel einfacher! Außerdem sind wir doch unter uns.« Vorsichtig nahm sie einen Schluck von dem Tee und seufzte zufrieden. »Fast wie früher!«, sagte sie lächelnd und legte einen Moment lang mit geschlossenen Augen den Kopf in den Nacken.

Kathi ärgerte sich über die Porzellan-Bemerkung ihrer Mutter. Weder wollte sie mit irgendetwas angeben noch ihre Mutter beeindrucken. Trotzdem schluckte sie ihre Worte herunter.

Lilly griff beherzt bei den Keksen zu und steckte sich gleich zwei auf einmal in den Mund. Kathi warf ihr einen verwunderten Blick zu.

»Was denn? Ich hab Hunger!«, nuschelte Lilly mit vollem Mund. »Wenn es hier sonst nichts zu essen gibt.« Sie kaute einen Moment und schob dann noch einen dritten Keks hinterher.

»Ich kann mir nicht vorstellen, dass Kathi dich hungern lässt«, sagte Elke lächelnd. »Sie kocht doch prima. Jedenfalls besser als ich.«

»Na, geht so!«, sagte Lilly, die sich noch einmal bei den Keksen bediente. »Nicht so gut wie meine Oma, aber man kann es essen!« Ein Grinsen machte sich auf dem Gesicht des Mädchens breit, und Lilly zwinkerte Kathi zu. »Nee, ehrlich. Dein Essen ist ganz okay!«

Kathi war wie vom Donner gerührt. Lilly hatte bisher immer nur über alles gemeckert, was Kathi dem Mädchen vorgesetzt hatte.

»Bei Essen fällt mir was ein!«, rief Lilly. »Björn hat vorhin angerufen und gesagt, ich soll dir ausrichten, dass er heute später kommt. Er ist noch zu Sabrinas Pferden gefahren. Antares hat im Turnier einen Schläger ans Bein bekommen, das will er sich noch ansehen. Wir sollen nicht mit dem Essen auf ihn warten, sagt er.« Damit schob sie sich noch einen Keks in den Mund und kaute genüsslich.

»Oh, das ist schade«, sagte Elke. »Ich hätte ihn gern kennengelernt, deinen Björn.«

»Vielleicht ergibt sich ja später noch die Gelegenheit«, sagte Kathi abwesend. *Schon wieder Sabrina*, dachte sie und versuchte, das aufkeimende Gefühl von Eifersucht zu unterdrücken. »Wie lange bleibst du denn auf Sylt, Mama?«

»Ich weiß noch nicht genau«, sagte ihre Mutter achselzuckend. »Ein paar Tage sicherlich. Ich muss was mit Gesa besprechen. Wo steckt sie eigentlich?«

»Oma Gesa ist zu ihrem Freund gezogen«, verkündete Lilly vorlaut. »Zuerst war sie fünf Wochen in Kur, und als sie zurückgekommen ist, ist sie zu Renke nach Kampen gezogen, weil die Wohnung noch nicht fertig ist.«

Elke riss erstaunt die Augen auf und sah Kathi fragend an. »Moment mal, langsam, bitte! Ich komm da gerade nicht mit. Wie war das? Gesa war in Kur? Und sie hat einen Freund?«

Kathi nickte. »Du hast wohl länger nicht mehr mit ihr telefoniert, oder?«

»Du weißt ja, wie das ist. Manchmal gibt ein Wort das andere. In der letzten Zeit … « Elke hob in einer hilflosen Geste die Arme. »Ich hätte nicht noch mehr Stress ertragen.«

»Ärger in Frankfurt?«

Elke winkte ab. »Lass uns ein anderes Mal darüber reden. Heute hab ich keine Lust mehr auf unerfreuliche Dinge. Wisst ihr was? Wir holen uns ein paar Pizzen aus dem Supermarkt und machen uns einen gemütlichen Weiberabend vor dem Fernseher. Jedenfalls so lange, bis dein Björn wieder da ist«, fügte sie, an Kathi gewandt, hinzu.

Alles in Kathi sträubte sich gegen den Gedanken.

Ich weiß nicht recht, wollte sie sagen, aber Lilly kam ihr zuvor.

»Das klingt klasse!«, rief das Mädchen begeistert.

»Also gut, abgemacht«, sagte Elke. Sie hob die Hand, und Lilly, die neben ihr auf der Bank saß, schlug ein.

»Hast du denn schon ein Zimmer?«, fragte Kathi vorsichtig. »Ich meine, unser Gästezimmer hat Lilly, und sonst müsstest du hier auf dem Sofa …«

»Nein, das ist nicht nötig!«, sagte Elke. »Ich schlafe bei meiner Freundin Susanne. Die führt doch diese kleine Pension am anderen Ende von List, und zum Glück hatte sie noch ein Zimmer für mich. Aber danke für das Angebot!« Sie schenkte ihrer Tochter ein dankbares Lächeln. »Und jetzt lass uns mal nachsehen, ob ihr was Gescheites in eurem DVD-Schrank habt!«

Kapitel 10

»Und sie ist einfach so aufgetaucht?«, fragte Neele und knetete dabei weiter den Teig.

»Ja, wie aus dem Nichts«, antwortete Kathi. »Aber das ist eine ihrer Spezialitäten. Plötzlich und unerwartet. Ob es nun ihre Stimmung ist, die von jetzt auf gleich umschlägt, oder sie etwas macht, was garantiert niemand erwartet hätte.«

»Ich glaube, ich hätte früher gerne eine solch spontane Mutter gehabt.«

Wohl kaum, dachte Kathi und musste an vergangenen Nachmittag denken, als Björn nach Haus kam und Elke und Lilly vor dem Fernseher vorfand. Kathi, die gerade von der Toilette zurückkam, sah gerade noch, wie ihre Mutter Björn heftig umarmte. Später in der Küche, als Kathi Björn etwas zu essen machte, während Lilly und Elke den Film zu Ende schauten, fragte er sie über ihre Mutter aus.

Kathi spürte, dass er etwas irritiert von Elkes Offenheit war, ansonsten aber keine Vorbehalte gegen sie hatte. Als Kathi abends ihre Mutter zu deren Freundin Susanne brachte, stieg Elke an der Straße vor dem Haus aus und bestand darauf, dass Kathi gleich zurückfuhr. Heute wollten sie, nachdem Kathi die *Sylter Wolken* ausgeliefert hatte, gemeinsam Gesa besuchen.

»War nicht immer leicht«, kommentierte Kathi Neeles Bemerkung und wechselte schnell das Thema. »Sag mal, der Fischer, der sich so leidenschaftlich über unsere *Sylter Stern*e hergemacht hat, der hat wohl ein Auge auf dich geworfen.«

»Thade? Quatsch. Den kenne ich noch aus der Grundschule.«

»Ja, und?«, meinte Kathi, die froh war, dass sie von ihrer Mutter ablenken konnte.

»Was meinst du?«

»Dass man durchaus mit jemandem zur Schule gegangen sein kann und ihn dann später in einer ganz anderen Situation wiedertrifft und vielleicht …«

Neele lachte. »Ich und Thade?«

»Er wirkte sehr nett auf mich«, versuchte es Kathi noch einmal.

»Er hatte Hunger. Sonst nichts.«

»Stimmt. Dieses Strahlen in den Augen erzeugen wir ja bei all unseren Kunden. Die *Sylter Sterne* üben quasi eine magnetische Wirkung aus. Denn dieses Lächeln, man hätte meinen können …«

»Chefin, halt mal die Luft an«, unterbrach Neele Kathis Redefluss.

»Also ist Thade nicht dein Typ?« Neele knetete weiter, obwohl der Teig nach Kathis Meinung eigentlich fertig sein musste und längst in den Eisschrank gehörte. »Nicht dein Typ?«, hakte Kathi noch einmal nach.

»Der hat sich doch bloß blenden lassen von der Schminke und den Klamotten.«

Kathi schmunzelte. »Du hast recht. Das habe ich wohl übersehen. Gerade diese Typen, die den ganzen Tag nur in Seidenanzügen rumlaufen und über Geschäfte reden, stehen auf gut geschminkte Frauen, die …«

»Stopp!«, fiel Neele ihr ein weiteres Mal ins Wort. »Das war Thade, den ich seit einer Ewigkeit kenne. Er hatte Hunger auf Muffins und hat mich nett begrüßt. Das gehört sich ja wohl so. Oder?« Sie gab ein undefinierbares Geräusch von sich, das ihre Verärgerung ausdrückte. »Hast du endlich die Äpfel fertig, Chefin?«

»Klar«, antwortete Kathi grinsend. »Aber sie werden uns nicht viel nutzen, wenn du den Teig weiterknetest, anstatt ihn abzukühlen.«

»Is' ja gut«, murmelte Neele und öffnete die Tür des Gefrierschranks.

Punkt zwölf war Kathi mit der Auslieferung fertig und machte sich auf den Weg zum Haus der Freundin ihrer Mutter. Kathi hatte sich schon am Tag zuvor gewundert, dass sie weder den Namen Susanne vorher je gehört hatte noch davon wusste, dass Elke ihre Freundin in den letzten zehn Jahren besucht hatte. Sie nahm sich vor, Gesa nach Susanne zu fragen.

Als sie in die Straße einbog, stand Elke bereits an der Ecke und wartete auf sie.

»Einen wunderschönen guten Morgen«, flötete sie, als sie zu Kathi in den Golf stieg.

»Ich bin schon seit fast acht Stunden auf«, antwortete Kathi.

»Spielverderberin«, kam es von der gut gelaunten Elke zurück. »Also nach Kampen? Renke Frerichs. Irgendwo habe ich den Namen schon einmal gehört.«

»Oma kennt ihn schon seit Jugendtagen«, erklärte Kathi.

»Stimmt. Dein Opa hat ihn mal erwähnt. Frag mich jetzt nicht, wann oder warum das war.« Sie stieß einen Pfiff aus. »Kampen, nicht schlecht. Da soll der Quadratmeter ja inzwischen …«

»Hast du gut geschlafen?«, fuhr Kathi ihr ins Wort.

»Ich schlafe immer gut«, antwortete Elke, ohne auf den bissigen Ton ihrer Tochter einzugehen. »Und bevor du fragst. Ich habe auch wunderbar gefrühstückt. Susanne sei Dank.«

»Weißt du denn schon, wie lange du bleiben willst?«

»Die Frage hast du mir schon gestern gestellt«, sagte Elke belustigt. »Keine Angst, ich sag dir schon rechtzeitig Bescheid, wann du mich zum Bahnhof fahren kannst. Bis dahin genieße ich die gute Luft und die Stille der Nacht. Wie ich eben gelesen habe, soll in den nächsten Tagen sogar der Sommer zurückkommen. Ich war schon ewig nicht mehr am Strand. Wird das hier immer noch locker gesehen mit der Badeordnung?«

»Badeordnung?«, fragte Kathi, ohne ihren Blick von der Straße abzuwenden.

»Nackt oder nicht nackt, das ist hier die Frage«, antwortete Elke grinsend.

Wenn du jetzt noch wüsstest, wer Shakespeare war, dachte Kathi, *könnte ich diese Albernheiten ja sogar witzig finden.*

»Nacktbaden ist nur an den FKK-Stränden erlaubt«, sagte Kathi. »Hast du deinen Badeanzug vergessen?«

»Wenn schon, dann Bikini. Und nein, ich habe ihn nicht vergessen, weil ich gar keinen besitze. Ich hasse dieses nasse klebrige Zeug am Körper.« Sie richtete sich im Sitz auf und streckte die Brüste raus. »Oder meinst du, ich kann mir das nicht mehr erlauben?«

Kathi zuckte mit den Schultern und schwieg.

»Was ist, Tochterherz? Kein Kommentar?«

»Wir sind gleich da«, sagte Kathi. »Du hast schon mit Oma telefoniert?«

»Jawohl«, sagte Elke und tippte sich dabei an eine imaginäre Mütze. »Erlaubnis eingeholt.«

Kathi stöhnte auf.

»Wäre schön, wenn wir bei Oma gleich etwas netter miteinander umgehen könnten.«

»Sehe ich genauso«, kam es postwendend von Elke zurück.

»Und wo ist das Problem?«

»Ich habe keins. Du?«

Kathi atmete schwer durch. Ja, sie hatte ein Problem mit ihrer Mutter. Und das schon seit einer Ewigkeit. Elke tauchte plötzlich auf der von ihr so gehassten Insel auf und meinte, die Welt würde sich nur noch um sie drehen. Ja, Kathi hatte ein Problem mit einer Mutter, die sich nicht benahm wie eine Mutter, sondern wie ein durchgeknallter Teenie. Und ja, man meldet sich an, wenn man jemanden besuchen möchte.

Kathi steuerte den Golf auf Renkes Haus zu und stellte ihn am Straßenrand ab.

»Wir sind da.«

Elke ließ den Blick über das Anwesen gleiten.

»Ich sag jetzt mal nichts«, meinte sie und stieg aus.

Gesa wartete schon an der Tür auf sie. Mutter und Tochter gingen aufeinander zu, Gesa nahm Elke kurz in den Arm und strich ihr über die Schulter.

»Schön, dass du da bist«, sagte sie.

»Ja, finde ich auch«, antwortete Elke. »Etwas – wie soll ich sagen? – Aufregung am Anfang, aber jetzt habe ich euch ja beide gefunden.« Sie schaute sich demonstrativ um. »Nett hier.«

Gesa trat zur Seite und zeigte mit der Hand auf die Tür. »Kommt doch erst mal rein. Ich habe Tee für uns gekocht.«

Wenige Minuten später saßen sie zu dritt in der Küche.

»Nett hier«, wiederholte Elke.

»Renke und ich, wir haben schon überlegt, wieder nach List zu ziehen«, meinte Gesa und schenkte Elke Tee nach. »Ein kleines Haus in ruhiger Lage. Mit Nachbarn, die das ganze Jahr über da sind.«

»Wo ist dein Renke denn?«, fragte Elke ohne Umschweife.

»Er kommt später. Ein Termin mit Hauke. Das ist sein Sohn. Er war eine Zeitlang nicht hier, und Renke hat das Restaurant geleitet.«

»Das, in dem Kathi gearbeitet hat?«

»Ja, Mama«, mischte sich Kathi ein. »Genau das Restaurant.«

»Ich frag doch nur«, sagte Elke und verdrehte dabei die Augen. »Mir erzählt ja keiner was. Du ziehst einfach nach Sylt um, ihr beide backt Kuchen für die halbe Insel, und nun wird aus unserem Wohnzimmer auch noch ein Café.«

»Jetzt weißt du es ja«, meinte Kathi und hatte dabei alle Mühe, ruhig zu bleiben.

»Kind, jetzt mal langsam«, mischte Gesa sich mit erhobener Stimme ein. »Was ich mit meinem Haus mache, ist allein meine Sache. Und wenn ich mit meiner Enkelin Kuchen backe, und sei es für die ganze Insel, ist das nicht meldepflichtig. Zumindest nicht bei dir, liebe Elke.«

»Ja, ja, ja«, sagte Elke und hob dabei beschwichtigend die Hände. »Ich habe es ja verstanden. Wir sind jetzt alle lieb zueinander und freuen uns über …« Elke schob ihre Unterlippe vor. »Das Wetter ist ja nicht so gut … Also freuen wir uns, dass wir endlich mal wieder alle drei zusammenhocken.«

Kathi zuckte mit den Schultern, Gesa stand auf, um neues Teewasser aufzusetzen und Elke schaute aus dem Fenster.

»Wie war es in der Kur?«, fragte Elke schließlich.

Gesa, die den Kessel mit Wasser gefüllt hatte und darauf wartete, dass sie neuen Tee aufgießen konnte, drehte sich zu ihrer Tochter um.

»Ich habe mich gut erholt«, sagte sie. »Hat der Arzt zumindest gesagt.«

»Lass mich raten«, sagte Elke grinsend. »Dir war schrecklich langweilig, und einen Kurschatten wolltest du dir nicht anschaffen, weil …« Sie sah sich in der Küche um, und Kathi rechnete bereits mit dem nächsten Fauxpas ihrer Mutter, als diese jedoch sagte: »Ehrlich, Mama, ich mag den Schwarzwald auch nicht.«

»Das kannst du laut sagen«, nahm Gesa die Vorlage auf und begann von der schrecklichen Landschaft mit den Abermillionen dunklen Bäumen zu erzählen – und von den, ihrer Meinung nach, unverschämt hohen Bergen und den engen Straßen.

Kathi wunderte sich wieder einmal, wie schnell sich die Stimmung ihrer Mutter ändern konnte. Hatte sie kurz zuvor noch bissige Bemerkungen gemacht, lachte sie jetzt über Gesas Schilderungen und gab die eine oder andere Anekdote aus dem, wie sie es nannte, Großstadtdschungel wieder. Erzählte von überfüllten Straßenbahnen, die mehr an Indien erinnern würden als an Deutschland, sprach von Hochhäusern, die, je nach Sonnenstand, eine ganze Straße beschatten würden, und lachte über die Männer in Designeranzügen, die in der Mittagspause ins Bahnhofsviertel zu den Huren strömen würden.

»Seid froh, dass es solche Auswüchse hier nicht gibt«, meinte Elke. »Obwohl, ich habe in der Zeitung gelesen, dass an der Westerländer Strandstraße ein Edelbordell aufmachen soll.«

»Unsinniges Zeug«, sagte Gesa verärgert. »Das brauchen wir hier nicht. Die Bürgermeisterin wird das schon verhindern.«

Elke lachte. »Ja, so ist das wohl hier.«

»Und das ist gut so«, setzte Gesa einen Schlussstrich unter das Thema.

»Und ihr beide habt tatsächlich eine – wie nennt man das heute? – Kuchen-Manufaktur eröffnet?«, fragte Elke. »*Sylter Wolken*, ist das nicht der Apfelkuchen, den du immer gebacken hast? Schöner Name!«

Kathi seufzte innerlich. Brachte ihre Mutter jetzt das nächste Reizthema zur Sprache? Elke hatte Gesas Backkünste nie zu schätzen gewusst. Wie spät war es überhaupt? Björn musste gleich nach Hause kommen, und sie hatte weder etwas zum Essen eingekauft noch Lilly Bescheid gegeben, dass sie später kommen würde.

»Finde ich echt toll, die Idee«, fügte Elke hinzu. »Der Kuchen hat mir immer saugut geschmeckt. Hoffentlich zahlen die alten Geldsäcke ordentlich.«

Kathi schaute auf die Uhr.

»Seid mir nicht böse, aber ich muss noch etwas einkaufen und habe ja auch noch Lilly zu Hause. Soll ich dich …«

»Kein Problem«, sagte Elke. »Ich komme schon irgendwie zurück.«

Kathi stand auf.

»Fein. Wir sehen uns ja sicher noch.«

»Aber ja, mein Kind«, antwortete Elke lachend. »Ich bin noch eine Weile auf der Insel. Im Moment gefällt es mir ganz gut hier.«

Kathi warf einen schnellen Blick zu Gesa, die nur kurz mit den Schulter zuckte.

»Schön«, sagte Kathi, und an Gesa gewandt fügte sie hinzu: »Ich rufe dich noch an wegen des Wochenendes.«

»Wochenende?«, fragte Elke neugierig.

»Das große Poloturnier«, erklärte Gesa. »Wir stehen am Wochenende wieder auf dem Stand der Sylt-Schützer.«

»Klingt doch toll. Kann ich euch vielleicht helfen?«

»Danke, Mama. Wir sind schon zu dritt. Aber du könntest dich um Lilly kümmern.«

»Klar, mache ich gerne. Ich habe mich sowieso mit der Kleinen verabredet.« Sie zog die Augenbrauen zusammen. »War das jetzt morgen oder übermorgen? Ich werde wirklich alt.«

»Ich sag ihr, dass sie dich anrufen soll«, sagte Kathi schnell und beugte sich zu Gesa hinunter, um ihr einen Abschiedskuss zu geben.

»Macht's gut, ihr beiden«, rief sie noch an der Tür und ging.

Als sie die Haustür öffnete, kam ihr Hauke entgegen. Von Maja wusste sie, dass er bei seinem Vater wohnte, bis er eine passende Wohnung gefunden hatte.

»Hallo, Kathi«, begrüßte Hauke sie. »Wie geht es dir?«

»Moin, Hauke. Mir geht's gut. Und dir?«

Obwohl Hauke schon seit einigen Tagen auf der Insel war, waren sie sich noch nicht begegnet.

Vormittags verließ Kathi die *Kate*, bevor er eintraf, und Gesa hatte sie seit seiner Rückkehr nicht mehr im Haus besucht. Maja hatte ihr erzählt, dass Hauke sehr gestresst sei und rund um die Uhr arbeitete.

»Die Umstellung«, antwortete er wortkarg.

»Kann ich mir vorstellen«, sagte Kathi. »Du warst ja auch ganz schön lange weg.«

»Wohl wahr. Drüben ...« Er stutzte. »... war ein anderes Leben. Aber schön. Jetzt bin ich erst mal hier.«

»Danke noch mal, dass wir übergangsweise die Küche in der *Kate* benutzen dürfen. Ohne wären wir ...«

»Schon gut«, sagte Hauke.

»Ich weiß, Marten war nicht immer begeistert, dass wir da arbeiten, aber wir haben wirklich versucht ...«

»Schon gut«, unterbrach er Kathi. »Das ist wirklich das geringste Problem.«

»Oh, ist es sehr schlimm?«

Hauke nickte bedächtig. »Wenn der Kapitän von Bord flüchtet, muss er sich nicht wundern, wenn die Mannschaft meutert. Renke hat's gut gemeint, aber die Zeiten haben sich in den letzten Jahren ganz schön gewandelt. Das ist nicht mehr so sein Ding.«

»Wenn ich dir irgendwie helfen kann, sag Bescheid.«

»Danke, Kathi. Aber du hast doch selbst genug um die Ohren. Das Café …« Er schien nach den richtigen Worten zu suchen, ehe er fortfuhr: »Ist sicher nicht einfach, so ein Umbau.«

»Das stimmt. Fast jede Woche eine neue Horrormeldung. Aber jetzt sollten wir bald durch sein.«

»Fein«, sagte Hauke, aber Kathi sah ihm an, dass er etwas zurückhielt.

»Morgen wird die Küche eingebaut, und nach dem Poloturnier wollen wir eigentlich mit der Produktion umziehen.«

»Klingt doch gut«, kam es von Hauke zurück. »Ich muss weiter, Kathi. Was anderes anziehen und dann in die *Kate*. Du kennst ja das Geschäft …«

»Dann mach's mal gut, Hauke«, verabschiedete sich Kathi und sah ihm hinterher, als er durch die Tür ging.

Hauke wirkte bedrückt. *Sicher vermisst er Maja*, sagte sich Kathi. Und der übereilte Abflug hatte wahrscheinlich Spuren hinterlassen. Aber da schien noch etwas anderes zu sein. War es so schlecht um die *Kate* bestellt? Kathi nahm sich vor, Maja zu fragen. Vielleicht wusste die ja mehr. Sie eilte zum Golf und fuhr Richtung List.

»Das war wieder ein Tag«, meinte Björn, als er die Tasche abgestellt hatte.

Er gab Kathi einen flüchtigen Kuss und öffnete den Kühlschrank.

»Haben wir noch ein Bier?«

»Ich glaube schon«, antwortete Kathi.

Björn griff nach der Flasche und suchte geräuschvoll in der Schublade nach dem Öffner.

»Weißt du, wo …?«, fragte er genervt, aber Kathi stand schon neben ihm und sah den Flaschenöffner sofort, der im falschen Fach lag. Sie fischte ihn heraus und reichte ihn Björn. »Hier!«

»Das war ein Tag«, wiederholte Björn und öffnete die Flasche.

»So viele Patienten?«

»Auch.«

»Dr. Piper?«

»Der auch.«

»Was ist noch passiert?«, fragte Kathi besorgt.

Björn setzte sich an den Küchentisch und streckte die Beine aus.

»Ein Anruf von Hajo Rossmann. Der Vater des Pferdevergifters.«

»Der? Was wollte der?«

»Was wohl? Er hat es zwar nicht direkt gefordert, aber letztlich war vollkommen klar, was er wollte.« Björn atmete tief durch. »Ich soll die Anzeige zurückziehen.«

»Wie bitte?«

»Dummer Jungenstreich. Sein Sohn wusste angeblich nicht, was er damit wirklich anrichtete. Bla, bla, bla.«

»War es ihm egal, dass Sabrinas Pony um ein Haar …«

»Nein, natürlich nicht. Er ist auch Züchter, und sein Sohn – er hat übrigens die Insel gleich verlassen müssen – hat sicher eine ordentliche Strafpredigt bekommen. Trotzdem: Das war keine Tat eines dummen Jungen. Er ist einundzwanzig und nicht dreizehn.«

»Das sehe ich aber genauso. Was sagt denn Dr. Piper dazu?«

»Er hat Angst. Was sonst? Klar, auch er hat sich empört, als ich ihm von dem kranken Pony erzählt habe. Aber da sind ja noch unsere Kunden. Darunter viele Freunde von Herrn Rossmann.«

»Der verlangt aber nicht auch noch, dass du die Anzeige zurückziehst?«

»Nicht direkt. Aber die Stimmung zwischen uns ist nicht gerade besser geworden. Außerdem: Sabrina hat letztlich die Anzeige gestellt. Ich bin doch nur Zeuge, sonst nichts.«

»Und der Super-Detektiv«, sagte Kathi grinsend.

Björn lächelte zum ersten Mal, seit er von der Arbeit gekommen war. »Ja, vielleicht habe ich tatsächlich den Beruf verfehlt.«

»Red nicht so einen Quatsch«, sagte Kathi. »Und jetzt setzt du dich aufs Sofa und wartest, bis ich dich zum Essen rufe.«

Björn nahm seine Flasche und fügte sich der Anweisung.

Kathi setzte einen großen Topf Wasser auf und holte das Lachsfilet und den Salatkopf aus dem Kühlschrank. Die Nudeln standen bereits neben der Herdplatte. Im Supermarkt hatte sie sich für eine schnelle Variante entschieden, als sie in der Fischtheke den frischen Lachs sah. Sie schnitt das Filet in Streifen und hackte eine Schalotte.

Ein halbe Stunde später rief sie Lilly und Björn zum Essen. Zu ihrer Verwunderung tauchte auch Lilly ohne große Verzögerung auf, begrüßte Björn und setzte sich zu ihnen an den Tisch.

»Nudeln mit Lachs. Super«, sagte sie und lächelte in die Runde.

»Bevor ich es vergesse, Lilly. Meine Mutter wusste nicht mehr genau, für wann ihr euch verabredet habt.«

»Kein Problem«, sagte Lilly. »Ich rufe sie gleich nach dem Essen an.«

Kathi verteilte die Nudeln auf drei Teller und reichte Parmesan dazu.

»Ihr versteht euch gut?«, fragte sie.

Lilly nickte kauend.

»Was wollt ihr machen?«, fragte Björn, der ebenso erstaunt über Lillys Wandel zu sein schien wie Kathi.

»Sie wollte mir die Insel zeigen. Sie ist hier groß geworden, hat sie erzählt. Damals war Sylt aber noch nicht so versnobt. Eine ganz normale Insel, hat Elke gesagt. Auf einen Leuchtturm wollen wir auch.«

Kathi schluckte. Hatte sie nicht genau das schon ein paar Tage zuvor vorgeschlagen und nur Spott geerntet? *Egal*, sagte sie sich. *So ist Elke wenigstens für etwas gut.* Hoffentlich vergisst sie den Termin nicht und beschafft sich rechtzeitig ein Auto. Kathi konnte sich nur schwer vorstellen, dass ihre Mutter mit dem Fahrrad gegen den Wind anstrampeln würde.

»Wollt ihr auf den bei Kampen, den wir beim Vorbeifahren gesehen haben?«, fragte Kathi beiläufig.

»Ne, da kann man gar nicht mehr hoch.«

Als Kathi sie verwundert ansah, fügte Lilly schnell hinzu: »Das habe ich heute im Internet nachgelesen.«

»Oh«, sagte Kathi. »Das muss sich dann wohl geändert haben.«

»Wir wollen auf den Leuchtturm in Hörnum. Super Aussicht, sagt Elke.«

»Klingt doch gut«, meinte Björn.

»War dein Tag zumindest besser?«, fragte Björn Kathi, als sie nach dem Essen im Wohnzimmer bei einem Glas Wein zusammensaßen.

»Elke geht mir auf den Wecker«, sagte Kathi geradeheraus.

Björn sah erstaunt hoch. »So schlimm? Ich dachte …«

»Ja, ich weiß. Man sollte nicht so über seine Mutter reden. Aber was soll ich machen? Es ist einfach so. Das alles erinnert mich fürchterlich an meine Zeit mit ihr. Jeden Tag eine neue Idee, die spätestens nach zwei Stunden wieder vergessen war.«

»Immerhin kommt sie mit Lilly zurecht. Vielleicht schafft sie es ja, zu ihr durchzudringen.«

Kathi verdrehte die Augen. »Da lob mal den Morgen nicht vor dem Abend. Die Verabredung hatte sie schon wieder vergessen, und wer weiß, wer ihr morgen über den Weg läuft.«

»Was ist mit dir los, Kathi? Sonst bist du doch so nachsichtig und einfühlsam.«

Kathi verzog das Gesicht. »Dann bin ich halt einmal ungerecht. Glaub mir, meine Mutter hat es sich redlich verdient.«

»Mag sein. Trotzdem ist und bleibt sie deine Mutter.«

»Leider!«

»Ich glaube, jetzt übertreibst du etwas. Sicher, sie ist ganz schön aufgedreht, aber bei dir klingt das ja fast, als sei sie bösartig.«

Kathi schloss die Augen und versuchte, ruhig zu atmen.

»Vielleicht hast du recht«, sagte sie schließlich. »Warten wir's ab.«

»Und du gibst ihr eine zweite Chance …«

Zweite?, fragte sich Kathi. *Das wäre dann wohl eher die tausendste.*

»Ja, ich versuche es«, antwortete sie.

»Und jetzt erzählst du mir, was die Küche macht.«

Kathis Augen leuchteten auf.

»Hinrichs hat mich angerufen und erzählt, dass der Vortrupp schon heute da war und die Anschlüsse vorbereitet hat. Wenn alles gut läuft, kann ich morgen Nachmittag zum ersten Mal den großen Ofen anschmeißen. Mir zittern jetzt schon die Hände.«

»Wow! Sag Bescheid, wenn es so weit ist. Ich versuche, rüberzukommen. Wie wäre es mit einem Erinnerungsfoto? Die Chefin in der neuen Küche. Für die Nachwelt, sozusagen.«

Kathi lachte. »Gute Idee. Dann muss ich mich aber etwas zurechtmachen.« Sie strich sich mit der Hand durch die Haare.

»Du doch nicht«, sagte Björn. »Ich liebe dich so, wie du bist.«

Kathi beugte sich zu Björn und küsste ihn leidenschaftlich.

»Das will ich hoffen.«

Sie schwärmte Björn von den Profigeräten vor und erklärte ihm ausführlich die Funktionen des neuen Ofens. Er hörte interessiert zu, fragte hin und wieder nach und freute sich über Kathis neue Leidenschaft.

»Hast du eigentlich schon einen Termin für die Café-Eröffnung?«, wollte Björn wissen.

»Das dauert noch 'ne Weile. Die Wohnung oben sollte schon fertig sein, sonst ist die Lärmbelastung zu groß. Vom Staub und Gestank einmal völlig abgesehen. Ich lasse das ruhig angehen. Aber Renke hat gemeint, dass wir groß feiern sollten. Natürlich mit allen Sylter Honoratioren. Er hat schon eine Liste gemacht und bei denen vorgefühlt. Ich finde es zwar eine Nummer zu groß, aber wenn Renke meint.«

»Die Presse nicht vergessen. Das ist ganz wichtig.«

»Ich weiß, aber Renke kennt sich damit aus. Ich vertraue ihm da vollkommen.«

Björn schwenkte sein Glas mit dem Rotwein und trank einen Schluck.

»Sag mal, Kathi. Was ganz anderes. Sabrina hängt mir schon seit Tagen in den Ohren mit einem verrückten Vorschlag.«

Kathi schluckte.

»Sie hat einen guten Bekannten, der bei ihr im *Alten Land* eine Tierarztpraxis hat, die er verkaufen will. Und sie meint, dass das quasi ein Schnäppchen sei, und wenn sie mit ihm verhandeln würde, könnte sie …«

Kathi starrte Björn ungläubig an.

»Im *Alten Land*? Du weißt schon, wie weit das weg ist?«

»Natürlich weiß ich das. Und ich habe doch auch gar nicht gesagt, dass ich ernsthaft darüber nachdenke. Trotzdem: Ich weiß nicht, wie es mit Martin weitergeht. In den letzten Wochen habe ich wirklich alles versucht, um unser Verhältnis wieder zu verbessern. Allmählich glaube ich, der Zug ist abgefahren. Egal, was ich mache, er kritisiert es. Wo wir vorher auf Augenhöhe miteinander gesprochen haben, werde ich plötzlich von ihm wie ein kleiner Angestellter behandelt.«

»Halt mal, Björn. Ich baue mir hier gerade eine Existenz auf. Das Café ist noch nicht einmal eröffnet, und du …« Kathi versuchte, ruhig zu sprechen, obwohl sie innerlich vollkommen aufgewühlt war.

Atme ruhig durch, sagte sie sich. Es ist nur ein abwegiger Vorschlag dieser kleinen Möchtegern-Pony-Züchterin, die sich ohne das Geld ihres Vaters nicht mal einen Sattel leisten könnte.

»Versteh mich doch nicht falsch, Kathi. Sabrina hat mir das vorgeschlagen, und ich habe weder gesagt, dass ich interessiert bin noch habe ich irgendetwas zugesagt. Ich habe es mir einfach nur angehört und darüber nachgedacht. Mehr nicht.«

Kathi schloss die Augen und fragte nach eine Weile: »Und zu welchem Ergebnis bist du gekommen?«

»Natürlich zu gar keinem. Es geht nicht um eine Entscheidung. Wie auch? Das würde ich lang und breit mit dir besprechen, und ohne deine Zustimmung würde ich nichts machen. Das ist doch klar. Aber ich habe einfach Angst, dass Martin mich vor die Tür setzt. Wenn Annemarie erst einmal wieder auftaucht – und das wird sie über kurz oder lang –, dann wird es eng werden für mich. Sie war immer seine Prinzessin und hatte nie Probleme damit, ihn um den Finger zu wickeln. Und letztlich gehört ihr die Praxis auch. Sie wird irgendwann alles erben.«

Kathi atmete tief durch.

»Das war ein langer Tag für mich, Björn. Können wir nicht …«

In diesem Augenblick wurde die Wohnzimmertür aufgestoßen, und Lilly stand in der Tür.

»Dieses Scheiß-Internet funktioniert schon wieder nicht«, fluchte sie lauthals. »Diese dumme Insel. Das kann doch nicht so schwer sein, ein blödes Kabel durchs Wasser zu legen! Ich fasse es nicht.«

»Jetzt mal halblang, Lilly«, meinte Björn mit ruhiger Stimme. »Wir können ja nichts dafür und …«

»Klar«, fiel sie ihm ins Wort. »Hast du das bestellt, oder wer? Ich kann so nicht leben.«

Björn stand auf.

»Lilly, du beruhigst dich jetzt erst mal und ich verspreche dir, morgen mit …«

Lilly drehte sich abrupt um, lief aus dem Zimmer und schlug mit Wucht die Tür zu.

Kapitel 11

»Zum letzten Mal am Stand! Gott sei's getrommelt und gepfiffen!«, seufzte Gesa. »Es ist doch jedes Jahr dasselbe. Erst freut man sich auf das Turnier, und am Schluss ist man heilfroh, wenn es endlich vorbei ist.«

Sie saß neben Kathi auf dem Beifahrersitz und strich gedankenverloren mit der Rechten über die noch immer roten Brandnarben an ihrem linken Unterarm. »Dann bräuchte man eine Woche Urlaub, um sich von dem Stress zu erholen.«

»Urlaub? Schön wär's! Gar nicht dran zu denken, jetzt, da der Bau endlich langsam fertig wird. Nächste Woche kommt die Küchenzeile, und die Möbel für das Café werden geliefert. Außerdem muss ich endlich mal wieder Rechnungen schreiben, ich bin bestimmt vier Wochen im Rückstand. Keine Zeit, Luft zu holen. Ich hab sogar schon überlegt, ob ich Björn bitten soll, die Fahrt nach Hamburg nächstes Wochenende ausfallen zu lassen.«

»Nichts da. Das kommt ja gar nicht infrage!«, sagte Gesa bestimmt. »Es wird Zeit, dass du mal aus deinem Hamsterrad rauskommst. Ein schönes ruhiges Wochenende zu zweit, gute Musik, ein tolles Hotel, wo du dich um nichts kümmern musst ... Da bekommst du endlich wieder den Kopf frei. Keine Sorge, Kathi, wir schmeißen den Laden schon.«

»Aber was ist mit Lilly? Ich kann nicht einfach ...«

»Frag doch deine Mutter, ob sie sich nicht um sie kümmern will, solange ihr weg seid. Die beiden kommen gut miteinander aus. Elke scheint an der Kleinen ja geradezu einen Narren gefressen zu haben.« Sie erzählte, dass sie in den letzten Tagen immer zusammen unterwegs gewesen waren. »Heute wollen sie schwimmen gehen, wenn ich das richtig verstanden habe. Sie hat bestimmt nichts dagegen, zwei Tage bei euch zu wohnen.«

»Also, ich weiß nicht.« Kathi seufzte und schwieg einen Moment. »Hat Mama eigentlich zu dir etwas gesagt, warum sie hier ist?«

»Nein, nicht wirklich. Sie hat nur gemeint, sie hätte das Gefühl gehabt, mal für eine Weile rauszumüssen, um nachzudenken. Als ich vorsichtig nachhaken wollte, hat sie sofort das Thema gewechselt. Schon merkwürdig, das Ganze. Hat sie mit dir darüber gesprochen?«

»Nein, natürlich nicht.« Kathi stieß ein bitteres Lachen aus. »Mit mir redet sie nicht über sich, besonders, wenn sie vielleicht nicht gut dabei wegkäme. Ich glaube, für Elke werde ich nie erwachsen.«

Gesa lächelte. »Das ist bei allen Müttern so. Die eigenen Gören bleiben ewig Kinder. Und man macht sich ebenso lange Sorgen um sie.« Eine Weile sah sie nachdenklich aus dem Fenster. »Elke wird schon noch damit rausrücken, was los ist. Über kurz oder lang ganz sicher«, sagte sie schließlich. »Wir können froh sein, dass Lilly und sie sich so gut verstehen. Das ist bestimmt für beide gut!«

Gesa wandte Kathi ihr Gesicht zu. »Hat Lilly sich noch mal mit diesem Jungen aus dem Wohnmobil getroffen?«

»Kann eigentlich nicht sein«, sagte Kathi. »Sie war nicht wieder auf dem Gerkens-Hof, und zum Turnier wollte sie nicht noch einmal mit. Sie hat lieber was mit Elke unternommen.«

Gesa nickte befriedigt. »Gut!«

»Ob sie übers Handy mit ihm Kontakt hat, kann ich allerdings nicht sagen. Das legt sie nie aus der Hand, also kann ich nicht nachsehen. Möglich, dass sie sich schreiben.«

»Solange es beim Schreiben bleibt, ist es ja nicht so schlimm. Solche Teenagerschwärmereien schlafen normalerweise einfach ein, wenn man sich nicht mehr trifft.«

»Teenagerschwärmerei? Ich weiß nicht. Danach sah es mir eigentlich nicht aus. Eher danach, als hätte sie sich dem Jungen an den Hals geworfen. Sie hat es doch geradezu darauf angelegt!«

Gesa seufzte vernehmlich. »Darauf angelegt? Das klingt zu hart. Versuch doch mal, dich in sie hineinzuversetzen. Seit dem Unfall ist sie nur herumgeschubst worden. Alles wurde über ihren Kopf hinweg entschieden, nie wurde sie auch nur nach ihrer Meinung gefragt. Kein Wunder, dass sie rebelliert. Und auch kein Wunder, dass sie verzweifelt nach Nähe und Zuwendung sucht. Egal, wo oder wie.«

Kathi warf ihrer Großmutter einen verblüfften Blick zu. Dass diese sich so in die Seele einer Dreizehnjährigen einfühlen konnte, hätte sie ihr nicht zugetraut.

»Aber wenn sie sich jetzt deiner Mutter anschließt, hat sie diesen – wie hieß er gleich, Benni, nicht wahr? – sicher nicht mehr nötig. Wenn jemand Lilly verstehen kann, dann Elke.« Wieder strich sich Gesa über die narbige Haut an den Unterarmen. »Darum: Fahrt ihr zwei ruhig nach Hamburg, und macht euch ein paar schöne Tage. Neele und ich kümmern uns ums Geschäft, und sobald es Renke wieder besser geht, macht er deine Buchhaltung.«

»Ist Renke krank?«, fragte Kathi erschrocken.

Gesa nickte. »Er meint, es sei nur eine verschleppte Erkältung, aber ich hab ihn vorgestern erst mal zum Arzt geschickt. Immer blass, immer müde, das kam mir spanisch vor. Der Arzt hat gemeint, es sei so weit alles in Ordnung. Renke muss morgen noch einmal hin, wegen der Blutwerte. Eigentlich wollte er heute auch zum Turnier kommen, aber ich hab ihm gesagt, er soll mal lieber im Bett bleiben und sich erholen.«

»Schade. Ich dachte, vielleicht könnten wir zwischendurch über die Eröffnung des Cafés sprechen.«

Gesa winkte ab. »Glaub mir, dazu hätten wir sowieso keine Ruhe. Guck mal!« Sie deutete nach vorn auf die Wiese, die als Parkplatz für das Turniergelände diente. »Hier ist es jetzt schon voll!«

Obwohl es bis zum Beginn des Turnierfinales noch über eine Stunde hin war, war die Wiese bereits voller PKWs.

»Hauptsache, der Kuchen reicht!«, sagte Kathi.

»Wenn er alle ist, ist er alle!«, erwiderte Gesa augenzwinkernd mit einem breiten Lächeln. »Aus den Rippen schneiden können wir uns keinen.«

Am Stand wartete schon Neele auf sie und half ihnen, den Golf zu entladen. »Gut, dass ihr kommt«, sagte sie. »Die Ersten waren schon da, die nach *Sylter Sternen* fragten. Es scheint sich herumgesprochen zu haben, wie lecker die sind.«

»Lass mich raten. Thade hat ein bisschen die Werbetrommel gerührt«, sagte Kathi grinsend.

Neele wurde rot. »Ja, vermutlich«, brummte sie, griff nach dem Topf mit der geschlagenen Sahne und begann, die *Sylter Wolken* damit zu bestreichen.

Kathi fuhr den Golf zum Ausstellerparkplatz und stellte ihn dort ab. Als sie ein paar Minuten später zurückkam, sah sie schon von Weitem Thade in seiner blauen Fischertracht vor dem Stand stehen. In der Hand hielt er einen Pappteller mit vier Muffins.

»Und für heute Nachmittag stellst du mir welche zurück?«, hörte Kathi ihn sagen »Die Jungs von meinem Stand sind ganz verrückt nach den Dingern!«

Neele zählte das Geld in ihrer Hand nach, ehe sie es in der Kasse verstaute. »Ja, mach ich.«

»Und das mit heute Abend?«

»Ich weiß nicht, Thade, ich muss morgen ganz früh raus und arbeiten, da wäre es sicher nicht so eine gute Idee. Außerdem bin ich nach so einem langen Tag auf den Beinen viel zu kaputt, um noch auszugehen.«

Die Enttäuschung stand Thade ins Gesicht geschrieben. »Schade! Aber wenn du meinst … Dann bis später. Tschüss, Neele.«

»Tschüss, Thade.«

Er drehte sich um und war nach wenigen Schritten in der Menschenmenge verschwunden. Neele sah ihm einen Moment lang nach.

»Sag mal, Neele, wenn es das frühe Aufstehen ist, was dich daran hindert, mit ihm auszugehen, dann mach doch morgen frei! Bummel einfach ein paar Überstunden ab«, sagte Kathi. »Ich habe nichts dagegen.«

»Ich weiß nicht«, antwortete Neele ausweichend. Sie deckte die Dose mit den *Sylter Sternen* zu, um die Wespen davon abzuhalten, sich auf die Muffins zu stürzen.

»Na, komm schon, er scheint doch wirklich ein netter Kerl zu sein«, sagte Kathi.

»Das schon«, erwiderte Neele. »Sehr nett sogar. Ich will nur verhindern, dass er sich falsche Hoffnungen macht.«

»Falsche Hoffnungen?«

»Na, dass was aus uns werden könnte.«

»Aber warum denn nicht? Wenn er nett ist?«

Neele zog hilflos die Schultern hoch. »Wenn man mal so mit einem Mann auf die Nase gefallen ist wie ich, dann wird man sehr vorsichtig. Im Moment kann ich mir einfach nicht vorstellen, wieder was mit einem Mann anzufangen.«

»Einmal mit Thade auszugehen, heißt ja nicht, dass ihr gleich eine Beziehung habt. Macht euch einen schönen Abend und guck, ob sich was entwickelt.« Kathi legte Neele die Hand auf den Arm. »Na, komm schon, spring über deinen Schatten.«

Neeles Versuch, zu lächeln, scheiterte. »Ja, mal sehen!«, antwortete sie ausweichend. »Ich denk drüber nach.«

»Sehr gut!« Kathi lachte sie an. »Und jetzt lass uns mal das nächste Blech *Wolken* fertig machen, ehe der große Ansturm kommt.«

Erst kurz vor Beginn des Spiels um den dritten Platz konnte sich Kathi davonstehlen, um sich ein wenig auf dem Turnierplatz umzusehen. Gemächlich schlenderte sie zu den provisorischen Stallungen hinüber, vor denen bereits die gesattelten Pferde und die Spieler standen und auf ihren Einsatz warteten. Als sie Sabrina und Björn aus einem der Zelte kommen sah, drehte Kathi sich rasch um und ging zu einem der Stände hinüber. Sie tat, als würde sie sich für die Auswahl an silbernen Gürtelschnallen interessieren, die dort angeboten wurden, behielt aber die beiden genau im Blick. Björn und Sabrina gingen, offenbar in ein Gespräch vertieft, zu den Pferden hinüber. Jetzt lachte Sabrina über etwas, das Björn gesagt haben musste, und das Strahlen in ihren Augen gab Kathi einen Stich in der Brust.

Albern! Du benimmst dich wie ein eifersüchtiger Teenager, dachte sie ärgerlich. *Nun mach schon, geh zurück zum Stand, und lös Gesa ab, statt hier hinter deinem Freund herzuschleichen.* Aber sie schaffte es nicht, sich loszureißen.

Sie nahm eine Gürtelschnalle hoch, die wie ein Skarabäus geformt war, und fragte die Verkäuferin nach dem Preis, während sie Björn und Sabrina weiter aus den Augenwinkeln beobachtete.

»Neunundachtzig Euro«, antwortete die junge Frau hinter dem Stand. »Das ist Handarbeit. Wir stellen die selbst her. Und Sie können sie mit jedem beliebigen Gürtel kombinieren, sehen Sie?« Sie nahm Kathi die Schnalle aus der Hand und löste sie von dem Gürtelriemen ab, um sie an einem anderen zu befestigen.

Kathi nickte und schielte weiter zu den beiden hinüber.

Sabrina war zu einem ihrer Ponys gegangen und hielt es jetzt am Zügel fest, während Björn sich bückte und mit der Hand an einem der Vorderbeine entlangtastete. Schließlich richtete er sich wieder auf und nickte lächelnd.

Sabrina strahlte und tätschelte dem Pony den Hals. Auch Björn strich dem Pferd über die Mähne, und von Kathis Standort aus sah es aus, als würden sich beider Hände berühren.

Kathis Herz schlug bis zum Hals.

»Möchten Sie die Schnalle?«, fragte die Verkäuferin.

Kathi riss sich von dem Anblick der beiden los und drehte sich der jungen Frau zu. »Wie?«, fragte sie verständnislos.

»Ich hatte Sie gefragt, ob Sie die Schnalle kaufen möchten.«

»Ich? Nein«, stammelte Kathi. »Danke … vielen Dank.«

Sie machte auf dem Absatz kehrt und lief zurück.

Schon in den letzten Tagen hatte sie jede Gelegenheit genutzt, Björn auf dem Turnierplatz zu folgen, um zu sehen, ob er sich mit Sabrina traf. Immer noch hallte die Bemerkung des jungen Mannes hinter dem VIP-Zelt in ihren Gedanken wider: *Sollten Sie sich nicht lieber um Ihren Mann kümmern, als hier herumzuschnüffeln und das überdrehte Kindermädchen zu spielen? Wer weiß, vielleicht haben Sie sonst bald keinen mehr.*

Sie wollte Björn ja vertrauen. Sie wollte ihm glauben, dass er sie liebte, wie er ihr immer wieder versicherte, und dass die vielen Besuche auf dem Gerkens-Hof nur Sabrinas Pferden galten. Aber dann waren da diese SMS, die er erhielt. Die er entgegennahm, ohne ein Wort zu sagen, von wem sie waren. Einmal, als er unter der Dusche war, hatte sie sogar schon sein Handy in der Hand gehabt, war versucht gewesen, die Nachrichten durchzusehen. Aber dann hatte doch ihre Vernunft gesiegt und sie hatte es unverrichteter Dinge wieder auf den Nachtschrank zurückgelegt. Woher kam nur diese nagende Eifersucht, die sie fühlte? Früher, in ihrer Beziehung mit Till, hatte sie nie so empfunden, selbst wenn er in einer Kneipe ganz offensichtlich mit anderen Frauen geflirtet hatte. Aber damals war sie zu leichtgläubig gewesen. Sie hatte nicht gewusst, wie sehr es schmerzte, hintergangen zu werden, ehe sie Till mit der Sängerin seiner Band im Bett erwischt hatte.

Reiß dich zusammen! Selbst wenn er ihre Hand berührt hat, das heißt doch nichts! Und auch wenn Sabrina in ihn verliebt sein sollte, heißt das nicht, dass es umgekehrt ebenso ist!, sagte sie sich, während sie auf den Stand der Sylt-Schützer zuging. *Heute noch, dann fährt Sabrina wieder ins* Alte Land *zurück und der ganze Spuk hat ein Ende. Sie sind nur alte Freunde. Nichts weiter!*

Doch nun meldete sich eine zweite Stimme: *Aber was ist mit dieser Tierarztpraxis im* Alten Land, *von der Björn gesprochen hat? Wenn das wirklich so ein gutes Angebot ist? Wenn er es womöglich annimmt?* Kathi schüttelte den Kopf, als könnte sie damit diesen Gedanken, der sich immer wieder meldete, abschütteln. Sie sah, dass Gesa ihr vom Stand her zuwinkte.

»Gut, dass du kommst!«, rief sie. »Kannst du mich kurz ablösen? Ich müsste mal eben verschwinden, und hier ist kein Wegkommen«, fügte sie leiser hinzu, als Kathi neben ihr stand.

»Ja, kein Problem, geh nur.«

Gesa musterte sie mit zusammengezogenen Augenbrauen. »Was ist denn los, Kathi?«, fragte sie. »Du siehst aus, als hättest du ein Gespenst gesehen. Ist dir etwa Annemarie über den Weg gelaufen?«

»Annemarie?«

»Ja, stell dir vor, die ist doch tatsächlich hier! Ist vorhin mit einem Mann am Arm am Stand vorbeigelaufen. Glaub bloß nicht, dass sie gegrüßt hätte!«

Kathi stöhnte. »Auch das noch!«

Ohne weiter auf das Thema einzugehen, band sie ihre Schürze um und begann, die wartenden Kunden zu bedienen.

Als Gesa nach kurzer Zeit zurückkam, war es so voll am Stand, dass die drei nicht dazukamen, auch nur ein einziges Wort miteinander zu wechseln. Offenbar hatte sich die Qualität des Kuchens herumgesprochen, und die Schlange vor ihrem Stand schien einfach nicht kleiner werden zu wollen. Neele gab jedem, der ein Stück *Sylter Wolken* oder *Sterne* kaufte, gleich einen Flyer für das Café mit und wies darauf hin, dass man die Kuchen nach der Eröffnung auch dort bekommen könne. »So viel Zeit muss sein«, erklärte sie. »Wir wollen ja ordentlich Zulauf haben, wenn das Café erst mal offen hat.«

Kathi nickte und folgte ihrem Beispiel. Erst als sich das Spiel um Platz drei dem Ende zuneigte, wurde der Andrang allmählich weniger.

»Willst du dir nicht den Rest des Spiels ansehen, Kathi?«, fragte Gesa. »Immerhin sind doch Sabrinas Pferde dabei.« Sie reckte den Hals und versuchte, das Spielfeld zu überblicken. »Ich glaube, da hinten auf der anderen Seite steht Björn. Siehst du ihn? Neben der kleinen Blonden.«

Kathi sah nicht hoch, sondern packte für eine Kundin drei Muffins ein, legte noch einen Flyer dazu und wünschte mit dem freundlichsten Lächeln, das sie zustande brachte, einen schönen Tag.

»Lass nur, Oma, ich will ihn jetzt nicht stören«, sagte Kathi. »Außerdem, wenn es wieder voll wird, könnt ihr bestimmt jede Hilfe brauchen.«

»Ach, Blödsinn, der Kuchen ist sowieso bald alle. Dann stehen wir uns hier die Beine in den Bauch. Nun schwirr schon ab!«

Kathi schüttelte nur den Kopf, drehte sich um und holte ein weiteres Blech *Wolken* aus der Kühlung. Sie konnte den durchdringenden Blick ihrer Großmutter beinahe in ihrem Rücken spüren.

»Sag mal, ist das etwa Sabrina neben ihm?«, fragte Gesa mit gerunzelter Stirn. »Willst du deshalb nicht hingehen?«

»Unfug!«, beeilte sich Kathi, zu sagen, aber ein kurzer Blick in das Gesicht ihrer Großmutter sagte ihr, dass die ihr kein Wort glaubte. Gesa trat neben sie und legte ihr die Hand auf die Schulter. »Da reden wir später in Ruhe drüber, Deern«, sagte sie leise. »Spätestens morgen!«

Kathi verspürte plötzlich einen Kloß im Hals und das dringende Bedürfnis, von ihrer Großmutter in den Arm genommen zu werden. Sie schluckte ein paar Mal, lächelte Gesa zu und nickte dann. »Ja, das machen wir.«

Als die Stimme aus den Lautsprechern das Ende des Spiels um Platz drei verkündete und die Zuschauer auf das Spielfeld strömten, um die gelockerten Grassoden festzutreten, wurde es noch einmal voll am Stand der Sylt-Schützer. Binnen weniger Minuten waren die letzten Reste der *Sylter Wolken* und *Sterne* verkauft.

»So ein Jammer!«, sagte eine dunkle Stimme. »Da wollte ich dir ein Stück vom besten Kuchen der Insel ausgeben, und nun gibt es keinen mehr!«

Kathi sah hoch. Vor dem Tresen standen Björn und Sabrina. Sie hatte sich bei ihm untergehakt und strahlte über das ganze Gesicht. »Stell dir vor, Kathi. Die Mannschaft mit meinen Ponys ist auf dem dritten Platz gelandet. Toll, was?«, rief sie.

Kathi murmelte einen Glückwunsch, während sie wie gebannt auf Sabrinas Hand starrte, die auf Björns Arm lag. Schließlich riss sie sich zusammen, räusperte sich und zwang sich zu einem Lächeln. »Das ist wirklich großartig!«

»Ich bin nur schnell vorbeigekommen, um auf Wiedersehen zu sagen. Gleich nach der Siegerehrung bringen wir die Ponys zum Gerkens-Hof, und morgen, in aller Herrgottsfrühe, geht's zurück nach Neuenkirchen. Wird langsam mal Zeit, dass ich wieder nach Hause komme und mich um meine Patienten und das Gestüt kümmere. Wenn ich nicht in einer Gemeinschaftspraxis arbeiten würde, wäre es gar nicht möglich, mal eben für zwei oder drei Wochen zu verschwinden.«

Sabrina ließ Björns Arm los, trat auf den Tresen zu und streckte Kathi ihre Rechte entgegen. »Vielen Dank für alles!«, sagte sie. »Vor allem für deine Nachsicht, weil ich Björn in den letzten Tagen so in Beschlag genommen habe.«

Kathi schüttelte ihre Hand. »So schlimm war es nun auch nicht!«, sagte sie höflich. »Auf Wiedersehen, Sabrina.«

»Björn hat mir vorhin erzählt, dass ihr nächstes Wochenende in Hamburg seid«, sagte Sabrina lächelnd. »Wie wäre es denn, wenn ihr noch ein oder zwei Tage drauflegt und mich besuchen kommt? Von Hamburg aus ist es ja nur ein Katzensprung.«

Alles in Kathi sträubte sich gegen den Gedanken. »Ich weiß nicht ...«, begann sie ausweichend.

»Das ist eine großartige Idee!«, unterbrach Björn sie. »Vorausgesetzt, wir fallen dir nicht zur Last.«

»Ach was, Unfug!«, meinte Sabrina lachend. »Ich habe gern Gäste. Und vor allem könntest du dir dann die Praxis mal ansehen, von der ich gesprochen habe«, fügte sie an Björn gewandt hinzu. »Ganz unverbindlich, natürlich.«

»Und du könntest bei Onkel Fritz in Jork vorbeifahren und die Sache mit der Apfellieferung fürs nächste Jahr absprechen«, sagte Gesa, die neben Kathi getreten war und Sabrina jetzt die Hand reichte. »Hallo, ich bin Kathis Großmutter, Gesa Hansen«, stellte sie sich vor. »Freut mich sehr, Sie kennenzulernen.«

Gesa drehte sich Kathi zu. »Da kannst du doch gleich mehrere Fliegen mit einer Klappe schlagen, Kathi«, sagte sie. »Onkel Fritz freut sich bestimmt, wenn ihr bei ihm vorbeiguckt und ein paar Tage bleibt. Am besten, ihr nehmt euch gleich die ganze Woche frei.«

»So lange kann ich nicht weg, so kurz vor der Eröffnung des Cafés. Und Björn sicher auch nicht«, erwiderte Kathi. »Ich weiß nicht, was Dr. Piper sagen wird, wenn Björn schon wieder freimacht.«

»Oh, das wird ihm bestimmt nicht gefallen!«, sagte eine hohe Frauenstimme. »Er hat sich erst neulich bei mir beklagt, dass sein Mitarbeiter sich in letzter Zeit sehr rargemacht hat und ihn mit der Arbeit hat sitzen lassen.«

Kathi drehte sich um und sah Annemarie Schuster vor dem Stand der Sylt-Schützer stehen, die sich mit einem bösartigen Lächeln auf den Lippen mit einem Prospekt kühle Luft zufächelte. Jetzt kam sie langsam auf sie zu und blieb direkt vor Björn stehen.

»Ich telefoniere nämlich regelmäßig mit ihm«, sagte sie. »Und nein, er ist im Moment ganz und gar nicht zufrieden.«

Björn wich ihrem Blick nicht aus, antwortete aber auch nicht.

»Besonders ungehalten ist er darüber, was du deinem Anwalt erzählt hast.«

»Was meinst du?«, fragte Björn mit zusammengezogenen Augenbrauen.

»Was soll ich wohl meinen? Dass dir die Hälfte des Hauses gehört. Ganz so einfach ist die Sache ja nun nicht! Im Grunde genommen, ist es mein Haus, egal, was in dem dummen Kaufvertrag steht.«

»Annemarie, bitte, was soll denn das? Das müssen wir doch nicht hier besprechen«, sagte Björn leise mit vor Wut bebender Stimme.

Seine Exfrau setzte ein süffisantes Lächeln auf. »Glaub mir, mein Lieber, ich werde es keinesfalls kampflos aufgeben.« Sie trat bedrohlich dicht an Björn heran und tippte mit dem Zeigefinger gegen seine Brust. »Ich will es wiederhaben. Und ich werde es wiederbekommen! Und zwar ohne, dass ich dich ausbezahlen muss.«

Annemarie sah zu Kathi hinüber, die unter der Kälte ihres Blickes zu frösteln begann. »Und schon gar nicht werde ich zulassen, dass eine kleine Schlampe wie die da in meinem Haus wohnt.«

Annemarie richtete sich auf und warf einen triumphierenden Blick in die Runde. »Wir sprechen uns noch!«, sagte sie. »Oder besser: Du hörst von meinem Anwalt!«

Kapitel 12

Kathi suchte auf *Google Maps* nach Neuenkirchen im *Alten Land.* Als sie es gefunden hatte, schaltete sie auf Satellitenansicht um. Rechts und links der Straßen konnte sie die ausgedehnten Felder mit den Apfelbäumen erkennen. Sie lächelte in sich hinein. Als Kind war sie einige Male bei Onkel Fritz in Jork zu Besuch gewesen und war jedes Mal staunend durch die langen Reihen der Apfelbäume gelaufen.

In drei Tagen würde sie mit Björn nach Hamburg fahren. Nur kurz hatten sie am Montagnachmittag über Sabrinas Einladung gesprochen. Kathi hatte schnell gemerkt, dass Björn sie nicht drängen wollte. Trotzdem war ihr klar, dass Annemaries Ankündigung, in jedem Fall das Haus übernehmen zu wollen, Björns Stimmung weiter verschlechtert hatte und er umso mehr über einen Neuanfang nachdachte, nachdenken musste. Das Schlimmste war, dass sie Björns Argumenten, den ausgesprochenen und den nicht ausgesprochenen, wenig entgegenzusetzen hatte. Annemarie gehörte die Hälfte des Hauses, sie würde irgendwann Anspruch auf die Praxis anmelden, und wenn sie weiter auf Sylt leben würde, wäre es unausweichlich, dass sie sich häufig über den Weg liefen. Das alles konnte Kathi sehr gut nachvollziehen. Aber jedes Mal, wenn sie versuchte, sich vorzustellen, dass Björn im *Alten Land* die Praxis übernahm, trat unweigerlich Sabrina vor ihr geistiges Auge. So sehr sie sich auch bemühte, sie schaffte es nicht, ihre negativen Gefühle zu unterdrücken. Sie waren da und nagten an ihr.

Kathi seufzte. Warum musste nur alles so kompliziert sein? Konnte Annemarie nicht einfach verschwinden und den Rest ihrer Tage am anderen Ende der Welt verbringen? Das Einzige, was Annemarie an der Insel faszinierte, war die Sylter Schickeria.

Auf Kathis Laptop leuchtete das *Skype*-Fenster auf. Als Kathi das Gespräch annahm, erschien Maja auf dem Bildschirm.

»Einen wunderschönen guten Tag«, sagte Maja mit einem gezwungenen Lächeln.

»Dir auch, Maja«, antwortete Kathi. »Alles gut bei dir?«

»Logo«, sagte Maja, aber der Klang ihrer Stimme verriet, dass dies nicht die ganze Wahrheit war.

»Die ersten Tage sind immer die schwersten«, versuchte Kathi, sie zu trösten. »Hauke geht es sicher nicht anders.«

»Doppeltes Leid macht es auch nicht leichter. Im Gegenteil. Lass uns über was anderes reden. Poloturnier gut überstanden?«

Kathi seufzte. »Es sitzt mir noch in den Knochen, aber eine bessere Werbung für unser Café hätten wir uns wohl kaum wünschen können.«

»Das klingt doch klasse. Die Leute werden dir die Türen einrennen, und du wirst zur Bäckerin des Jahres gekürt werden. Ich sehe schon, wie die Bürgermeisterin dir die Medaille überreicht und die …«

Kathi unterbrach sie lachend. »Eins nach dem anderen. Zuerst müssen wir die Eröffnung schaffen und dann …« Sie brach ab und schaute zur Seite.

»Was ist los?«, fragte Maja sofort.

»Wird schon.«

»Hey, wenn du *Wird schon* sagst, muss schon einiges passiert sein. Raus mit der Sprache.«

»Du hast genug um die Ohren.«

»Das lass man meine Sorge sein«, sagte Maja. »Also?«

»Ach, diese dumme Annemarie.«

»Björns Ex?«

»Ja. Sie macht Ärger oder hat ihn zumindest angedroht. Das Haus will sie. Ihren Vater hetzt sie auf und was weiß ich noch alles. Björns Stimmung ist auf dem absoluten Tiefpunkt.«

»Ihr seid doch sturmerprobt. Das bekommt ihr schon hin. Hey, im schlimmsten Fall muss er halt im Café anheuern.«

Kathi schluckte. »Mir ist nicht so nach Herumalbern.«

»Da ist doch noch mehr. Oder?«, fragte Maja fordernd.

»Sabrina – ich habe dir doch von ihr erzählt –, auf jeden Fall hat sie eine Tierarztpraxis in der Nähe von Hamburg an der Hand und diese Björn angeboten.«

»Wie bitte?«, fragte Maja erstaunt.

»Björn hat nicht zugesagt. Aber er denkt drüber nach. Und dann hat Sabrina uns auch noch eingeladen.«

»Diese Sabrina hat aber jetzt nicht ein Auge auf deinen Björn geworfen?«

Kathi schwieg.

»Jetzt noch mal von vorn«, forderte Maja sie auf. »Ich will alles haargenau wissen.«

Nach und nach rückte Kathi mit der ganzen Geschichte heraus. Als sie ihren Bericht beendete, standen ihr die Tränen in den Augen. Sie schob den Monitor für einen Moment zur Seite und lief zum Schrank, um sich ein Taschentuch zu holen.

»Besser?«, fragte Maja.

»Mach dir keine Sorgen. Du weißt doch, dass ich nah am Wasser gebaut …«

»Verzwickte Situation. Wirklich. Trotzdem glaube ich nicht, dass Björn auch nur im Traum daran denkt, etwas mit einer anderen Frau anzufangen.«

»Weiß ich doch auch.«

»Schon klar. Dein Bauch sagt was anderes als dein Kopf. Ich kenne das. Aber da musst du durch. Eifersucht ist ein Scheiß-Berater.« Maja lächelte Kathi an. »Wird schon. Bist du denn sicher, dass das Angebot von dieser Sabrina auch wirklich seriös ist? Noch mehr Probleme kann Björn ja wohl kaum gebrauchen.«

»Ich weiß nicht, ob das nur Gerede ist oder ob sie ihm tatsächlich eine Praxis vermitteln kann. Auf jeden Fall habe ich einfach Angst, dass hier alles zusammenbricht.«

»Verstehe ich. Aber den Kopf in den Sand zu stecken, hilft da auch nichts. Wenn Björn sich nicht sicher ist, ob er das Angebot ablehnen soll, ist es besser, du hilfst ihm, anstatt ohnmächtig danebenzustehen.«

»Du meinst …«

»Ja, wenn es unbedingt sein muss, fahrt ihr halt ins *Alte Land* und schaut euch die Sache einmal vor Ort an. Björn braucht dich jetzt. Lass ihn nicht allein mit der Entscheidung.«

Kathi atmete tief durch. »Ja, da hast du wohl recht.«

»Wie immer«, sagte Maja fröhlich. »Und jetzt erzähl mir, wie das Wetter auf Sylt ist. Wie häufig warst du schon am Strand? Oder bist du nur noch am Arbeiten?«

Eine halbe Stunde später verabschiedete sich Kathi von Maja und klappte den Laptop zu. Sie nahm sich vor, noch einmal mit Björn über die Praxis im *Alten Land* zu sprechen und, wenn er Sabrina besuchen wollte, ihn nicht davon abzuhalten. Mit ihrer Mutter hatte sie vereinbart, dass diese sich während ihrer Abwesenheit um Lilly kümmern würde. Sicher hätte Elke kein Problem damit, ihren Aufenthalt im Haus um ein oder zwei Tage zu verlängern. Die Firma würden Neele und Gesa übernehmen. Somit gab es keinen Grund, nicht ins *Alte Land* zu fahren.

Björn fuhr auf die Autobahn A1 und beschleunigte.

»Du bist dir ganz sicher, dass wir die Praxis anschauen sollen?«

»Ja, das haben wir doch besprochen«, antwortete Kathi. »Wir besuchen Sabrina, und wenn wir die Praxis gesehen haben, reden wir in aller Ruhe darüber.«

»Danke«, sagte Björn und lächelte sie an. »Ich weiß, dass ich dir damit eine Menge abverlange.« Kathi schwieg und schaute aus dem Seitenfenster. »Nicht dass du meinst, ich würde die Praxis ungesehen übernehmen«, fuhr er fort. »Nein, bestimmt nicht. Da muss schon alles stimmen: Preis, Kundendatei, Ausstattung der Praxis, Lage und so weiter.«

»Ich weiß«, sagte Kathi. »Aber ich habe Angst davor. Fernbeziehungen sind …« Kathi schnappte nach Luft. Sie hatte das Gefühl, ihr Hals würde zugeschnürt.

Björn schaute kurz zu ihr hinüber und fragte besorgt: »Was ist? Geht es dir nicht gut? Soll ich anhalten?«

Kathi schluckte und versuchte, ihre Atmung in den Griff zu bekommen. »Nein. Alles in Ordnung. Es ist nur …« Wieder konnte sie nicht weitersprechen.

»Ich weiß ja, was du meinst«, sagte Björn. »Du hast Angst, dass wir uns auseinanderleben. Sozusagen, im wahrsten Sinne des Wortes. Das ist mehr als verständlich. Was meinst du, was mir durch den Kopf geht? Aber ich kann dir versprechen, ich mache mir die Entscheidung bestimmt nicht leicht.«

Kathi nickte. Natürlich hatte sie Angst vor einer Fernbeziehung. Über kurz oder lang würde sich einer von ihnen für einen Umzug entscheiden müssen. Eine Wochenendbeziehung über viele Jahre hinweg standen nur wenige Paare durch. Aber noch größere Befürchtungen hatte Kathi, wenn sie an Sabrina dachte. Nur, wie sollte sie das Björn erklären? Umgekehrt würde sie es Björn mehr als übel nehmen, wenn er ihr misstraute.

»Lass uns erst einmal die Praxis anschauen«, antwortete Kathi. »Dann sehen wir weiter.«

Björn lächelte sie kurz an.

»Ja, so machen wir es.«

Das Hotel in Hamburg hielt, was die Fotos im Internet versprochen hatten. Die Jugendstilfassade war nicht nur äußerlich in einem fantastischen Zustand, auch im Inneren hatten die Betreiber sehr viel Wert darauf gelegt, dass der alte Charme erhalten geblieben war. Hohe Decken, wunderschöne Holztüren, Jugendstilfliesen mit schwungvollen Mustern in Weiß, Schwarz und Hellbraun. In dem großen Zimmer stand ein Originalschrank aus der Jahrhundertwende, und an den Wänden hingen Nachbildungen von Werken der Künstler Heinrich Vogeler und Theodor Herrmann. Das moderne Bett passte sich wunderbar in das gesamte Gefüge ein.

Kathi packte den Koffer aus, während Björn sich im Bad frisch machte. Anschließend legte sie sich aufs Bett und schloss die Augen. Während der restlichen Fahrt nach Hamburg hatte sie jeden Gedanken an die Probleme, die auf Sylt auf sie warteten, verbannt. Sie hatte die wechselnden Landschaften angeschaut und hin und wieder über etwas Unverfängliches mit Björn gesprochen.

»Willst du etwas schlafen?«, fragte Björn, als er aus dem Bad zurückkam.

Kathi schüttelte den Kopf und klopfte mit der flachen Hand aufs Bett. »Kommst du zu mir?«

Als Björn neben ihr lag, kuschelte sie sich an ihn.

»Ich liebe dich«, sagte sie leise.

»Ich weiß«, sagte Björn. »Ich liebe dich auch.«

»Ich will dich nicht verlieren.«

»Das wirst du nicht. Ich verspreche es. Keine Praxis der Welt wäre es wert, dich zu verlieren.«

»Im Moment sehe ich nur schwarz. Der Umbau, meine Mutter, Lilly, Dr. Piper – und seine liebe Tochter nicht zu vergessen.«

»Ja, das kann ich verstehen«, sagte Björn leise. »Mir geht es ja ähnlich. Noch vor ein paar Wochen konnte ich mein Glück kaum fassen und nun … Eine Katastrophe nach der nächsten.« Er nahm ihre Hand und streichelte sie zärtlich. »Aber wir schaffen das. Wir haben in den letzten Monaten schon so viele Steine aus dem Weg geräumt, da werden wir die paar auch noch schaffen. Wir beide – zusammen.«

Björn richtete sich auf und beugte sich über sie. Sie sahen sich lange in die Augen, bis Kathi ihn zu sich herunterzog und leidenschaftlich küsste.

»Wie lange haben wir noch Zeit?«, fragte Björn.

»Lange«, antwortete Kathi und knöpfte sich langsam die Bluse auf.

Nur mit Mühe erreichten sie rechtzeitig das Operettenhaus und fanden ihre Plätze. Kathi lehnte sich in dem gepolsterten Sitz zurück und flüsterte Björn zu: »Das ist ja viel größer, als ich es mir vorgestellt habe.«

Kathi schätzte, dass der Besucherraum weit mehr als tausend Plätze hatte, die bis auf ganz wenige Lücken besetzt waren.

»Ja, immer wieder beeindruckend«, antwortete Björn, der schon einige Male in diesem Theater gewesen war.

Wenig später ertönte zum dritten Mal eine Klingel, und gleich darauf setzte das Orchester ein. Die nächsten eineinhalb Stunden sahen sie den Nonnen zu, die tanzend und singend die Bühne bevölkerten.

In der Pause standen sie im Foyer und prosteten sich mit einem Glas Champagner zu.

»Auf dein erstes Musical«, sagte Björn lächelnd.

»Und auf unseren Kurzurlaub«, fügte Kathi hinzu und trank einen kräftigen Schluck. »Ich hätte nicht gedacht, dass *Sister Act* so unterhaltsam sein kann.«

»Soweit ich gehört habe, kommen die besten Szenen und Lieder noch. Lassen wir uns einfach mal überraschen.«

Von Überraschungen habe ich eigentlich genug, fuhr es Kathi durch den Kopf. Im Moment wünschte sie sich nichts sehnlicher als ein paar Wochen oder lieber Monate mit immer gleichen Tagen, vorhersehbar und ruhig.

»Ja, das machen wir«, antwortete Kathi und küsste ihn auf die Wange.

»Wofür war das?«, fragte Björn gut gelaunt.

»Für dich. Für uns. Für unsere Liebe«, antwortete Kathi und fügte in Gedanken hinzu: *Die Entschuldigung dafür, dass ich dir misstraut habe. Es tut mir leid.*

Björn lehnte sich vor und flüsterte ihr ins Ohr: »Ich liebe dich.«

Auf die drei Worte hatte Kathi seit Stunden gewartet. Ein wohliges Gefühl machte sich in ihr breit, und fast hätte sie Björn gebeten, die zweite Hälfte des Musicals auszulassen und lieber ein kleines, ruhiges

Restaurant aufzusuchen. Aber als Björn begann, über die Sängerinnen zu schwärmen, verschob sie ihren Plan auf später. Sie hatten in den nächsten drei Tagen alle Zeit der Welt, und Kathi würde sich einfach treiben lassen.

Gegen Mitternacht saßen sie in einem kleinen spanischen Restaurant, tranken Wein und aßen Tapas.

»Eine fantastische Vorführung«, sagte Björn. »Weit über fünf Minuten Standing Ovations. Aber das Ensemble hatte es verdient.« Er sah Kathi lächelnd an. »Das machen wir ab sofort häufiger. Versprochen?«

»Solange uns noch keine Kinderschar vom Reisen abhält«, antwortete Kathi schmunzelnd. »Gerne! Immer wieder. Auch das Vorprogramm hat mir ausgesprochen gut gefallen.«

Björn schien einen Augenblick zu überlegen, was sie meinte, beugte sich dann aber über den Tisch und küsste sie.

»Mir auch. Das sollten wir wiederholen. Bald.«

Kathi sah auf die Uhr.

»Soweit ich weiß, müssen wir erst morgen Mittag das Zimmer räumen. Wir haben noch viel Zeit.«

Kathi öffnete die Augen ein wenig. Die Uhr auf dem Beistelltisch stand auf zehn nach zehn, Björn schien noch tief und fest zu schlafen. Kathi konnte sich nicht mehr erinnern, wann sie in der Nacht eingeschlafen waren. Nach dem Besuch des Restaurants war sie so aufgekratzt gewesen, dass an Schlafen nicht zu denken gewesen war. Eng aneinandergeklammert, hatten sie sich gegenseitig Geschichten aus ihrer Jugend erzählt und sich gewundert, wie ähnlich ihr Empfinden in der damaligen Zeit gewesen war. Björn hatte sich viele Jahre als Außenseiter gefühlt und war wegen seiner guten Noten immer wieder gemobbt worden, während Kathi Schwierigkeiten hatte, den immer gleichen Gesprächen über die Jungen in der Schule, die neuen Klamotten ihrer Freundinnen oder Schminktrends etwas abzugewinnen.

Björn drehte sich um und brummte etwas im Schlaf. Kathi strich ihm sanft über den Kopf. *Wie konnte ich ihm nur misstrauen?*, fragte sie sich und nahm sich fest vor, gegen den nächsten Anfall von Eifersucht anzukämpfen. Am Vortag war ihr schlagartig bewusst geworden, wie weit sie sich in den letzten zwei Wochen von diesen negativen Gefühlen hatte vereinnahmen lassen. Irgendwann hatte sie jede Bemerkung von Björn danach abgeklopft, ob er ihr etwas verheimlichte oder Sabrina für ihn wichtiger war als ihre Beziehung. Wenn er zum Gerkens-Hof fuhr, bekam sie schlechte Laune, wenn er länger blieb, als sie sich ausgerechnet hatte, wirbelten die wildesten Fantasien durch ihren Kopf und bereiteten den Nährboden für neues Misstrauen.

Das alles musste ein Ende haben. Nur so konnte ihre Liebe überstehen, auch wenn sie für eine Weile getrennt leben müssten.

Kathis Blick fiel auf das Telefon. In der Informationsbroschüre des Hotels hatte sie etwas von *Frühstück am Bett* gelesen, und Björn hatte vergangene Nacht davon gesprochen, dass in Filmen häufig das Frühstück im Bett serviert würde. Kurz entschlossen griff sie zum Hörer und bestellte im Flüsterton das Essen. Anschließend schmiegte sie sich an Björn an und weckte ihn mit sanften Küssen.

»Guten Morgen«, sagte sie leise und biss vorsichtig in sein Ohrläppchen. »Gut geschlafen?«

Er reckte und streckte sich.

»Ja, wunderbar«, sagte er schließlich. »Wie könnte es anders sein, wenn das Allerliebste, was ich habe, in meinem Arm liegt.«

»Du alter Charmeur. Aber ich habe auch so tief und fest geschlafen wie lange nicht mehr.«

Langsam richtete er sich auf. Als sie sich neben ihn setzte, fiel sein Blick auf die Uhr.

»So spät schon. Dann müssen wir uns aber sputen, wenn wir noch frühstücken wollen.«

»Zu spät«, sagte Kathi mit heruntergezogenen Mundwinkeln. »Wir werden wohl hungern müssen.«

»Bist du sicher? Gibt es schon um zehn Uhr kein Büffet mehr?«

In diesem Moment klopfte es an der Tür, und Björn schaute Kathi verwundert an. »Wer ist das denn?«

»Die Heinzelmännchen«, sagte Kathi schmunzelnd und sprang aus dem Bett, um die Tür zu öffnen.

Einen Augenblick später stand sie mit einem Tablett vor dem Bett.

»Simsalabim! Das Frühstück ist da.«

Björn grinste. »Du kleine Lügnerin.« Hörbar sog er die Luft durch die Nase ein. »Oh, duftet das herrlich nach Kaffee. Eine wirkliche Überraschung. Daran könnte ich mich gewöhnen.«

»Nichts da!«, sagte Kathi lachend und platzierte das Tablett mitten auf dem Bett. »Das ist eine Ausnahme.« Vorsichtig kroch sie zurück ins Bett und hob den Deckel von einem der Teller. »Rührei?«

»Gerne«, sagte Björn und schnitt ein Brötchen auf.

Bis weit nach elf verbrachten sie ihre Zeit im Bett. Aßen, redeten, lachten und alberten herum, bis Kathi schließlich auf die Uhr zeigte und Björn einen letzten Kuss auf den Mund drückte.

»Es wird Zeit. Ich verschwinde ins Bad, und du packst den Koffer.«

Als Björn zum Protest ansetzen wollte, sprang Kathi aus dem Bett und lief nackt durchs Zimmer in Richtung Bad. Kurz bevor sie die Tür erreichte, drehte sie sich um und hauchte Björn einen Handkuss zu.

»Gib mir zehn Minuten. Dann bist du dran.«

Kurz nachdem sie den Elbtunnel durchquert hatten, wechselten sie von der Autobahn A7 auf die B73, von der sie in Höhe des *Neukloster Forsts* abbogen und direkt auf Jork zufuhren. Links und rechts der Straße lagen jetzt die lang gezogenen Apfelbaumplantagen. An jedem der Bäume hingen Dutzende Äpfel, die, so schätzte Kathi, noch vier bis sechs Wochen bis zur Ernte reifen mussten.

»Ein herrlicher Anblick«, meinte Björn, der das Auto verlangsamt hatte. »Ich würde am liebsten anhalten und ein paar pflücken.«

»Damit warten wir lieber noch«, sagte Kathi lachend. »Sonst verbringst du die nächsten Tage mit Bauchschmerzen im Bett.«

»Solange du mich pflegst, wäre das nicht so schlimm.«

Kathi schüttelte den Kopf. »Unsinn! Sag mir lieber, wo wir übernachten werden.«

Björn schmunzelte. »Überraschung.«

»Also nicht bei Sabrina?«

»Nein. Ich dachte, es wäre schöner, wenn wir einen Rückzugsort hätten.« Er lächelte sie an. »Nur für uns beide, sozusagen.«

Bei den letzten Worten schmolz Kathi das Herz. Wie unrecht hatte sie Björn doch mit ihrem Misstrauen getan.

»Ja, das ist eine wunderbare Idee«, sagte Kathi und strich dabei sanft über seinen Arm.

Schnurgerade verlief die Straße durch die Apfelplantagen, bis sie auf die ersten Häuser von Jork traf. Kurz vor der Ortsmitte bog Björn nach rechts ab und blieb vor einem dreistöckigen Fachwerkhaus stehen. Die Fassade war reichhaltig mit den im *Alten Land* typischen Ornamenten und Giebelsymbolen verziert. Alles wirkte auf Kathi wie eine Szene aus einem Bilderbuch. Die vor dem Haus stehenden Apfelbäume rundeten die dörfliche Atmosphäre ab.

»Heimelig«, sagte Kathi und gab Björn einen Kuss.

»Ich dachte mir, wenn schon *Altes Land*, dann müssen wir auch traditionell wohnen. Es ist zwar nur ein Drei-Sterne-Hotel, aber …«

»Alles wunderbar«, unterbrach ihn Kathi. »Lass uns einchecken, und danach machen wir einen kleinen Spaziergang. Ich war schon so lange nicht mehr hier.«

Keine zehn Minuten später liefen sie Arm in Arm durch die Altstadt von Jork und bewunderten die vielen noch erhaltenen Fachwerkhäuser, die liebevoll gepflegt und restauriert waren.

»Ich war nur zwei- oder dreimal zusammen mit Gesa hier«, sagte Kathi. »Zu Besuch bei Onkel Fritz. Ich bin ja mal gespannt, ob er mich wiedererkennt.«

»Er hat einen Hof?«

»Und was für einen. So richtig mit Prunkpforte und vielen Nebengebäuden. Inzwischen bewirtschaftet zwar sein Sohn den Hof, aber Fritz ist immer noch aktiv. Unseren Apfel für die *Sylter Wolken* haben wir ihm zu verdanken. Eine uralte Sorte, die er da züchtet. Ich habe mich für morgen bei ihm angemeldet.«

»Dann rufe ich Sabrina an und verschiebe unser Treffen, und wir …«

»Nein, auf keinen Fall. Wir schauen uns heute Nachmittag zusammen die Praxis an. Deshalb sind wir doch hier.«

Björn sah sie einen Moment verwundert an und legte dann seinen Arm um ihre Schultern.

»Gut, wenn du es wirklich willst. Der Termin ist um fünf. Da haben wir noch ewig Zeit. Wollen wir in ein schönes Café gehen? Vielleicht kannst du ja noch ein paar Ideen abstauben.«

»Und ich weiß auch schon, in welches. Es ist zwar ein ganzes Stück mit dem Auto, aber das lohnt sich.«

Kurze Zeit später fuhren sie direkt an der Elbe entlang. Auf der einen Seite die langen Reihen Apfelbäume, auf der anderen der Elbdeich. Vom Parkplatz des kleinen Sporthafens aus waren es nur noch wenige Meter zu dem Gebäude, das quasi in den Deich hineingebaut war. Der obere Bereich beherbergte das Café, in dem inzwischen Kathi und Björn saßen, nachdem sie das Auto abgestellt hatten. Von hier aus hatte man einen herrlichen Blick über den Hafen und die Elblandschaft.

Kathi bestellte einen Blaubeerkuchen, Björn eine Stachelbeertorte mit Eierlikör. Dazu tranken sie beide Milchkaffee.

»Ob die Wirtin das extra für uns gemacht hat?«, fragte Kathi mit Blick auf den Milchschaum, der ein Herz-Muster aus Kakao aufwies.

Björn hielt den Zeigefinger vor die Lippen. »Psst! Nicht so laut. Das habe ich doch extra für uns bestellt.«

Kathi beugte sich zu ihm hinüber und küsste ihn auf die Wange.

»Gut gemacht«, sagte sie schmunzelnd.

Nachdem Kathi die ersten Stücke ihres Kuchens gegessen hatte, nickte sie anerkennend. »Der Kuchen ist hervorragend. Den sollten wir auf jeden Fall bei uns mit auf die Karte nehmen. Und deiner?«

»Lecker! Ich liebe Eierlikör«, sagte Björn und fügte leise hinzu: »Das war mit dreizehn meine erste Begegnung mit dem Alkohol. Meine Mutter hatte immer eine Flasche im Wohnzimmerschrank.«

Kathi lachte. »Du hast dich heimlich bedient. Gib's zu!«

»Na ja, ich durfte schon mal kurz daran nippen, wenn meine Mutter etwas davon trank. Und dann … Ich glaube, ich hatte einen richtigen Schwips und habe die ganze Zeit am Abendbrottisch vor mich hingekichert.«

Mit sichtlichem Genuss aß Björn den restlichen Kuchen auf seinem Teller und lehnte sich dann auf seinem Stuhl zurück.

»Toller Ausblick. Fast so schön wie …« Er stutzte. »Nein, natürlich reicht es nicht an unser Sylt heran. Aber immerhin. Wasser, Schiffe, Wind.«

Kathi griff nach ihrer Kaffeetasse und trank einen großen Schluck.

»Du entscheidest«, sagte sie leise. »Wenn es für dich der richtige Weg ist, hier eine Praxis aufzumachen, dann werde ich das unterstützen. Eine Weile geht das bestimmt. Auch wenn es mir schwerfällt, überhaupt darüber nachzudenken, unter der Woche auf dich verzichten zu müssen.« Sie atmete tief durch und sah ihm in die Augen. »Wir schaffen das. Ganz bestimmt.«

Kapitel 13

Mit einem mulmigen Gefühl im Magen saß Kathi auf dem Beifahrersitz und zählte die Apfelbaumreihen, an denen sie vorbeifuhren. Björn hatte mit Sabrina telefoniert und sich mit ihr vor der Praxis verabredet. Dr. Ludwig Bohlen, der Besitzer der Praxis, würde ebenfalls vor Ort sein und sie durch die Räumlichkeiten führen.

Eigentlich hatte Kathi sich vorgenommen, sich aus dem möglichen Praxiskauf herauszuhalten, aber in den letzten zwei Tagen hatte sie ihre Meinung geändert. Sie wollte nicht, dass Björn den Eindruck bekam, dass sie der Sache ablehnend gegenüberstand. Sie würde ihn unterstützen, selbst wenn er sich für einen Kauf entscheiden würde. Sabrina hin, Sabrina her. Vertrauen war der richtige Weg. Alles andere würde ihre Liebe zerstören.

»Du bist sicher, dass du mitkommen willst?«, fragte Björn.

»Ja, ganz sicher«, antwortete Kathi. »Wenn es deine zukünftige Praxis wird, will ich sie auch sehen.«

Björn lächelte. »Danke. Ich kann mir vorstellen, wie schwer dir das fällt.«

Kathi legte ihre Hand auf seinen Arm. »Alles gut.«

Er nickte. Beide hingen ihren Gedanken nach, bis sie in die Straße einbogen, in der sich die Praxis befand.

»Nummer dreiundvierzig«, sagte Kathi mit Blick auf Björns Notizen.

»Ja, ich weiß. Dort hinten, das weiße Haus muss es sein.«

Als sie auf dem Parkplatz vor dem Haus hielten, kam Sabrina auf sie zugelaufen und öffnete freudestrahlend die Autotür auf Björns Seite.

»Habt ihr gut hergefunden?«, fragte sie.

»Sofort gefunden. Bei der Wegbeschreibung war das auch kein so großes Problem«, erwiderte Björn, als er aus dem Wagen stieg.

Auch Kathi war inzwischen ausgestiegen und zu den beiden gegangen und wurde nun von Sabrina begrüßt, die ihr die Hand entgegenhielt. »Schön, dich zu sehen.«

Anschließend umarmte Sabrina Björn kurz. »Ludwig ist in der Praxis. Wir sollen einfach reinkommen, hat er gesagt.«

Als sie gemeinsam zum Eingang gingen, sagte Sabrina: »Schade übrigens, dass ihr nicht bei mir übernachtet. Ich hatte ja eigentlich ein großes Essen vorbereiten wollen. Wie wäre es mit morgen Abend?«

»Danke für die Einladung«, entgegnete Björn. »Lass uns doch erst mal die Praxis ansehen …«

»Dann mal rein in die gute Stube.« Sabrina hielt die Tür auf und gab die Sicht auf einen Mann um die sechzig frei. Als dessen Blick auf sie fiel, kam er ihnen geschäftsmäßig lächelnd entgegen. Er war etwas größer als Björn, schlank und sportlich. Sein graues Haar trug er zurückgekämmt. Im ersten Moment erschien er Kathi vertrauenswürdig, wenn auch etwas distanziert.

»Sabrina hat mir schon viel von Ihnen erzählt. Sie praktizieren im Moment auf Sylt?«

»Ja, aber das ist nicht meine eigene Praxis«, antwortete Björn.

»Sonst wären Sie ja wahrscheinlich auch nicht hier«, sagte Dr. Bohlen. »Dann fangen wir mal an mit dem Rundgang. Wenn Sie Fragen haben, einfach stellen.«

Er öffnete die erste Tür und fing an, zu erzählen.

Ein Dreiviertelstunde später saßen sie zu viert in Dr. Bohlens Büro.

»Was darf ich Ihnen anbieten. Vielleicht einen original Altländer Obstbrand? Der kommt aus einer Brennerei in der Nähe von Jork.«

»Nein, danke«, sagte Björn lachend. »Ich muss noch fahren. Aber wenn Sie einen Kaffee haben …«

Dr. Bohlen schaute in die Runde und fragte: »Für alle?«

Als sie alle ihre Wünsche kundgetan hatten, drückte er einen Knopf am Telefon und bestellte den Kaffee bei seiner Sprechstundenhilfe.

»So!«, sagte er und lehnte sich auf seinem Schreitischstuhl zurück. »Wie ist Ihr erster Eindruck?«

»Ich muss ehrlich sagen, dass ich überrascht bin«, antwortete Björn. »Positiv überrascht. Es scheint alles in einem Top-Zustand zu sein. Das Gebäude, die Geräte und die sonstige Einrichtung. Das sieht man selten, wenn eine Praxis übergeben werden soll.«

»Ich bin zwar nicht ganz vom Fach«, mischte sich Sabrina in die Unterhaltung ein. »Aber ich sehe es genauso.«

»Durchaus«, sagte Björn. »Also, falls ich mich tatsächlich entschließen würde – über den Preis haben wir ja noch nicht gesprochen –, dann würde ich schon noch ein, zwei Tage vorbeikommen und alles gründlich in Augenschein nehmen müssen.«

»Selbstverständlich«, meinte Dr. Bohlen sofort. »Das steht doch außer Frage.«

Er hielt inne, als es an der Tür klopfte und eine junge Frau den Raum betrat. Schüchtern lächelnd servierte sie den Kaffee und ging dann wieder.

Als sich die Tür hinter ihr geschlossen hatte, räusperte sich Dr. Bohlen. »Haben Sie vorab noch Fragen?«

»Nein, alles gut«, sagte Björn. »Solch eine Entscheidung braucht natürlich Zeit …«

Dr. Bohlen nickte. »Selbstverständlich. Das verstehe ich natürlich. Auf der anderen Seite habe ich noch zwei Bewerber, die sehr interessiert sind. Und ich möchte aus persönlichen Gründen so schnell wie möglich verkaufen. Als Sabrina mich bat, Sie noch in die Runde mit aufzunehmen, habe ich es gerne getan.« Er trank einen Schluck aus seiner Tasse und setzte sie langsam wieder ab, ehe er fortfuhr: »Aber die Zeit drängt. Wenn Sie also ernsthaftes Interesse haben …«

»Wollen wir nicht einfach bis morgen abwarten?«, mischte sich Sabrina ins Gespräch ein. »Wenn wir dann alle Papiere und Unterlagen durchgesehen haben, wird die Entscheidung sicherlich leichter.«

Kathi fragte sich, warum Sabrina von *Wir* sprach, und verwundert musste sie daran denken, wie sehr Sabrina daran interessiert zu sein schien, Björn von der Praxis zu überzeugen. Während des Rundgangs hatte Sabrina Dr. Bohlens Erklärungen aufmerksam verfolgt und immer wieder positiv kommentiert.

»Aber ja doch«, sagte Dr. Bohlen. »Warten wir morgen ab.« Er wandte sich Kathi zu. »Wie gefällt es Ihnen bei uns im *Alten Land*?«

»Mein Onkel Fritz hat in der Nähe von Jork einen Hof. Von daher war ich schon einige Male als Kind hier. Und Äpfel liebe ich über alles.«

Kathi war froh, dass er nicht weiterfragte und sich gleich wieder Sabrina zuwandte. Ein wenig hatte sie gehofft, dass die Praxis nicht Björns Anforderungen entsprach. Im Moment konnte sie nur wenig heimatliche Gefühle für das *Alte Land* entwickeln. *Lass dir Zeit, lass Björn Zeit*, hörte sie Gesa sagen und schloss kurz ihre Augen. *Unsere Liebe ist wichtig und nicht, wo wir wohnen und arbeiten*, beruhigte sie sich.

Als sie sich wieder auf das Gespräch konzentrierte, erzählte Sabrina gerade von den Ereignissen beim Poloturnier und von Björns Einsatz für ihre Pferde.

»Menschen gibt's«, sagte Dr. Bohlen. »Wie kann man nur auf die Idee kommen, Pferde zu vergiften? Schrecklich.«

»Ist ja alles gut gegangen«, meinte Sabrina lächelnd und legte ihre Hand auf Björns Arm.

Björn nickte. »Ja. So weit, so gut.« Er stand auf und schaute Dr. Bohlen an. »Dann danke ich Ihnen erst mal recht herzlich für Ihre Zeit. Morgen um elf Uhr hatten wir gesagt?«

Dr. Bohlen erhob sich und reichte Björn die Hand.

»Das sollte passen. Wir haben für die Zeit keine Termine angenommen, und wenn nicht noch ein Notfall hereinkommt …« Dr. Bohlen wandte sich Kathi zu. »Ich hoffe, wir haben Sie nicht zu sehr gelangweilt bei unserer Fachsimpelei, und ich wünsche Ihnen noch einen wunderschönen Aufenthalt im *Alten Land*.«

»Danke«, antwortete Kathi und verabschiedete sich von ihm. Während der letzten eineinhalb Stunden hatte sie sich bemüht, Dr. Bohlen unvoreingenommen gegenüberzustehen, aber mehr und mehr war ihr der Tierarzt unsympathisch geworden. Dabei hätte sie nicht einmal genau sagen können, womit das zusammenhing. Lag es an seiner Art, Björn nach dem Mund zu reden, oder an seinen Augen, die leblos und kalt waren?

Als sie zu dritt vor der Praxis standen, wiederholte Sabrina ihre Einladung zum Essen, und Björn versprach ihr ein weiteres Mal, darüber nachzudenken.

»Und jetzt?«, fragte Björn, als er schließlich neben Kathi im Wagen saß.

»Fahren wir erst mal ins Hotel und überlegen dann, was wir heute Abend machen.« Sie beugte sich zu Björn hinüber und küsste ihn auf die Wange. »Danke übrigens, dass du die Einladung von Sabrina noch nicht angenommen hast. Aber ich denke, wir können morgen zum Abschied ruhig bei ihr vorbeischauen. Was meinst du?«

Björn sah sie mit dankbarem Blick an. »Ja, das würde sie sonst wohl als unhöflich ansehen. Außerdem wird es bestimmt ein lustiger Abend, so wie ich Sabrina kenne.«

Björn startete den Wagen und fuhr vom praxiseigenen Parkplatz. Wenige Minuten später erreichten sie die Straße nach Jork.

»Die Praxis gefällt dir?«, fragte Kathi nach einer Weile.

»Sieht alles sehr gepflegt aus. Die medizinischen Geräte haben kein biblisches Alter, und die Räumlichkeiten sind großzügig und, so vermute ich mal, vor noch nicht allzu langer Zeit komplett renoviert worden.«

»Hat Sabrina nicht schon angedeutet, dass der Preis …«

»… sich im Rahmen hält«, beendete Björn Kathis Satz. »Was das genau heißt, weiß ich natürlich noch nicht. Warten wir's ab.«

Björn schaute kurz zu Kathi hinüber und konzentrierte sich dann wieder auf die Straße.

»Das ist doch nur die eine Seite der Medaille«, sagte Björn schließlich. »Ob das alles für mich infrage kommt, muss ich in Ruhe prüfen und natürlich sowieso mit dir besprechen. Du weißt doch, dass ich mich nicht für diese Praxis entscheiden werde, wenn du dagegen bist. Es betrifft uns nun mal beide.«

Kathi atmete tief durch und fühlte, wie ihr Herz einen Satz machte. Auch wenn das, was Björn soeben gesagt hatte, eigentlich selbstverständlich war, tat es gut, es zu hören. Am liebsten hätte Kathi ihn gebeten, am Straßenrand anzuhalten, damit sie ihn in den Arm nehmen und in Ruhe erklären konnte, welche Sorgen sie sich gemacht hatte und wie leid es ihr tat, dass sie ihm misstraut hatte.

»Ich weiß«, sagte sie stattdessen nur und schwieg.

Kathi stieg ins Taxi ein und nannte die Adresse von Onkel Fritz. Björn war bereits zu Sabrina gefahren, um vor den Verhandlungen mit Dr. Bohlen alles noch einmal mit ihr durchzugehen. Er würde sie später am Hotel abholen.

Den Abend hatten sie in Jork verbracht. Nach einem kleinen Imbiss im hoteleigenen Restaurant waren sie Arm in Arm durch den Ort geschlendert und hatten auf einer Bank auf den Sonnenuntergang gewartet.

»Machen Sie Urlaub im *Alten Land*?«, fragte der Taxifahrer, ein Mann um die sechzig mit roten Wangen und wulstigen Fingern.

»Nein, leider nur ein Kurzbesuch«, erwiderte Kathi.

»Das müssen Sie dann aber noch nachholen«, sagte der Fahrer lächelnd.

Kathi nickte und musste daran denken, dass sie vielleicht irgendwann in naher Zukunft in dieser Gegend ihr neues Zuhause finden würde. Sie zwang sich, ihre Gedanken auf etwas anderes zu lenken, und sah hoch zum strahlend blauen Himmel.

»Wird das Wetter heute so bleiben?«, fragte sie den Fahrer.

»Auf jeden Fall, würde ich mal sagen. Noch ein bisschen Sonne können unsere Äpfel gut vertragen.«

»Haben Sie auch Bäume?«

Er lachte. »Leider nein. Mein Bruder hat den Hof unserer Eltern übernommen. Aber zur Erntezeit bin ich immer dabei.«

Dann begann er, von der Apfelblüte zu schwärmen, die in diesem Jahr so prachtvoll gewesen sei wie lange nicht mehr. Kathi lächelte, als sie seinen Erzählungen lauschte. Ihm war deutlich anzumerken, wie sehr er mit dem Land und den Menschen dort verbunden war.

Vor der Prunkpforte des großen Hofes wartete Fritz bereits auf Kathi. Schnell verabschiedete sie sich von dem Taxifahrer, gab ihm ein großzügiges Trinkgeld, stieg aus und ging auf Fritz zu. Er nahm sie herzlich in den Arm und trat gleich darauf einen Schritt zurück.

»Das ist aber lange her, dass du mit Gesa hier warst. Ich sag jetzt mal nicht, dass du groß geworden bist.«

Kathi lachte. »Nein, das ist wohl unvermeidlich nach so vielen Jahren.«

»Komm doch erst mal rein. Ich mache uns einen kräftigen Tee, und dann erzählst du mir, was ihr auf der Insel mit meinen Äpfeln so angestellt habt.«

Sie betraten das Haupthaus und gingen über den breiten Flur in die Küche. Kathi stellte verwundert fest, dass das Gebäude in der letzten Zeit liebevoll restauriert worden war. Schlagartig fühlte sie sich um hundert Jahre in der Zeit zurückversetzt. Fritz sagte lächelnd: »Meine Schwiegertochter hat ein Faible für alte Gemäuer. Erst dachte ich, sie übertreibt etwas, aber jetzt bin ich froh, dass sie sich durchgesetzt hat.«

Die Wände waren weiß gekalkt, das Eichenholz des Ständerwerks dunkel gebeizt, die Kassettentüren, denen man ihr Alter ansah, schienen vor kurzer Zeit komplett überarbeitet worden zu sein. In der Küche stand, neben den modernen Geräten, ein mächtiger alter Kohleherd, dessen Kochfläche aus abnehmbaren Platten in Ringform bestand.

»Du trinkst doch auch Tee?«, fragte Fritz.

»Aber ja doch. Immerhin bin ich Gesas Enkelin.«

»Das will ich meinen«, lachte Fritz und goss heißes Wasser in eine Teekanne. »Und jetzt erzähl mal.«

In der folgenden halben Stunde schilderte Kathi haarklein die Ereignisse der letzten Monate, während ihr Onkel schmunzelnd danebensaß und nur hin und wieder eine Frage stellte.

»Wer hätte gedacht, dass meine Rückzüchtung einen solchen Erfolg feiern würde«, sagte er schließlich. »Das freut mich natürlich ungemein, und ihr bekommt selbstverständlich wieder den größten Teil der Ernte. Ich habe immer gesagt, dass wir die alten Sorten nicht vergessen sollten. Dieser Apfel ist hervorragend geeignet für Kuchen.«

»Wir erwähnen bei jeder passenden Gelegenheit, von welchem Hof wir die Äpfel beziehen.« Sie schmunzelte. »Wir brauchen uns ja auch keine Sorgen zu machen, dass uns jemand in die Quere kommt und uns die Äpfel wegschnappt.«

Fritz lachte wieder. »Nein, wirklich nicht. Ich will ja schließlich keinen Ärger mit Gesa haben. Die würde nie wieder ein Wort mit mir reden.«

Er schenkte Tee nach und erkundigte sich: »Und du bist mit deinem Mann hier?«

»Sozusagen. Wir sind noch nicht verheiratet, aber …«

»Das interessiert heutzutage doch niemanden mehr. Gesa sagte mir, dass er Tierarzt ist. Ein guter, ehrlicher Beruf, kann ich nur sagen.«

»Ja.«

Fritz sah sie verwundert an. »Das klingt aber nicht so bei dir. Was ist los?«

»Ach, nicht so wichtig. Björn, also mein Freund, will oder, besser gesagt, muss die Praxis wechseln und überlegt, hier im *Alten Land* …«

»Doch nicht die Praxis vom Bohlen?«, unterbrach Fritz Kathis Ausführungen.

»Doch, doch. Dr. Bohlen will verkaufen und …«

»Na, ich weiß nicht.«

»Warum?«, fragte Kathi irritiert. »Wir waren gestern da, und es sah alles sehr solide aus.«

Fritz strich sich mit der Hand über sein Kinn.

»Wie soll ich das jetzt sagen? Wohl am besten geradeheraus. Der Bohlen hat nicht den besten Ruf. *Stinkstiefel*, sagt man hier dazu. Gut, solange es keine Konkurrenz gibt – ein Tierarzt muss ja schon recht ortsnah sein –, haben die Leute natürlich nicht so die Wahl. Aber das wird sich jetzt bald ändern.«

Kathi schluckte. »Warum das?«

Fritz grinste. »Eigentlich heißt es ja, Konkurrenz belebt das Geschäft. Aber in diesem Fall … Im Herbst soll eine neue große Tierarztpraxis aufmachen. Gar nicht weit von hier. Das erzählt man sich zumindest. Und jetzt vermute ich doch mal, dass der liebe Dr. Bohlen dann einen riesen Anteil seiner Kunden verlieren wird. Ich war ja nur ein paar Mal mit Bruno – das war unser Boxer – bei ihm. Ehrlich gesagt, ich bin ja ein richtig friedlicher Zeitgenosse, aber bei dem Arzt wäre ich beinahe … Na ja, lassen wir das. Ich wollte dir jetzt auch keine Angst machen. Ich meine, neue Besen kehren gut, und wenn dein Mann ein richtig guter Tierarzt ist, wird sich das schnell rumsprechen. So ist das doch immer.«

Kathi nickte nachdenklich. »Trotzdem. Zwei Praxen so nah beieinander. Keine guten Bedingungen.«

»Ja, da könntest du natürlich recht haben.« Fritz stand auf. »So, und jetzt zeig ich dir meine kleine Plantage. Die Ernte wird in diesem Jahr richtig gut. Hatte ich das schon gesagt?«

Kathi lachte. »Ja, mindestens dreimal.«

Erst auf der Rückfahrt dachte Kathi wieder an die Praxis, die, soweit das Gerede der Leute ernst zu nehmen war, bald in der Nähe von Neuenkirchen aufmachen würde. Sollte sie Björn davon erzählen, oder würde er es missverstehen? Dass Fritz' Informationen wirklich zutrafen, war nicht gesagt. Gerüchte entwickelten sich schnell, besonders, wenn jemand, wie dies offensichtlich auf Dr. Bohlen zutraf, nicht so beliebt war. Nein, sie würde erst einmal nichts sagen und abwarten.

Vielleicht würde sich die Sache auch von allein erledigen, wenn Dr. Bohlen einen zu hohen Preis forderte.

»Junge Frau, wir sind am Hotel«, sagte der Taxifahrer.

Kathi sah verwirrt aus dem Seitenfenster.

»Entschuldigung. Ich war etwas in Gedanken. Was bekommen Sie?«

Nachdem sie bezahlt hatte, begab sie sich schnurstracks auf ihr Hotelzimmer. Dort machte sie sich kurz frisch und ging gleich darauf wieder nach draußen, um die Ortschaft noch einmal bei Tag zu erkunden und ein bisschen einkaufen zu gehen. Nachdem sie einige Zeit die Straßen entlanggeschlendert war, blieb sie schließlich vor dem Schaufenster eines kleinen Andenkenladens stehen und betrachtete die Auslagen. Kurz entschlossen betrat sie das Geschäft und kaufte für Gesa eine wunderschöne Küchenschürze in Blautönen. An der Kasse fiel ihr ein, dass sie auch noch etwas für Renke kaufen könnte, und sie begab sich noch einmal zu den Auslagen. Nach kurzer Suche entschied sie sich für eine Flasche Altländer Vogelbeerbrand, die zusammen mit zwei schönen Gläsern angeboten wurde. Zufrieden mit ihrer Auswahl ging sie zurück zum Hotel und sah schon von Weitem, wie Björn auf den Parkplatz fuhr. Sie lief zu seinem Wagen und öffnete die Tür.

»Als hätten wir uns verabredet«, sagte sie freudestrahlend. »Wie war's?«

Er stieg aus und küsste sie.

»Anstrengend. Zahlen über Zahlen.«

»Jetzt bist du ja wieder hier. Willst du dir noch die Beine vertreten, oder gehen wir aufs Zimmer?«, fragte sie und lächelte ihn verführerisch an.

Er runzelte die Stirn, als würde er angestrengt überlegen, bevor er antwortete: »Etwas Ruhe wäre vielleicht genau das Richtige.«

»An Ruhe hatte ich eigentlich nicht gerade gedacht.«

»Nein?«, fragte Björn und grinste schelmisch.

Punkt sechs Uhr standen Kathi und Björn vor Sabrinas Haus. Der zweistöckige Kubus war weiß verputzt und hatte großflächige Fensterfronten.

Passt irgendwie nicht in die Gegend, dachte Kathi, schwieg aber, als Björn sie nach ihrer Meinung fragte.

»Da seid ihr ja«, zwitscherte Sabrina, als sie in der geöffneten Tür vor ihnen stand. »Kommt rein.«

Über einen Flur, an dessen Wänden Originalkunst hing, kamen sie in einen großen Wohn- und Essbereich. Die Front zum Garten war voll verglast, die Decken sehr hoch, der Raum zurückhaltend möbliert. Alles sah aus, als wäre es von einem Innenarchitekten entworfen worden.

»Darf ich euch einen Prosecco anbieten?«

»Ich muss noch fahren«, sagte Björn und wandte sich Kathi zu. »Möchtest du?«

Noch bevor Kathi etwas sagen konnte, schenkte Sabrina bereits den Prosecco ein und stand kurz darauf mit dem Tablett vor ihnen. »Ein Glas zum Anstoßen ist immer erlaubt«, meinte sie und lächelte Björn an. Sie hob ihr Glas. »Schön, dass ihr hier seid!«

Nachdem sie sich an den Esstisch gesetzt hatten, erzählte Sabrina von dem Bau ihres Hauses, das, wie sie betonte, eigentlich viel zu groß für sie allein wäre. Da sie sich aber immer schon nach einem eigenen Heim gesehnt hätte und es in dieser Gegend schwierig gewesen sei, ein geeignetes Mietobjekt zu finden, hatte sie sich drei Jahre zuvor dazu entschlossen, ein eigenes Haus zu bauen. Es folgten die üblichen Bauanekdoten, die in Kathis Ohren wie auswendig gelernt klangen. Schließlich stand Sabrina auf und servierte eine Kürbissuppe als Vorspeise. Anschließend gab es Hirschfilet mit Erdäpfel-Talern und Haselnuss-Kohlsprossen.

»Das schmeckt ausgezeichnet«, lobte Björn das Essen. »Ich kann mich gar nicht daran erinnern, dass du früher so viel Spaß am Kochen hattest.«

»Die Zeiten ändern sich«, antwortete Sabrina. »Wenn ich schon mal Gäste habe, koche ich sehr gerne. Für sich alleine so aufzukochen, macht ja keinen Spaß.«

»Du musst mir auf jeden Fall das Rezept geben«, sagte Björn. »Hin und wieder versuche ich mich ja auch an etwas mehr als an Spiegeleiern.«

»Gerne. Ich schicke es dir per Mail.«

»Fein«, antwortete Björn. »Aber bitte mit der Adresse des Fleischlieferanten. So ein zartes Fleisch habe ich lange nicht mehr gegessen. Oder, Kathi?«

»Ja, das Fleisch ist wunderbar zart«, sagte Kathi.

»Das kommt direkt von einem Jäger hier aus der Gegend. Der schlachtet selbst und verkauft das Fleisch dann an Restaurants und ein paar Privatleute.«

Björn nickt anerkennend. »Wenn du mal keine Patienten mehr hast, kannst du ein Restaurant aufmachen.«

»Nein, das ist nichts für mich«, antwortete Sabrina lachend. »Jeden Abend am Herd zu stehen und selbst nichts davon abzubekommen.«

Kathi stand auf und erkundigte sich bei Sabrina: »Die Gästetoilette war gleich beim Eingang?«

»Ja, genau«, antwortete Sabrina mit einem flüchtigen Blick auf Kathi, ehe sie sich sofort wieder Björn zuwandte.

Kathi ließ die beiden allein und suchte die Toilette. Als sie an einer halb geöffneten Tür vorbeikam, warf sie einen Blick in den Raum. Die Küche war groß und mit den neuesten Geräten ausgestattet. Erst als Kathi auf der Toilette saß, fiel ihr ein, wie sauber die Küche war. Entweder war Sabrina extrem ordentlich und räumte alle Töpfe und Pfannen gleich wieder weg oder sie hatte das Essen überhaupt nicht selbst gemacht. Kathi wusste, dass sogar bessere Restaurants hochwertige Fertigmenus nutzten und bei entsprechender Ausstattung der Küche die wenigsten Gäste einen Unterschied feststellen konnten.

Beim Rückweg ins Esszimmer war die Küchentür geschlossen. Björn und Sabrina unterhielten sich angeregt über die Praxis. Als Kathi sich zu ihnen setzte, wechselte Sabrina das Thema.

»Ich habe noch einen kleinen Nachtisch vorbereitet«, sagte sie. »Oder wollt ihr zuerst einen Kaffee?«

Björn hob die Hände. »Eigentlich bin ich restlos satt.«

»Von wegen. Es gibt noch Feigen in Rotwein mit kandiertem Ingwer. Die musst du auf jeden Fall probieren.«

Björn stöhnte theatralisch. »Okay, ich gebe mich geschlagen.«

Sabrina lachte. »Das mit deinem Hunger war früher aber auch anders. Du konntest für zwei essen. Wenn ich mich an unsere WG …«

»Das ist lange her«, unterbrach Björn sie. »In den letzten Jahren habe ich mir leider ein paar Kilo zu viel aufgeladen. Aber dank Kathi …« Er beugte sich zu Kathi hinüber und legte seinen Arm um ihre Schultern. »… und ihrer Kochkunst, habe ich das wieder im Griff.«

»Klingt doch gut«, sagte Sabrina mit einem leicht säuerlichen Unterton. »Übergewicht ist zu einer echten Volkskrankheit geworden.«

»Einzig bei den *Sylter Wolken* kann ich nicht widerstehen«, fügte Björn hinzu.

Sabrina sah ihn fragend an. »Das war dieser Apfelkuchen …«

»Genau dieser«, murmelte Kathi und sagte etwas lauter: »Das meistverkaufte Dessert auf Sylt in diesem Jahr.«

»Wow«, kommentierte Sabrina Kathis Antwort. »Das war sicherlich ein hartes Stück Arbeit. Gratulation!«

Björn blickte zwischen den zwei Frauen hin und her.

»Soll ich dir beim Kaffeemachen helfen, Sabrina?«, fragte er schließlich.

Sabrina stand auf und sammelte das restliche Geschirr ein.

»Nein, kein Problem. Cappuccino, Latte macchiato, Milchkaffee? Was darf ich bringen?«

»Cappuccino wäre schön«, sagte Björn und Kathi nickte.

»Zweimal Cappuccino. Kommt sofort«, meinte Sabrina und wandte sich mit einem aufgesetzten Lächeln von ihren Gästen ab.

Kathi rollte mit den Augen. Die allzu offensichtliche Anspielung auf ihre Arbeit in der *Kate* als Servicekraft empfand sie als plump und arrogant. Für Sabrina schienen Menschen ohne Studium Versager zu sein.

»Was war das denn?«, fragte Björn irritiert. »So kenne ich Sabrina gar nicht.«

Kathi zuckte mit den Schultern und schwieg.

»Sie ist hin und wieder etwas schnippisch. Aber sie meint es bestimmt nicht so«, fügte Björn schnell hinzu.

»Vielleicht haben wir sie ja auch nur falsch verstanden«, sagte Kathi und gab Björn einen zärtlichen Kuss.

»Wofür war das denn?«, fragte Björn schmunzelnd.

Kathi wiegte lächelnd den Kopf hin und her. »Dafür, dass du so bist, wie du bist. Zum Beispiel.«

»Ich bin doch ein ganz normaler Mann«, meinte Björn etwas verlegen.

»Das sehe ich etwas anders«, antwortete Kathi leise und schmiegte sich an ihn.

Als Sabrinas Schritte auf dem Flur erklangen, ließen die beiden voneinander ab. Sabrina stellte das Tablett auf den Tisch und verteilte drei große Tassen.

»Ich habe das Gerät ganz neu. Hoffentlich hat alles geklappt.«

Björn trank einen Schluck. »Alles wunderbar. Ein Vollautomat. Das war schon immer mein Traum.«

»Die haben einen Außendienst. Ich kann da gerne mal Bescheid sagen, wenn du möchtest.«

»Eins nach dem anderen«, sagte Björn. »Als Erstes muss ich mich in den nächsten Tagen um das Angebot von Dr. Bohlen kümmern. Einen Termin bei meinem Steuerberater habe ich schon, und den mit der Bank mache ich morgen.«

»Klingt doch gut«, sagte Sabrina. »Aber lass dir nicht so viel Zeit. Ludwig scheint es plötzlich doch sehr eilig zu haben.«

»Mach ich. Aber so ein Schritt muss sorgfältig geplant werden. Da muss ich schon vorher mit dem einen oder anderen Experten sprechen.«

Kathi hielt ihre Tasse in beiden Händen und überlegte, ob sie starke Kopfschmerzen vortäuschen sollte, um den Abend früher beenden zu können. So sehr sie sich auch bemüht hatte, sie konnte einfach keinen Zugang zu Björns alter Freundin finden. Mehr noch. Ihr war in den letzten Stunden klar geworden, dass sie Sabrina nicht mochte. Sabrina war der Typ Mensch, dem sie ihr Leben lang aus dem Weg gegangen war. Schon in der Schule hatte sie den altklugen Streberinnen nicht getraut. In der Werbeagentur, in der sie in Hamburg gearbeitet hatte, hatte sie schlechte Erfahrungen mit Kolleginnen gemacht, die nur ihr eigenes Interesse und die Karriere im Blick gehabt hatten, und privat wollte sie mit solchen Menschen schon gar nichts zu tun haben.

Trotzdem konnte sie es nicht übers Herz bringen, eine Migräne vorzuschieben, um gehen zu können. Es war Björns alte Freundin und nicht ihre. Kathi hatte ihn nur begleitet und so beschloss sie, dass sie die letzte Stunde auch noch aushalten würde.

»Schatz, dein Handy klingelt«, sagte Björn und riss sie damit aus ihren Gedanken.

Kathi kramte das Telefon aus ihrer Tasche und sah auf das Display. *Gesa?* Um diese Zeit schlief sie eigentlich schon. Hastig nahm Kathi das Gespräch an.

»Hallo, Oma, was ist passiert?«

»Kathi, gut, dass ich dich erreiche. Vielleicht übertreibe ich ja, aber ich kann jetzt einfach nicht so ins Bett gehen.«

Gesa klang aufgelöst. Sie atmete schwer.

»Sag schon! Was ist passiert?«, forderte Kathi sie auf und versuchte, dabei so ruhig wie möglich zu bleiben.

»Heute Nachmittag … Also, ich wollte doch mit Elke und Lilly … Wir waren verabredet. Bei euch im Haus. Wir wollten Tee trinken und danach noch etwas spazieren gehen. Doch als ich vor dem Haus stand, machte niemand auf. Ich habe eine Viertelstunde gewartet, aber du kennst ja deine Mutter. Sie hat schon immer ihre Termine vergessen.

Also bin ich wieder weg. Natürlich wütend – was sonst? Und als Renke später meinte, ich solle noch mal anrufen, habe ich es getan. Aber es hat niemand abgehoben. Immer wieder habe ich es versucht. Dann bin ich noch einmal mit Renke hingefahren. Wir sind gerade erst zurück. Es war niemand da.«

»Habt ihr es auf Elkes Handy versucht? Oder bei Lilly?«

»Ja, natürlich. Beide Handys sind ausgestellt. Und jetzt kommt's: Der Golf ist weg und einer der Nachbarn – Renke kennt ihn und hat vorhin da angerufen – hat die beiden gestern gesehen, als sie zusammen weggefahren sind. Und er meinte auch, der Golf sei danach nicht wieder dort aufgetaucht.«

»Gestern schon?«, fragte Kathi entsetzt.

Björn war, als er den Namen Lilly gehört hatte, aufgestanden und befand sich jetzt neben Kathi.

»Ich weiß es doch auch nicht. Auf jeden Fall muss Björn das erfahren. Er ist doch bei dir?«

»Ja, natürlich.« Kathi überlegte fieberhaft, wo Lilly sein könnte. »Was ist mit dem Jungen? Der vom Poloturnier?«

»Daran habe ich auch schon gedacht. Bloß …«

»Schon gut, Oma. Ich lege jetzt auf, rufe aber gleich zurück. Hast du verstanden?«

»Ja, ich warte.«

Kathi legte auf und berichtete Björn stockend von dem Gespräch. Sabrina saß stumm daneben.

»Und was ist das mit dem Jungen? Du hast Gesa doch gerade gefragt …«

»Sicher nicht so wichtig. Ich erklär' dir das später. Aber was machen wir jetzt?«

Björn zog sein Handy aus der Tasche und wählte Lillys Nummer. Sofort sprang der Anrufbeantworter an. Björn sprach etwas aufs Band und beendete die Verbindung.

»Verdammt! Das kann doch alles nicht wahr sein. Seit gestern verschwunden? Und deine Mutter?«

»Was machen wir jetzt nur?«, wiederholte Kathi.

»Wir fahren hin. Was sonst?«

Kathi nickte. »Ja, das wird wohl das Beste sein. Der erste Shuttle fährt um fünf Uhr morgen früh. Wir brauchen inklusive Verladezeit ungefähr dreieinhalb Stunden.« Sie schaute auf die Uhr. »Schlafen lohnt sich nicht mehr. Also fahren wir gleich los?«

Björn drehte sich Sabrina zu. »Tut mir leid, Sabrina. Wir müssen ...«

»Ja, natürlich, Björn. Familie geht vor. Kann ich noch was für dich tun?«

Sabrina ging auf ihn zu und schaute ihn besorgt an.

»Das ist lieb. Aber ich glaube ...« Verwirrt blickte er Kathi an, als sie ihm seine Jacke gab, die sie inzwischen von der Garderobe geholt hatte. Beide zogen sich an und verabschiedeten sich von ihrer Gastgeberin.

Wenige Minuten später fuhr Björn mit hoher Geschwindigkeit in Richtung Jork. Kathi legte die Hand auf seine Schulter. »Wir haben Zeit. Fahr lieber langsam. Bitte.«

Er atmete tief durch und nahm den Fuß etwas vom Gas. »Du hast recht. Rufst du noch einmal Gesa an? Sie wartet bestimmt. Und lass dir die Nummer von der Polizei geben. Ich fürchte, wir haben keine andere Wahl.«

Kapitel 14

Kathi wählte die Nummer der Gerkens, während Björn die Taschen im Kofferraum verstaute. Kurz bevor Kathi wieder auflegen wollte, meldete sich eine verschlafene Stimme.

»Gerkens.«

»Hier ist Kathi Adrians. Die Enkelin von Gesa. Es tut mir fürchterlich leid, dass ich Sie so spät störe, aber ich brauche ganz dringend eine Auskunft.«

Hannes Gerkens brummte etwas Unverständliches.

»Sie erinnern sich doch sicher an unsere Lilly.«

»Ja, natürlich«, sagte er.

»Sie ist verschwunden oder, sagen wir besser, im Moment nicht zu finden. Als sie bei Ihnen auf dem Hof mitgeholfen hat, waren da noch diese Jungen. Ich suche einen von ihnen, habe aber nur einen Vornamen. Benni oder Benedikt. Können Sie mir helfen?«

Björn saß inzwischen auf dem Fahrersitz und lauschte dem Gespräch.

»Ja, den kenne ich. Benni Schäfer.«

»Haben Sie eine Telefonnummer für mich?«

»Da muss ich nachgucken. Meine Frau hat eine Liste im Büro, da stehen die Nummern drauf.«

»Das würde mir sehr weiterhelfen, Herr Gerkens.«

»Rufen Sie in fünf Minuten noch mal an. Dann habe ich sie gefunden.«

Kathi verabschiedete sich herzlich und legte auf.

»Wir können schon losfahren«, sagte sie zu Björn.

»Hat er die Nummer von dem Typen?«

Auf der Rückfahrt zum Hotel hatte Kathi Björn die Ereignisse rund um das Poloturnier gebeichtet. Er hatte laut gestöhnt und den Kopf geschüttelt, aber Kathi keine Vorwürfe gemacht.

Jetzt startete er den Motor und lenkte das Fahrzeug aus Jork hinaus.

Als Kathi Bauer Gerkens erneut anrief, nannte er ihr eine Handynummer, die sie gleich darauf wählte.

»Ja?«, fragte eine junge männliche Stimme, als ihr Anruf entgegengenommen wurde.

»Spreche ich mit Benedikt Schäfer?«, fragte Kathi, ohne ihren Namen zu nennen.

»Wer will das wissen?«

»Es geht um Lilly. Sie ist verschwunden. Ist Lilly bei dir?«

»Jetzt weiß ich, wer Sie sind«, sagte Benedikt Schäfer abfällig. »Die Furie, die uns aus dem Wohnmobil gezerrt hat. Fahr zur Hölle, Alte.«

»Wie du willst. Ich werde gleich eine Vermisstenmeldung bei der Polizei machen und als Erstes deinen Namen nennen. Vermutlich wird die Polizei bald bei dir sein«, antwortete Kathi in scharfem Ton.

Nach einigen Sekunden Stille sagte Benedikt Schäfer: »Sie ist nicht hier. Ich habe sie weder wiedergesehen noch habe ich sie kontaktet. Ich bin doch nicht durchgeknallt und hol mir wegen dieser Schnalle die Bullen ins Haus.«

»Warum sollte ich dir glauben?«

Benedikt Schäfer schwieg eine Weile, bis er widerwillig antwortete: »Wegen meinem Alten. Der würde mir die Kohle streichen, wenn er Wind davon bekäme.«

»Hat sonst einer von euch etwas mit ihr angefangen?«

»Ganz sicher nicht. Die haben sich so was von in die Hose gepisst bei eurem Auftritt. Außerdem hätte ich davon gehört. Reicht das jetzt endlich?«

»Fürs Erste. Ich kann dir nur raten, mich sofort anzurufen, wenn du was von ihr hörst.«

»Is' ja gut. Ich hab's verstanden.«

Kathi beendete das Gespräch und wählte gleich darauf Lillys Nummer. Erneut sprang sofort der Anrufbeantworter an. Kathi legte auf und versuchte es auf Elkes Handy. Auch hier erreichte sie nichts. Schon auf dem Weg zum Hotel hatte Kathi die Nummer von Elkes Freundin Susanne herausbekommen und durch einen Anruf erfahren, dass Elke bereits drei Tage nicht mehr dort geschlafen hatte.

»Soll ich die Polizei anrufen?«, fragte Kathi, nachdem sie Björn von dem Gespräch mit Benedikt Schäfer berichtet hatte.

»Ich weiß nicht. Gibt es nicht noch eine andere Möglichkeit, wo Lilly stecken könnte? Wenn deine Mutter nicht bei ihrer Freundin ist und auch nicht bei uns zu Hause, dann ist es doch mehr als logisch, dass sie bei Lilly ist.«

»Aber wo? Und warum melden sie sich nicht? Das ist doch alles völlig absurd.«

Sie waren inzwischen auf die Autobahn gefahren und befanden sich nur noch wenige Kilometer vor dem Elbtunnel. Inzwischen war es kurz nach Mitternacht, und der Verkehr hatte sich beruhigt.

»Ich weiß es doch auch nicht, Kathi.« Björn klang verzweifelt. »Lass uns mit der Polizei bis morgen warten. Wenn wir auf Sylt sind, melden wir die beiden als vermisst. In der Nacht wird sowieso nicht viel passieren, wenn wir überhaupt jemanden erreichen.«

»Krankenhaus«, rief Kathi. »Wir haben noch gar nicht im Krankenhaus angerufen.«

Sie suchte über ihr Smartphone die Telefonnummer der Sylter Nordseeklinik heraus und wählte.

Nachdem sie dreimal weitergeleitet worden war, fand sie einen Arzt, der ihr versicherte, dass weder ein dreizehnjähriges Mädchen noch eine erwachsene Frau in den letzten vierundzwanzig Stunden eingeliefert worden waren.

»Ich rufe jetzt doch bei der Polizei an«, sagte Kathi. »Vielleicht sind sie ja …«

Björn nickte, während er auf die Straße starrte.

Hastig wählte Kathi die Nummer und wartete. Eine männliche Stimme meldete sich und erkundigte sich nach ihrem Anliegen.

»Kathi Adrians. Es ist so … Also, meine Mutter ist mit der dreizehnjährigen Nichte meines Lebensgefährten unterwegs, und wir können sie nicht erreichen. Sie sind wie vom Erdboden verschluckt. Lilly ist ja eigentlich nur zu Besuch, aber im Moment wohnt sie auf Sylt bei uns, weil ihre Eltern einen Unfall hatten. Wir sind auch gerade auf dem Weg zurück und fahren mit dem ersten Shuttle rüber. Dann kommen wir direkt zur Wache und melden die beiden als vermisst, wenn sie bis dahin noch nicht wieder aufgetaucht sind. Aber wie gesagt, wir können weder Lilly noch meine Mutter erreichen. Und jetzt …«

»Beruhigen Sie sich erst mal«, unterbrach sie der Polizist mit leiser Stimme. »Und dann gehen wir alles noch einmal durch. Also, wen suchen Sie und seit wann?«

Stockend begann Kathi, von Neuem zu erzählen. Der Polizist hörte aufmerksam zu, stellte zwischendurch wenige Fragen, bis er schließlich sagte: »Ich habe jetzt den ganzen Sachverhalt erfasst. Zuerst einmal: Ich habe hier keine Meldung vorliegen, dass ein Kind oder eine Frau gefunden wurden. Ich gebe gleich die Beschreibung an die Kollegen in den Außenstellen weiter und frage auch auf dem Festland nach. Mehr können wir im Moment nicht machen. Ich rufe Sie direkt an, falls sich irgendetwas ergeben sollte. Und wenn Sie sich morgen früh bei uns melden, nehmen wir eine formale Vermisstenmeldung für das Kind auf. Bringen Sie bitte ein Foto mit. Am besten auch von Ihrer Mutter.«

Kathi bedankte sich und beendete das Gespräch.

»Die haben niemanden gefunden, und wir sollen morgen gleich kommen.«

»Machen wir«, sagte Björn. »Das machen wir.«

Nachdem Kathi noch einmal mit Gesa und Renke gesprochen hatte, lehnte sie sich auf ihrem Sitz zurück und schloss die Augen. In den vergangenen zwei Stunden hatte sie sich immer wieder gefragt, ob ihre Mutter so verantwortungslos sein könnte und Lilly allein gelassen hatte. Jedes Mal war Kathis Antwort anders ausgefallen. Aber selbst wenn Elke sich nicht um Lilly gekümmert hatte … Wo war sie im Moment? Außerdem war ihr Verhältnis zu Lilly ein ausgesprochen fürsorgliches gewesen. Manches Mal hatte Kathi sogar gedacht, dass Elke bei Lilly etwas wiedergutzumachen versuchte, was sie bei ihrer eigenen Tochter versäumt hatte.

Irgendwann schlief Kathi vollkommen erschöpft ein und wachte erst wieder auf, als Björn den Wagen parkte.

»Sind wir da?«, fragte sie verschlafen.

»Ja, aber wir haben noch zwei Stunden vor uns, bis der Zug fährt. Ich vertrete mir etwas die Beine. Schlaf du doch weiter.«

Kathi reckte sich. »Kann ich nicht. Ich komme mit dir.«

Gemeinsam gingen sie über den fast leeren Stellplatz.

»Wie schnell sich doch das ganze Leben ändern kann«, sagte Björn leise. »Gestern war noch alles in Ordnung, und heute rasen wir von einer Katastrophe in die nächste.«

Kathi schluckte. Björn hatte recht. Genau das gleiche Gefühl hatte sie bereits seit Tagen, aber sie hatte nicht gewagt, es auszusprechen.

»Wenn Lilly wieder aufgetaucht ist …« Er stutzte. »Wenn sie wieder auftaucht.«

»Da bin ich mir ganz sicher«, sagte Kathi leise. »Alles wird gut werden.«

»Alles? Im Moment sehe ich nur Probleme auf uns zukommen.«

»Wir werden eins nach dem anderen anpacken. Sobald Lilly wieder da ist. Das meintest du doch, oder?«

Björn atmete die frische Morgenluft tief ein. »Ja, das meinte ich.«

»Wir schaffen das. Ganz bestimmt.«

Björn streifte Kathis Arm, sie wandte sich ihm zu und beide blieben sie stehen. Sanft nahm er Kathi in die Arme und küsste sie zärtlich.

»Was würde ich nur ohne dich machen?«

Kurz nach fünf setzte sich der Sylt-Shuttle langsam in Bewegung. Björn hatte seinen Sitz weit nach hinten gedreht und war innerhalb von Sekunden eingeschlafen. Kathi sah aus dem Fenster und wartete darauf, dass sie den Damm erreichten. Wie sehr sie den Blick übers Wattenmeer liebte. In diesem Moment wurde sie ganz ruhig, und das wohlige Gefühl, nach Hause zu kommen, machte sich in ihr breit.

Als der Zug das Festland verließ, öffnete Kathi einen Spaltbreit das Autofenster und sog die salzige Luft tief ein. Björn bewegte sich, und Kathi schloss das Fenster schnell wieder. Den Rest der Zeit saß sie still neben ihm und dachte über die zurückliegenden Monate nach. Ihr ganzes Leben war auf den Kopf gestellt worden, und jetzt schien ein weiterer großer Umbruch anzustehen. Wenn Lilly wieder aufgetaucht war, würde Kathi mit Björn sprechen müssen. Sie würden sicher eine Lösung finden, die allen Beteiligten Luft zum Atmen ließe. Sie wollte Björn nicht verlieren, nicht an das *Alte Land* und schon gar nicht an Sabrina. Sie spürte, wie ihre Augen feucht wurden und eine Träne nach der anderen über ihre Wangen lief.

Kurz bevor der Zug Westerland erreichte, weckte sie Björn auf.

»Gibt es was Neues von Lilly?«, fragte er als Erstes.

»Nein«, sagte Kathi.

Björn streckte sich. »Wollen wir gleich zur Polizei? Die sitzen jetzt ja alle hier in Westerland. Oder erst kurz nach Hause?«

»Mir wäre wohler, wenn wir erst zu Hause vorbeischauen. Vielleicht hat Elke ja eine Notiz dagelassen.« Kathi stöhnte. »Ich weiß auch nicht. Entscheide du.«

»Gut. Fahren wir erst nach Hause. Wer weiß …«

Eine Viertelstunde später öffnete Björn die Haustür. Kathi ging nach oben in den ersten Stock, um in Lillys Zimmer nachzusehen, während Björn die Küche und das Wohnzimmer absuchte.

»Hier unten ist niemand«, rief Björn, als Kathi gerade die Tür des Gästezimmers aufmachte.

Wider Erwarten war das Zimmer aufgeräumt. Weder standen schmutzige Teller und Tassen herum noch lagen Lillys Klamotten auf dem

Boden. Kathi öffnete den Kleiderschrank. Darin befanden sich Lillys Anziehsachen. Ob Lilly etwas davon mitgenommen hatte, konnte Kathi nicht beurteilen. Daraufhin ging sie ins Bad und suchte nach Lillys Schminkkoffer. Der stand zwar auf der Fensterbank, war aber nur halb voll. Also hatte Lilly einige Sachen anderweitig verstaut und war nun damit unterwegs.

Als Kathi ihre Inspektion beendet hatte und hochsah, bemerkte sie, dass Björn in der Tür stand und sie musterte.

»Hast du was entdeckt?«

»Das Zimmer ist aufgeräumt, und die Sachen hängen im Schrank. Ob etwas fehlt, kann ich nicht sagen, aber hier …«, sie zeigte auf den Schminkkoffer, »… fehlt definitiv die Hälfte. Lilly muss einiges mitgenommen haben.«

»Also ist sie abgehauen. Und ihre Klamotten? Sie hängt doch so an den Teilen. Das heißt doch …«

»Genau! Dass sie wiederkommt oder nur für ein paar Tage gepackt hat.«

»Macht es das jetzt leichter oder schwerer?«, fragte Björn unschlüssig.

»Beides. Auf jeden Fall sieht das nicht nach einer Kurzschlussreaktion aus. Aber wenn sie abgehauen ist, kann sie natürlich überall sein. Und meine Mutter dürfen wir auch nicht vergessen. Die kann sich doch nicht einfach in Luft aufgelöst haben.«

Björn schlug mit der Faust gegen die Tür. »Verflucht noch mal. Was machen wir jetzt?«

In diesem Moment hörten sie die Klingel. Kathi lief zur Treppe, nahm bei jedem Schritt drei Stufen auf einmal und riss die Tür auf. Vor ihr standen Gesa und Renke.

»Ihr seid es«, sagte sie außer Atem.

»Sind sie hier?«, fragte Gesa mit besorgtem Gesichtsausdruck.

»Nein. Aber ein paar Sachen von Lilly sind nicht mehr da.«

Björn kam die Treppe hinunter und sagte: »Wir vermuten, dass sie ausgerissen ist.«

»Abgehauen?«, fragte Renke. »In den letzten Tagen hat sie auf mich eigentlich nicht mehr den Eindruck gemacht, als wollte sie das tun.«

Kathi blickte in Renkes blasses Gesicht. Schon als sie die Tür geöffnet hatte, war ihr aufgefallen, wie krank er aussah. Sie hatte es darauf zurückgeführt, dass er genau wie sie nur wenig oder gar nicht geschlafen hatte. Nun fragte sie sich, ob mehr dahintersteckte. »Wie meinst du das?«, erkundigte sich Kathi. »Ich habe …«

»Lass die beiden doch erst mal reinkommen«, sagte Björn und legte seine Hand auf ihre Schulter, woraufhin Kathi zur Seite trat. »Entschuldigt. Ich bin etwas durch den Wind.«

Zusammen begaben sie sich in die Küche. Während Björn Teewasser aufsetzte, erzählte Kathi von den Telefongesprächen, die sie in der Nacht geführt hatte.

»Gibt es im Haus denn keinen Hinweis darauf, wo die beiden abgeblieben sein könnten?«, fragte Gesa.

Kathi zuckte mit den Schultern. »Nein, ich habe nichts gefunden.«

»Vielleicht …« Gesa stand plötzlich auf und verließ, ohne ein weiteres Wort zu verlieren, die Küche.

Kurz darauf erschien sie wieder mit dem schnurlosen Telefon am Ohr. Als Kathi sie fragend ansah und sie gerade ansprechen wollte, hob Gesa die Hand, um ihr zu bedeuten, dass sie noch kurz warten sollte. Aufmerksam lauschte Gesa in den Hörer hinein und beendete einige Sekunden später die Verbindung.

»Ich habe die Wiederholungstaste gedrückt. Das war die Bandansage der Reederei, die die Fähre List – Rømø betreibt. Da wurden die An- und Abfahrtzeiten genannt. Hat jemand von euch da angerufen?«

»Nein«, sagte Kathi und wandte sich an Björn. »Du?«

»Nein. Warum auch?«

»Merkwürdig«, meinte Gesa. »Kann es sein …« Sie stutzte. »Aber warum sollten sie …?«

Renke räusperte sich. »Sollten wir nicht lieber überlegen, was wir jetzt machen? Ich finde, die Polizei muss dringend eingeschaltet werden. Die haben da ganz andere Möglichkeiten.«

Björn trat zu den dreien an den Tisch. »Renke hat recht. Kathi und ich fahren gleich los. Könntet ihr so lange hier im Haus bleiben? Vielleicht tauchen die beiden ja wieder auf.«

»Das machen wir gerne«, sagte Gesa sofort. »Ich versuche gleich, jemanden in Frankfurt zu erreichen. Ich habe da noch eine Nummer von Elkes Arbeitsplatz. Vielleicht wissen die ja was oder können mir weiterhelfen.«

Kathi stand auf. »Das ist eine gute Idee.« Sie glaubte zwar nicht, dass Gesa in Frankfurt etwas erreichen würde, aber so hätte Gesa zumindest nicht das Gefühl, untätig herumsitzen zu müssen.

Björn nickte Gesa und Renke zu und ging zusammen mit Kathi zum Auto. Bevor sie einstiegen, reichte er Kathi ein Foto.

»Das ist die einzig brauchbare Aufnahme, die ich von ihr habe.«

Das Foto war in einem Studio aufgenommen worden. Björns Bruder und Schwägerin standen zusammen mit Lilly vor einer Leinwand. Alle drei lächelten in die Kamera. Kathi konnte sich vorstellen, wie schwer es für Björn gewesen sein musste, das Bild herauszusuchen und in die Hand zu nehmen. Sie schob die Aufnahme in ihre Handtasche und stieg ein.

Eine halbe Stunde später saßen Kathi und Björn im Büro von Kommissar Heyen und erzählten ihm, was passiert war. Hin und wieder stellte er Fragen und nahm schließlich die offizielle Vermisstenmeldung auf.

»Wir haben die Anfrage ja schon heute Nacht weitergegeben, aber noch keine Reaktion bekommen. Ich werde jetzt gleich das Foto nachreichen und auch einen Beamten zu diesem Benedikt Schäfer schicken. Im Moment müssen wir natürlich davon ausgehen, dass Frau Adrians mit der Kleinen unterwegs ist. Aber wenn wir bis morgen nichts in Erfahrung bringen, werden wir eine großangelegte Suchaktion starten.«

»Und was bedeutet das?«, fragte Björn mit brüchiger Stimme.

»Wir mobilisieren Freiwillige, Feuerwehr, THW und so weiter und suchen als Erstes die nicht so belebten Strandabschnitte ab. Die Küstenwache habe ich schon heute Morgen informiert. Falls Lilly … also, falls ihr was passiert sein sollte, wissen die Kollegen schon, in welchen Bereichen sie suchen müssen.«

Björn schluckte. »Sie meinen …«

»Im Moment gibt es keinerlei Anhaltspunkte dafür, dass sie ertrunken sein könnte. Das ist nur eine Option von vielen, die wir in solchen Vermisstenfällen von Kindern automatisch mit einbeziehen. Aber wie gesagt: Machen Sie sich nicht zu viel Sorgen. Es gibt keine Anhaltspunkte dafür, dass es sich hier um einen solchen Fall handelt.«

Kathi und Björn nickten mechanisch, aber an Kathis innerem Auge zogen Bilder einer Lilly, die leblos am Strand lag, vorüber. Seinem Blick nach zu urteilen, ging es Björn ähnlich.

»Es wird wohl das Beste sein«, sagte Kommissar Heyen, »wenn Sie bei sich zu Hause erreichbar sind. Wenn Ihre Nichte wieder auftaucht, wird sie sicherlich als Erstes zu Ihnen kommen. Dann sollte jemand vor Ort sein.«

Sie verabschiedeten sich von dem Kommissar und verließen das Polizeigebäude in Westerland.

»Soll ich fahren?«, fragte Kathi, als sie bei Björns Auto angekommen waren.

Björns Gesichtsfarbe war im Laufe des Gesprächs immer fahler geworden. Er atmete flach und wirkte durcheinander.

»Ja, das ist vielleicht besser«, sagte er nach kurzem Zögern und gab ihr die Autoschlüssel.

»Ich halte schnell beim Bäcker und hole Brötchen«, sagte sie und stellte den Motor an. »Gesa und Renke frühstücken bestimmt auch mit.«

Björns Schweigen nahm sie als Zustimmung und hielt schließlich vor einer kleinen Bäckerei. Nach ein paar Minuten verließ sie, mit Brötchen, Milch und Butter beladen, das Geschäft wieder und fuhr auf der L24 in Richtung List. Björn saß mit geschlossenen Augen auf dem Beifahrersitz. Ihm stand die Anspannung ins Gesicht geschrieben. Kathi wusste, wenn seiner Nichte tatsächlich etwas passiert sein sollte, würde er sich sein Leben lang Vorwürfe machen.

Hinter ihr hupte ein Porsche-Geländewagen und setzte gleich darauf zum Überholen an. Kathi erschrak und hielt mit beiden Händen das Steuer fest.

»Arschloch«, zischte sie dem Porsche hinterher, woraufhin Björn die Augen öffnete.

»Wieder so ein Idiot?«

»Die meinen auch, ihnen gehört die Welt. Dabei handelt es sich meist nur um kleine armselige Männchen mit zu viel Testosteron.«

»... und zu wenig Hirn«, fügte Björn hinzu.

»Organspender, nennt sie Gesa.«

Björn musste grinsen, wurde aber gleich darauf wieder ernst.

»Ich verstehe Lilly einfach nicht«, sagte er. »Wenn sie trauern würde, in eine riesen Depression verfallen würde, das könnte ich begreifen. Aber das. Dieser Widerstand nur um des Widerstands willen. Alles ist schlecht, was wir machen. Verachtenswert. Warst du früher auch so?«

»Nein«, sagte Kathi. »Aber das heißt nichts. Ich bin unter anderen Umständen groß geworden. Meine liebe Mama ist nicht gerade verantwortungsvoll mit ihrem Kind umgegangen. Ich sollte Kind, Putzhilfe und Köchin, Freundin und was weiß ich noch alles in einer Person sein. Da blieb irgendwie keine Zeit für den großen Protest.«

Björn schwieg den Rest der Fahrt. Nur hin und wieder stöhnte er leise auf, als sei ihm gerade etwas Erschreckendes durch den Kopf gegangen.

»Wir sind da«, sagte Kathi, als sie den Motor abgestellt hatte und Björn immer noch nicht reagierte.

»Ja, ich weiß.«

Er stieg aus und sah sich um.

»Wo ist denn Renkes Wagen?«

»Vielleicht musste er weg«, meinte Kathi und schloss die Tür auf.

Im Flur kam ihnen Renke Frerichs sofort entgegen.

»Du bist ja doch hier«, sagte Kathi.

»Einer musste ja bleiben. Gesa wollte unbedingt zum Hafen fahren und irgendwas mit der Fähre klären. Ich konnte sie nicht aufhalten.«

Kathi sah ihn besorgt an, da er nach wie vor eine fahle Gesichtsfarbe hatte und ausgesprochen müde aussah.

»Soll ich dir ein Taxi rufen? Du siehst wirklich abgekämpft aus, Renke. Hast du heute Nacht überhaupt geschlafen?«

»Ja, mindestens fünf Stunden. Aber mir geht es schon seit ein paar Tagen nicht so gut. Vielleicht eine Erkältung oder so. Ich warte hier auf Gesa. Es geht schon.«

»Erkältung? Danach sieht es mir aber nicht aus, Renke. Du warst doch gerade beim Arzt. Was ist da rausgekommen?«

Renke Frerichs machte eine abschätzige Handbewegung. »Nicht so wichtig. Was sagt die Polizei?«

»Lass uns in die Küche gehen. Wir haben Brötchen mitgebracht.«

Gemeinsam begaben sie sich in die Küche, und Renke und Björn nahmen Platz.

Als Kathi den Kaffee aufgesetzt hatte, klingelte ihr Handy. Sie schaute aufs Display und nahm das Gespräch an.

»Gesa. Wo bist du?«

»Beim Fähranleger. Ich warte auf Enno Baks. Sein Kollege sagte mir, dass er wohl gleich kommen wird. Er arbeitet hier auf der Fähre und ich …«

»Du meinst, die beiden sind vielleicht nach Dänemark rüber?«

»Das ist die einzige Erklärung, die ich für den Telefonanruf habe.«

Kathi überlegte einen Moment, ob Gesa mit ihrer Vermutung recht haben könnte, und antwortete schließlich: »Ich komme. Bleib, wo du bist.«

»Die Parkplätze sind restlos überfüllt. Mit dem Fahrrad bist du sicher am schnellsten.«

Keine zehn Minuten später stand Kathi neben Gesa und wartete mit ihr zusammen auf Enno Baks. Der war, wie Gesa Kathi gleich bei ihrer Ankunft erklärt hatte, mit Elke zur Schule gegangen. Somit würde er sie mit Sicherheit wiedererkannt haben, wenn sie mit dem Auto die Fähre nach Havneby genommen hatte.

»Aber was sollen sie auf Rømø oder gar auf dem dänischen Festland? Das ergibt doch alles keinen Sinn.«

»Du kennst doch deine Mutter. Was ergibt bei der schon Sinn?«

Kathi horchte auf. Gesa klang nicht nur verärgert, in ihrer Stimme schwang ein Unterton mit, den Kathi sich nicht erklären konnte.

»Was ist passiert?«, fragte Kathi direkt.

Gesa schüttelte mit fassungslosem Blick den Kopf. »Meine liebe Tochter hat doch glatt vergessen mir zu erzählen, dass sie schon fast ein Jahr arbeitslos ist und vor zwei Wochen aus ihrer Wohnung geklagt wurde. Obdachlos ist sie. Meine Tochter!«

»Was?«, fragte Kathi entsetzt.

»Nichts mit kurzem Besuch auf Sylt. Sie ist pleite, ohne Arbeit und Wohnung. Wahrscheinlich tauchen hier bald die Gerichtsvollzieher auf und wollen …«

»Gesa«, unterbrach Kathi ihre Oma. »So schlimm wird es sicher nicht werden. Wir klären das alles, wenn sie wieder da ist. Versprochen.«

»Da bin ich aber mal gespannt auf die Ausreden deiner Mutter.«

»Soweit ich mich erinnere, ist sie zufällig auch deine Tochter.«

Gesa schnaubte verächtlich. »Was du nicht sagst.«

Kathi legte beschwichtigend einen Arm um Gesas Schultern, als ein Mann um die fünfzig auf sie zukam.

»Gesa! Moin, moin!«, sagte er freundlich. »Wie geht es dir? Ich habe gehört, du hattest einen Unfall. Alles wieder in Ordnung?«

»Moin, Enno. Unkraut vergeht nicht. Aber deshalb bin ich nicht hier. Wir …« Sie wandte sich Kathi zu. »Kathi, meine Enkelin, und ich, suchen Elke. Du hattest doch in den letzten Tagen Dienst auf der Fähre …«

Enno schaute sie erstaunt an. »Du bist aber gut informiert.«

»Dein Kollege hat es mir erzählt. Sag mal, ist dir Elke aufgefallen, als sie mit der Fähre nach Rømø gefahren ist?«

»Elke! Ich wusste doch, dass ich die Frau kenne. Aber auf Elke bin ich nun wirklich nicht gekommen. Verrückt. Sie hat sich aber auch ganz schön verändert.«

»Und war ein Mädchen bei ihr?«

»Jo. So sechzehn Jahre alt, würde ich mal sagen. Warum? Ist etwas passiert?«

»Enno, das erzähl ich dir später. Wir müssen wissen, wann genau das war.«

Nachdenklich rieb er sich mit der Hand über das Kinn. »Gestern auf jeden Fall nicht. Samstag? Nein, das muss Freitag gewesen sein. Die vorletzte Fahrt, würde ich mal sagen. Sie hatte so eine alte Kiste. Einen Golf? Ja, ich glaube … Ja, das war Freitag. Genau, abends bin ich zum Stammtisch bei Behrens.« Er grinste. »Zwei, drei Bier zu viel. Ich hatte auf jeden Fall einen ganz schönen Kater am nächsten Morgen.«

»Sind Sie ganz sicher, dass es meine Mutter war?«, bohrte Kathi nach.

»Wie gesagt: Ich habe sie nicht erkannt, aber jetzt, so im Nachhinein, fällt es mir wie Schuppen von den Augen. Ganz klar. Sie war es. Deshalb hat sie mich auch so komisch angeguckt. Sie wusste wohl gleich, wer ich bin. Ich brauch da manchmal etwas länger. Gesichter sind nicht so meine Stärke.«

»Danke, Enno. Du hast uns sehr geholfen.«

»Gern geschehen. Dann grüß mal Elke von mir, wenn sie wieder zurück ist aus ihrem Urlaub.«

»Wie kommst du auf Urlaub?«, fragte Gesa erstaunt.

»Die hatten ein Zelt dabei. Auf dem Rücksitz. Sah auf jeden Fall so aus. So ein kleines Zweimannzelt, würde ich sagen. Haben wir doch früher alle gehabt. Und da lagen Heringe, das weiß ich genau. Und Zelt heißt doch Urlaub, oder?«

»Ja, da hast du wohl recht«, antwortete Gesa und reichte ihm die Hand. »Dann mach's mal gut, Enno. Und grüß deine Frau von mir.«

Enno nickte Gesa und Kathi zu und ging.

»Urlaub?«, fragte Kathi ungläubig und hielt bereits das Handy in der Hand. Als sie Björn erreichte, erklärte sie ihm kurz, was sie gemeinsam mit Gesa herausgefunden hatte, und bat ihn dann, nach dem Zelt zu schauen. Wenige Minuten später rief er zurück und bestätigte den beiden Frauen, dass er es im Haus nicht finden könne.

»Aber warum haben die beiden nichts gesagt? Eine kleine SMS, und alles wäre gut gewesen«, sagte Kathi wütend, nachdem sie sich von Björn verabschiedet und aufgelegt hatte.

»Meinst du wirklich?«, fragte Gesa nachdenklich. »Wie hättest du reagiert, wenn sie dich angerufen hätte, um dir zu sagen, dass sie mit Lilly nach Dänemark zum Zelten fährt?«

»Keine Ahnung. Dann hätte sie halt dir Bescheid sagen sollen.«

Ehe Gesa etwas erwidern konnte, erklang das Hupsignal der ankommenden Fähre. Gebannt starrten die beiden Frauen auf das Schiff und warteten schweigend, bis es angelegt hatte. Zuerst gingen die Fußgänger über die Brücke, dann kam ein Auto nach dem anderen von der Fähre gefahren. Als Kathi sich gerade abwenden wollte, sah sie Gesas alten Golf. Er rollte als letzter Wagen von der Fähre. Kathi hob ihren Arm und zeigte fassungslos auf das näher kommende Fahrzeug. Auf ihrer Höhe hielt es an, und die Fahrertür öffnete sich. Elke erschien und fragte sichtlich erstaunt: »Was macht ihr denn hier?« Mit einem breiten Grinsen fügte sie hinzu: »Das ist ja mal ein Empfang. Und da sag noch einer, die Familie würde sich nicht um einen kümmern.«

Kapitel 15

»Das glaub ich jetzt nicht«, sagte Maja lachend und verschwand einen Moment aus dem Sichtbereich der Laptop-Kamera. »Sie ist einfach aus dem Nichts wieder aufgetaucht?«

»Ja«, sagte Kathi. »Aber mir war wirklich nicht nach Lachen zumute.«

»Entschuldige, aber ich finde deine Mutter zu putzig. Sie wird von der Polizei gesucht und kommt dann einfach so von der Fähre gefahren und macht einen Scherz. Und was hat sie nun zu der ganzen Sache gesagt?«

»Nichts. Ich habe, seit sie gestern wieder aufgetaucht ist, kein Wort mit ihr gesprochen.«

»Aber Björns Nichte hat ja vielleicht …«

»Außer dass sie uns gut gelaunt erzählt hat, dass sie ein paar Tage auf Rømø zelten waren, kam da auch nicht viel. Zelten! Egal. Auf jeden Fall scheint es Lilly besser zu gehen. Sie ist wie ausgewechselt.«

»Siehst du! Also hatte die ganze Sache ja wohl doch einen Sinn. Vielleicht solltest du deiner Mutter ein wenig vertrauen und …«

»Vertrauen? Diese Frau weiß doch noch nicht einmal, wie man dieses Wort buchstabiert, geschweige denn, was es bedeutet.«

»Diese Frau ist und bleibt deine Mutter. Du hast keine andere und kannst dir auch keine neue schnitzen. Vielleicht gab es ja einen wichtigen Grund, weshalb sie einfach so mir nichts, dir nichts mit Lilly nach Dänemark gefahren ist. Schon mal darüber nachgedacht?«

»Nee, und das werde ich auch ganz sicher nicht tun. Und zwar aus einem ganz einfachen Grund. Es ist Zeitverschwendung. Ich ärgere mich jetzt schon, dass wir hier unsere kostbaren Minuten verschwenden, um über Elke zu reden, anstatt …« Kathi hielt inne und suchte nach den passenden Worten.

»Anstatt was?«, fragte Maja. »Sie ist ein Teil deines Lebens und von daher ist es vollkommen klar, dass wir uns über sie unterhalten. Oder möchtest du lieber über das Wetter sprechen? Können wir tun. Keine Frage. Also, hier haben wir gerade eine Temperatur von …«

»Schon gut«, unterbrach Kathi ihre Freundin. »Ich habe es ja verstanden. Aber wie soll ich meiner … Mutter vertrauen, wenn sie ununterbrochen nur die halbe Wahrheit sagt? Oder sogar die ganze verschweigt. Von Lügen will ich ja gar nicht sprechen. Sie kommt hier einfach so auf der Insel an und schwadroniert von ein paar Tagen Urlaub. Dabei ist sie schon lange arbeitslos und aus ihrer Wohnung geflogen. Zwangsräumung. Weißt du, was das heißt? Wahrscheinlich hat sie Schulden über Schulden.«

Maja lehnte sich ein wenig vor und schaute direkt in die Kamera. »Ja, ich weiß ganz genau, was das heißt. Da kommt ein Gerichtsvollzieher in Begleitung der Polizei und gibt dir eine Stunde, um deine Sachen zu packen. Wenn er nett ist, vielleicht auch zwei oder drei. Und dann stehst du vor der Tür mit nicht mehr, als du tragen kannst. Weil du natürlich kein Auto hast, wo du noch das eine oder andere reinpacken könntest, oder Geld, um dir schnell einen Umzugswagen zu leihen. Wofür auch? Um umzuziehen, braucht man einen Ort, eine Wohnung, in die man genau diese Möbel und Sachen stellen kann. Ja, ich kann mir nur zu gut vorstellen, wie das ist.«

Kathi schluckte. »Du hast nie etwas davon erzählt. Du bist schon mal …«

»Wundert dich das wirklich? Was hätte ich sagen sollen? Ach, übrigens, bevor ich zum ersten Mal auf die Malediven abgehauen bin, hatte ich eine kleine Zwangsräumung und habe ein paar Nächte unter freiem Himmel geschlafen. Zum Glück hat sich eine alte Freundin meiner erbarmt und mich für ein paar Tage aufgenommen. War ganz nett, die Erfahrung machen zu können. Was uns nicht umbringt, macht uns nur stärker. So ähnlich?«

Kathi schwieg betroffen. Maja hatte recht. Sie hatte nicht einen einzigen Gedanken daran verschwendet, wie sich Elke dabei gefühlt haben musste, von jetzt auf gleich auf die Straße gesetzt zu werden und mit dem vermutlich letzten Geld nach Sylt zu fahren, um hier bei der eigenen Mutter um Asyl zu bitten. Kathis Wut war so übermächtig gewesen, dass sie nur noch sich selbst und ihre eigene Lage gesehen hatte.

»Tut mir leid, dass ich dir das so an den Kopf knallen muss«, meinte Maja. »Aber wenn sich Freundinnen nicht mal mehr die Wahrheit sagen können, was hat dann die Freundschaft noch für einen Sinn?«

Kathi nickte, immer noch nach Worten ringend. »Du hast ja recht. Aber …«

Als Kathi nicht weitersprach, fügte Maja hinzu: »Sind es nicht genau diese *Aber*, die uns das Leben so schwer machen? Du wirst dich irgendwann mit deiner Mutter aussprechen müssen. Und dabei geht es dann wahrscheinlich um mehr als nur ihr plötzliches Verschwinden auf die Nachbarinsel.«

»Ja, vielleicht …«

»Lass dir Zeit. Aber nicht zu lange. Später bereust du es vielleicht.« Maja lächelte. »Und jetzt erzähl mir lieber, wie es im *Alten Land* war. Hast du deinem Onkel sämtliche Äpfel abgekauft?« Sie lachte. »Dann brauchst du demnächst auch noch eine Lagerhalle. So etwas ist teuer auf Sylt.«

Kathi grinste. »Ich will doch hoffen, dass ich bald Millionärin bin und dass das dann mein geringstes Problem sein wird.« Sie hielt abrupt inne, und nach einem kurzen Moment fügte sie in ernstem Tonfall hinzu: »Oder Sylt ist bald Geschichte, und ich muss im *Alten Land* von vorn anfangen.«

»Jetzt hörst du sofort auf mit diesen trüben Gedanken. Was soll ich denn da sagen? Weißt du, wie viele Kilometer Hauke von mir entfernt ist? Hey, das *Alte Land* liegt doch quasi um die Ecke. Und außerdem ist hier das letzte Wort noch lange nicht gesprochen. Oder habe ich dich da falsch verstanden?«

»Nein. Wir hatten ja noch gar keine Zeit, wirklich darüber zu reden. Morgen hat Björn ein paar Termine mit Fachleuten. Danach …« Ihre Augen wurden feucht. Sie wandte sich von der Kamera ab und suchte nach einem Taschentuch.

»Jetzt hör auf zu heulen«, sagte Maja. »Das ist überhaupt nicht deine Art. Hey, wo ist die anpackende Kathi geblieben, die sich von nichts und niemandem etwas sagen lässt? Da bin ich gerade mal ein paar Wochen außer Landes, und du wirst nicht mal mit dieser Schnepfe fertig? So, wie du sie beschrieben hast, ist sie doch nur ein kleines verwöhntes Gör und kann dir bei Weitem nicht das Wasser reichen.«

Unwillkürlich musste Kathi lächeln. Maja fand immer wieder die richtigen Worte, um sie aufzuheitern. Sie wischte sich die Tränen vom Gesicht und atmete einmal tief durch.

»Zu Befehl«, sagte sie. »Ich bin ab sofort wieder stark und mutig. Reicht das?«

Maja lachte. »Fürs Erste auf jeden Fall.«

»Wie geht es eigentlich Hauke?«

Schlagartig wurde Maja ernst. »Wir telefonieren jeden Tag. Manchmal sogar zweimal täglich.«

»Und?«

»Ich weiß nicht. Irgendwas scheint ihn zu bedrücken. Klar, er und ich leben gerade am jeweils anderen Ende der Welt, aber das allein ist es nicht. So richtig rückt er nicht damit heraus. Das Restaurant vielleicht. Er hat mal so was angedeutet. Seine Ex oder noch nicht ganz Ex. Sie hat ihren Anwalt auf ihn gehetzt. Das musste ja irgendwann kommen.«

»Ja, am Ende einer Beziehung scheint es nur noch ums Geld zu gehen. Oder darum, wie weh man dem anderen tun kann. Als seien die vielen Jahre vorher ausradiert. Die Liebe, das Vertrauen.«

»Leider, leider«, sagte Maja. »Ich hoffe nur, dass ich nie auf solch bescheuerte Ideen kommen werde. Das bringt dir die Liebe auch nicht wieder zurück. Du vergiftest nur dein Leben damit. Mit all den Anwälten, Gerichtsterminen und was weiß ich noch allem.«

»Kann es sein, das Hauke sich Sorgen um seinen Vater macht? In letzter Zeit scheint es Renke nicht so gut zu gehen. Ich habe mir schon Vorwürfe gemacht, dass ich ihn zu sehr mit in die Planung des Cafés einbezogen habe.«

»Hauke hat davon nichts erwähnt. Ich meine, dass es seinem Vater nicht so gut geht. Bist du dir sicher?«

»Ziemlich. Jedes Mal, wenn ich Renke darauf anspreche, weicht er mir aus. Angeblich wartet er auf irgendwelche Ergebnisse vom Labor. Aber wie lange kann so etwas denn dauern?«

»Ich frage Hauke morgen. Vielleicht ist ihm bei dem ganzen Trubel überhaupt nicht aufgefallen, dass es seinem Vater schlecht geht. Du kennst ihn doch. Was er nicht sehen will, sieht er nicht. Da muss man ihn dann schon mit der Nase drauf stoßen.«

»Und wann kommst du?«, fragte Kathi unvermittelt.

Maja sah erstaunt in die Kamera. »Ich? Wie kommst du darauf?«

»Wenn ich alle Anzeichen richtig deute, denkst du schon ein ganze Weile darüber nach, wieder nach Deutschland zurückzukehren.«

»Sieh an! Bist du unter die Hellseherinnen gegangen?«

Kathi rollte mit den Augen. »Wer meinte noch vor gar nicht langer Zeit, Freundinnen müssten sich immer die Wahrheit sagen?« Sie rieb sich mit der Hand die Stirn. »Ja, jetzt weiß ich es wieder.«

»Sehr witzig«, murmelte Maja.

»Also, ich lache gerade nicht«, entgegnete Kathi.

Die beiden Frauen sahen sich eine Weile schweigend an, bis Maja das Gesicht verzog und laut seufzte.

»Hin und wieder habe ich schon daran gedacht, wann ich euch besuchen komme. Aber du weißt ja, wie das hier alles ist. Wenn ich jetzt abhaue …«

»Du vermisst Hauke?«

»Sozusagen.«

»Klingt ja nach richtig großer Liebe. Sozusagen.«

»Verflucht. Soll ich mir den lieben langen Tag die Augen ausheulen? Wasser haben wir hier mehr als genug und Arbeit auch.«

Kathi schwieg und sah direkt in die Kamera.

»Ja, verdammt. Ich liebe ihn«, sagte Maja schließlich, »und ich vermisse ihn schrecklich. So ist das im Leben. Man bekommt nicht immer alles, was man sich wünscht. Und jetzt Themawechsel. Was macht das Wetter auf Sylt?«

Kathi grinste. »Also doch das Wetter? Ehrlich gesagt habe ich in den letzten Tagen davon nur wenig mitbekommen. Erst waren wir im *Alten Land,* und dann kam dieses Vermisstendrama. Aber ich glaube, dafür, dass es Spätsommer ist, ist es im Moment etwas zu kalt. Normalerweise gibt es Ende August immer noch einen richtigen Schub, bevor es dann bergab geht. Mal sehen, was noch so kommt.«

»Hier wird es jeden Tag wärmer. Da bin ich manchmal froh, unter Wasser zu sein. Das ist eine Traumwelt da unten. Ich schicke dir mal einen kleinen Film, den mein Kollege vor ein paar Tagen gedreht hat.«

Maja schwärmte noch eine Weile von ihren Tauchabenteuern und erzählte von den neuen amerikanischen Gästen, die tagsüber tauchen und abends feiern würden. Kathi lauschte gebannt. Erst als Björn seinen Kopf zur Tür hereinstreckte und fragte, ob sie auch gleich ins Bett gehen würde, bemerkte sie, wie lange sie schon mit Maja gesprochen hatte. Sie nickte Björn zu und beendete kurz darauf das Gespräch, nicht ohne sich zuvor mit Maja für den übernächsten Tag zu verabreden.

Nachdem sie den Laptop zugeklappt hatte, ging Kathi ins Bad und machte sich für die Nacht fertig, ehe sie zu Björn ins Bett kroch.

»Schläfst du schon?«, fragte sie leise.

»Nein.«

»Hast du noch mal mit Lilly gesprochen?«

»Ja.«

»Was sagt sie?«

Björn richte sich im Bett auf.

»Sie ist wie ausgewechselt, will hier auf Sylt bleiben, solange es ihrem Vater nicht besser geht. Ich soll sie an einer Schule anmelden, und nebenbei will sie mit Kellnern Geld dazu verdienen.«

»Diese Veränderung habe ich auch bemerkt. Als ich heute Morgen von der Arbeit kam, war der Tisch gedeckt und der Tee gekocht.«

Björn legte den Kopf in den Nacken und atmete tief durch.

»Ist das wieder so eine Zweitagesphase und danach geht es umso schlimmer weiter? Oder spielt sie uns nur Theater vor, weil sie irgendetwas erreichen will?«

»Hat sie denn irgendwas gefordert? Von mir nicht.«

»Nein. Überhaupt nichts. Wie gesagt, das Ganze ist mir vollkommen schleierhaft. Aber nehmen wir es einfach mal so, wie es ist, und freuen uns darüber. Vielleicht hat deine Mutter ja magische Fähigkeiten.«

»Sicher nicht«, sagte Kathi kopfschüttelnd. »Das wäre mir bestimmt aufgefallen. Immerhin kenne ich sie ja schon ein paar Tage.«

Björn zog die Stirn in Falten und fragte nach kurzem Zögern: »Du hast noch nicht mit ihr gesprochen?«

»Nein, und ich habe auch nicht die geringste Lust dazu.«

»Sie ist immerhin deine …«

»Mutter«, fiel Kathi ihm ins Wort. »Das ist mir zur Genüge bekannt. Glaub mir.«

»Soll ich mit ihr reden?«

»Nein. Du hast genug um die Ohren. Wenn ich mich etwas abgeregt habe, werde ich das schon schaffen. Gesa hat mich heute schon angerufen und gemeint, dass Elke mit mir sprechen will. Ich habe gesagt, dass ich im Moment keine Zeit habe.«

»Vielleicht ist es wichtig.«

»Glaube ich nicht. Sie wird nur wieder alle möglichen Ausreden parat haben, warum sie heimlich verschwinden musste.«

»Kathi, ich verstehe dich ja, aber in diesem Fall geht es auch um Lilly. Vielleicht …«

»Ist ja gut.« Kathi legte sich hin und drehte ihm den Rücken zu.

»Ich will mich nicht mit dir streiten«, sagte Björn.

»Ich ja auch nicht«, antwortete Kathi und wandte sich ihm wieder zu. »Lass uns schlafen.«

Sie hielt ihm die ausgestreckten Arme entgegen. Er glitt nach unten und kuschelte sich an sie heran.

»Gute Nacht, Schatz. Ich liebe dich.«

»Ich liebe dich auch«, flüsterte Kathi und schloss die Augen.

Kathi fuhr auf den Hof von Gesas altem Haus und parkte hinter einem Transporter der Küchenfirma. Am Tag zuvor war endlich die Einrichtung gekommen. Seitdem waren zwei Monteure dabei, die Küche einzubauen.

»Guten Tag«, sagte Kathi, als sie eintrat.

Die beiden Männer grüßten zurück und konzentrierten sich dann wieder auf ihre Arbeit.

»Werden Sie heute, wie geplant, fertig?«, fragte Kathi, nachdem sie eine Weile zugesehen hatte.

»Auf jeden Fall«, sagte der Ältere der beiden. »In zwei Stunden können wir die Abnahme machen.«

»Okay, ich bin dann wieder hier«, antwortete Kathi. »Und falls doch noch etwas dazwischenkommen sollte, haben Sie ja meine Handynummer.«

»Alles klar«, murmelte der Monteur und setzte die Bohrmaschine an.

Kathi verließ die Küche und suchte Bauleiter Hinrichs. Sie fand ihn im ersten Stock, wo er sich mit zwei Mitarbeitern unterhielt.

»Moin, moin, Frau Adrians. Die Küche scheint heute fertig zu werden. Da müssen wir uns hier ja wohl auch sputen.«

Sie reichte dem Bauleiter die Hand. »Moin, Herr Hinrichs. Sieht doch schon richtig gut aus. Und wie es mir scheint, ist im Erdgeschoss alles fertig, oder?«

»Jo, so ist es. Und hier …« Er drehte sich einmal halb um die eigene Achse. »… sind wir auch bald durch. Dann kann Ihre Großmutter einziehen. Ich denke, in zwei Tagen können wir die Übergabe machen. Passt das bei Ihnen?«

»Da finden wir schon einen Termin. Ich muss noch mal Herrn Frerichs fragen, wann er Zeit hat.«

»Am Nachmittag wäre gut. Die Putzkolonne muss vorher noch einmal durch alle Räume. Soll ja alles seine Richtigkeit haben.«

»Klingt doch gut. Ich melde mich dann bei Ihnen. Schönen Tag noch.«

Er grinste sie an und wandte sich dann wieder seinen beiden Mitarbeitern zu. Kathi ließ es sich nicht nehmen, noch einmal durch alle Räume des Hauses zu laufen. Ein wohliges Gefühl beschlich sie. War es Freude oder Stolz? Oder beides? Auch wenn die eigentlichen Besitzer Gesa und Renke waren, sie würde die Verantwortung für das Café tragen und die wichtigsten Entscheidungen treffen müssen. Kathi strich mit der flachen Hand über den Holzrahmen eines der neuen Fenster. Gesas Haus war liebevoll restauriert worden und hatte dabei seinen ursprünglichen Charme behalten. Kathi war sich sicher, es würde ihr große Freude bereiten, hier zu arbeiten und Gäste zu empfangen.

Sie riss sich los und verließ das Gebäude. Bevor sie nach Hause fahren würde, um nach Lilly zu sehen, wollte sie noch kurz bei Björn vorbeischauen. Sie ging durch den Garten zum Nachbarhaus. Nach einem Blick ins Wartezimmer, das nicht so voll wie üblich war, ging sie direkt ins Behandlungszimmer. Björn saß am Schreibtisch und notierte gerade etwas.

»Kathi! Warst du bei den Küchenleuten?«

»Ja. Sie sind noch fleißig dabei. Aber in zwei Stunden machen wir die Abnahme, und da dachte ich, ich schaue mal kurz bei meinem Liebsten herein.«

Er stand auf und ging mit ausgebreiteten Armen auf sie zu.

»Eine wundervolle Idee. Ich wollte auch gerade Pause machen. Tee?«, sagte er und küsste sie zärtlich.

Als sie nickte, füllte er den Wasserkocher auf und wartete, bis das Wasser sprudelte. Kathi hatte inzwischen an dem kleinen Besprechungstisch Platz genommen und sah Björn zu, wie er mit der Teekanne und zwei Tassen auf dem Tablett zu ihr kam.

»Aufgeregt?«, fragte er.

»Geht so. Aber die Geräte sehen schon beeindruckend aus.«

Er stellte die Tassen auf den Tisch und setzte sich zu Kathi.

»Kann ich mir gut vorstellen. Wenn ich hier nachher wegkomme, schaue ich bei dir rein, ja?«

»Hast du nicht einen Termin bei der Bank?«

»Erst morgen um zehn Uhr. Vorher hatte Herr Brörken keine Zeit.«

»Und was sagt der Steuerberater?«

»Ich habe Alwin erst mal die Unterlagen dagelassen. Er will sich heute damit beschäftigen. Aus dem hohlen Bauch heraus wollte er nichts sagen. Ist ja auch besser so.«

Kathi schenkte den Tee ein, und sie tranken schweigend, bis Kathi sagte: »Gesa hat mich heute Morgen angerufen. Elke ist bei ihr und Renke eingezogen. Vorübergehend.«

»Schwierige Situation, ich weiß. Aber letztlich … Ich meine, dafür ist Familie doch da, oder? Wo soll sie denn hin, wenn nicht zu euch.«

»Sie will mit mir reden.«

»Deine Oma?«

»Nein. Elke.«

»Wahrscheinlich wegen Lilly. Ich habe übrigens mit dem Schulleiter des Gymnasiums gesprochen. Er braucht die offizielle Anmeldung von der Gemeinde. Die habe ich natürlich nicht, und er meinte, ich müsse mit dem Jugendamt reden. Ich habe für morgen einen Termin dort ausgemacht. Die Dame sagte, dass Lilly mitkommen müsse. Da ihr Erziehungsberechtigter nicht …« Er stutzte. »Also, im Moment nicht ansprechbar ist, müssen wir da irgendeine Regelung finden. So hat sie es genannt. Regelung.«

»Wir haben ja Platz.« Kathi lächelte Björn an. »Dafür ist Familie doch da.«

»Lilly!«, rief Kathi in den Flur hinein. »Ich bin da.«

Im ersten Stock hörte Kathi Schritte, und wenig später stand Lilly vor ihr. »Hey! So spät heute?«

»Ich war noch auf der Baustelle und bei Björn und muss auch in einer Stunde wieder los. Die Küche abnehmen.«

»Super! Darf ich mitkommen?«

»Natürlich. Aber es wird bestimmt langweilig.«

»Alles easy. Ich habe dir übrigens was vom Essen übrig gelassen. Spaghetti mit Tomatensoße. Ich muss noch etwas üben, aber ich glaube, es ist gerade noch genießbar.«

Kathi verbarg ihr Erstaunen so gut wie möglich und ging mit Lilly in die Küche. Mit wenigen Handgriffen hatte Lilly die Nudeln wieder warm gemacht und servierte sie Kathi am Tisch.

»Danke«, sagte Kathi. »Nett von dir.«

»*No problem!* Ich habe doch Zeit.« Sie grinste. »Zumindest solange ich noch nicht wieder zur Schule gehe.«

»Trotzdem danke.«

»Kathi?«

»Ja?«

»Darf ich dich was fragen?«

»Klar. Alles, was du willst.«

»Ich weiß nicht genau, wie ich das sagen soll …«

»Versuch's einfach.«

»Deine Mama, ich meine, Elke … ihr beide versteht euch nicht so gut.« Sie hielt verlegen den Blick auf den Tisch gesenkt. »Das habe ich natürlich gemerkt.« Sie presste die Lippen aufeinander und schien mit sich zu ringen. »Also … ich wollte eigentlich nur fragen, warum das so ist.«

Kathi stockte der Atem. Sie hatte mit allem gerechnet, aber sicher nicht mit dieser Frage. Um Zeit zu gewinnen, aß sie den Rest der Spaghetti langsam auf und trank danach ein Glas Wasser.

»Das ist eine lange Geschichte«, begann Kathi. »Das lässt sich nicht einfach mal so mit ein paar Worten erklären. Aber du hast recht, ich bin auf Elke meist nicht so gut zu sprechen.«

»Aber warum?«

»Es war nicht immer so leicht.«

Lilly verdrehte die Augen. »Das ist es doch nie. Was meinst du, wie ich mich mit …« Ihre Stimme wurde brüchig. Kathi sah, dass Lilly kurz davor war, zu weinen. Dann richtete sich Lilly jedoch auf ihrem Stuhl auf und versuchte, zu lächeln. »Das ist doch alles nicht so schlimm.«

»Gestritten haben wir uns gar nicht so viel.« Kathi suchte verzweifelt nach den richtigen Worten. »Sie war einfach nicht für mich da. Verstehst du? Wenn man in deinem Alter ist, dann meint man zwar manchmal, man wäre ja schon fast erwachsen und komme allein klar mit allem, aber das ist nicht so. Und … meine Mutter war ganz häufig nicht da, und wenn sie da war, war es eigentlich nur noch schlimmer.«

»Sie hat sich nicht um dich gekümmert, meinst du?«

»Ja, so könnte man es ausdrücken. Natürlich haben wir zusammengewohnt, und sie hat das Geld verdient, das wir brauchten, aber …«

»Du hattest keine Mama?« Lilly sah ihr direkt in die Augen.

»Ja, so könnte man es vielleicht nennen.«

»Und du hast deine Mama vermisst. Ganz schrecklich vermisst?«

Kathi schluckte. »Tut das nicht jedes Kind?«

»Du musst es ihr sagen.«

Kathi schwieg. Was war das hier für ein merkwürdiges Gespräch? Sie wollte nicht mit einer Dreizehnjährigen über ihre Vergangenheit sprechen und schon gar keine klugen Ratschläge von ihr bekommen.

»Elke ist nicht so, wie du meinst«, fügte Lilly leise hinzu.

Doch, sie ist noch viel schlimmer, hätte Kathi am liebsten geantwortet und Lilly prophezeit, dass Elke sie über kurz oder lang fürchterlich enttäuschen würde.

»Du glaubst mir nicht«, sagte Lilly. Es klang nicht wie eine Frage, sondern wie eine Feststellung.

»So einfach ist das nicht«, antwortete Kathi ausweichend. Sie schaute auf die Uhr und erhob sich. »Willst du jetzt wirklich mit? Dann müssen wir gleich los.«

Lilly stand auf. »Klar, hab ich doch eben gesagt. Ich bin gleich fertig.« Sie lief aus der Küche und die Treppe hoch. Kathi schaute ihr hinterher und bemerkte, dass sich selbst Lillys Gang verändert hatte. Es bereitete Kathi Freude, Lilly dabei zuzusehen, wie sie wie ein Kind fast schwerelos über den Boden glitt. Als könnte ihr nichts und niemand etwas anhaben, als sei da plötzlich wieder eine heile Welt, die sie lachend umarmte.

Wenige Minuten später saßen sie im Golf, und Kathi startete den Motor. Bei der ersten Kreuzung musste Kathi aufgrund des Gegenverkehrs anhalten.

»Sag mal, Lilly. Darf ich dich fragen, was ihr auf Rømø gemacht habt?«

Lilly zuckte mit den Schultern. »Wir mussten mal raus. Gezeltet haben wir. Hast du schon mal *Vanillefla* gegessen? Der Wahnsinn! Richtige Brötchen haben die Dänen allerdings nicht. Aber eigentlich war es ganz lustig da. Elke kennt sich auf der Insel gut aus. Sie sagt, sie war früher ganz häufig da. Feten am Strand und so. Muss cool gewesen sein, die Zeit damals.«

»Ihr habt euch viel unterhalten?«

»Klar. Mit Elke kann man super quatschen. Sie hat manchmal ganz schön crazy Ideen.« Lilly lachte. »Hoffentlich bin ich auch noch so gut drauf, wenn ich erst mal so alt bin.«

Kathi bog in die Auffahrt von Gesas Haus ein und stellte den Golf ab.

»Auf in den Kampf«, sagte sie zu sich selbst und stieg aus.

Lilly folgte ihr in die Küche und sah sich mit großen Augen die neue Einrichtung an.

»Was ist das denn?«, fragte sie und zeigte auf einen großen verchromten Kasten.

Kathi öffnete das Gerät. »Die Spülmaschine. Damit braucht man für einen Durchgang nur zwei Minuten.«

»Wahnsinn«, staunte Lilly. »Da dauert das Ein- und Ausräumen ja länger.«

»Das könnte sein«, sagte Kathi lachend. »Morgen kommt das neue Geschirr. Dann können wir es mal stoppen.«

»Cool. Ich bin dabei. Kann ich nicht auch mal bei dir aushelfen? Servieren und so? Oder in der Küche?« Sie grinste breit. »Einräumen kann ich gut.«

»Mal sehen. Erst mal müssen wir aufmachen. Und der Schulwechsel wird bestimmt auch nicht so leicht für dich. Vielleicht warten wir damit noch etwas. Aber sonst …, du bist herzlich willkommen. Familie muss doch zusammenhalten.«

Lilly lächelte verlegen. »Ich laufe eben rüber zu Björn. Ist das in Ordnung?«

»Selbstverständlich. Sag ihm doch, dass ich jetzt hier bin. Er wollte eigentlich auch noch rüberkommen.«

Lilly lief los, und Kathi ging mit dem Leiter der Küchenmonteure die neue Einrichtung durch. Nach einer halben Stunde reichte sie ihm die Hand und bedankte sich für die gute Arbeit. Auf den ersten Blick war alles in Ordnung, alles andere würde sich in den nächsten Tagen zeigen, wenn sie die ersten *Sylter Wolken* backen würden.

Kathi schloss das Fenster. Vom Flur her hörte sie Stimmen, und gleich darauf standen Björn und Lilly in der Tür.

»Das ist doch mal ein Backparadies«, sagte Björn und umarmte Kathi. »Herzlichen Glückwunsch!«

»Danke, ihr beiden«, erwiderte Kathi und sah aus den Augenwinkeln, wie Lilly eine Kamera auf sie richtete.

»Lächeln«, rief Lilly und drückte gleich mehrfach ab.

»Und jetzt mit Selbstauslöser«, sagte Björn.

Lilly positionierte die Kamera auf einem Schrank, stellte den Auslöser ein und lief zu Björn und Kathi. Björn zog sie zu sich heran, sodass sie zwischen Kathi und Björn stand. Als es klickte, lachten alle drei in die Kamera.

»Das wird sicher ein geiles Foto«, meinte Lilly ausgelassen.

»Ganz bestimmt«, sagte Björn und küsste Kathi auf die Wange.

»Und ich?«, fragte Lilly mit einem Schmollmund.

Björn beugte sich zu ihr hinunter und gab ihr einen lauten Schmatzer auf die Stirn.

Kapitel 16

»Lilly scheint es wirklich gut zu gehen«, sagte Björn, als er abends neben Kathi im Bett lag. »Hoffentlich hält das eine Weile an.«

»Ich habe da so meine Zweifel«, meinte Kathi. »Nicht, weil sie es selbst nicht will, aber genau wie ihre Reaktionen vorher vollkommen überzogen waren, scheint es jetzt in die andere Richtung auszuschlagen. Das kann nicht gut gehen. Ich habe ein ganz ungutes Gefühl.«

»Meinst du wirklich? Aber was können wir da machen?«

»Keine Ahnung. Ich weiß ja nicht mal, was auf Rømø genau mit ihr passiert ist. Sie hatte sich zwar schon in den Tagen vor unserer Abreise etwas gefangen, aber so, wie sie sich jetzt verhält, geht doch noch ein bisschen weiter.«

»Dann sollten wir ganz schnell mit deiner …«

»Ich weiß doch, Björn. Morgen. Vielleicht morgen.« Sie sah, dass er etwas sagen wollte. »Und nein, ich muss das machen.«

»Warte nicht zu lange«, sagte er leise.

»Sie hat zu lange gewartet, nicht ich.« Kathi klang jetzt ärgerlich und aufgeregt. Björn schwieg und strich ihr mit der Hand über den Arm. »Ich mache es ja«, fügte Kathi schließlich hinzu. »Ich mache es ja.«

Neele stand pünktlich um sechs Uhr vor ihrer neuen Arbeitsstätte und wartete auf Kathi. Als Kathi ein paar Minuten später mit dem Golf vorfuhr und den Kofferraum öffnete, eilte Neele zum Auto und half ihr, die Waren auszuladen.

»Ich habe ganz unruhig geschlafen«, sagte Neele.

Kathi schloss die Tür auf und lief voraus in die Küche. Neele folgte ihr langsam.

»Wow! Unser neues Reich.«

Sie stellte den Karton auf die Küchenplatte und schaute sich staunend um.

»So im Original sieht es doch immer noch faszinierender aus als auf den Plänen.« Neele strich mit der flachen Hand über eine Edelmetallfläche. »Da mag man gar nicht anfangen, zu arbeiten. Es könnte ja schmutzig werden. Oder gar einen Kratzer abbekommen.«

Kathi lachte. »Dasselbe habe ich gestern auch gedacht. Aber uns wird wohl nichts anderes übrig bleiben, oder?«

»Leider«, sagte Neele mit gespielt traurigem Gesichtsausdruck.

Eine halbe Stunde später hatten sie alles eingeräumt, und Kathi war dabei, Kaffee zu kochen. Neele hatte Brötchen, Käse und Marmelade mitgebracht. Zwei Hocker dienten als Sitzgelegenheit und die Küchenplatte als Frühstückstisch.

»Ist doch ganz gemütlich«, meinte Neele.

Kathi kam mit zwei gefüllten Tassen an den Tisch und setzte sich zu Neele.

»Auf den Beginn einer großen Ära«, sagte Neele und hob ihre Tasse hoch.

Kathi grinste. »Wir werden es allen zeigen.«

»So soll es sein. Frauenpower auf Sylt.«

Sie alberten noch eine Weile herum, bis Kathi schließlich mit dem Finger auf die Uhr an der Wand zeigte.

»Was meinst du, warum ich die da hingehängt habe?«, fragte sie.

»Keine Ahnung«, antwortete Neele mit ernstem Gesichtsausdruck.

»Leider backen sich die *Sylter Wolken* auch hier nicht von allein. Also …« Kathi stand auf und räumte das Frühstückgeschirr ab. »Ran an den Speck.«

Neele stöhnte theatralisch. »Ich habe es geahnt.«

Kathi stellte das Geschirr in die neue Maschine und legte die erste Portion Äpfel auf den Küchentisch.

»Erzähl mir lieber, wie dein Date mit Thade war«, sagte sie beiläufig.

»Date? Wir waren im Kino. Das ist doch kein …«

»Was Ernstes?«, fragte Kathi weiter, ohne auf Neeles Einwand zu reagieren.

Neele verdrehte die Augen. »Logo. Hast du nicht meinen Verlobungsring gesehen?«

»Jetzt mal im Ernst. Du magst ihn, oder?« Neele knetete eine Weile den Teig und tat so, als sei sie beschäftigt. »Ja oder nein?«, hakte Kathi nach.

»Er ist nett.«

»Nur nett? Oder ist da noch mehr?«

»Weiß man das immer so genau?«

»Ja oder nein?«

»Eigentlich habe ich keinen Bock auf eine neue Beziehung. Ich weiß doch zur Genüge, wie das läuft. Am Anfang ist alles heiter Sonnenschein, und wenn es langweilig wird im Bett, sind sie schnell weg. Nee, danke.«

»Klar, solche Typen gibt es, aber Thade schien mir da doch etwas solider zu sein. Sozusagen. So vorsichtig, wie der mit dir umgegangen ist …«

»Wir haben uns geküsst«, sagte Neele unvermittelt.

»Wow! Und dann?«

»Nichts. Na ja, wir haben uns noch einmal geküsst, und er hat mich nach Hause gebracht.«

Kathi unterbrach ihre Arbeit. »Du hast vollkommen recht. Das hört sich jetzt wirklich nach einem dieser Windhunde an. Brich den Kontakt sofort ab. Der führt Schlimmes im Schilde. Ganz sicher.«

»Chefin!« Neele betonte jede Silbe. »Ich glaube, du willst mich unbedingt verkuppeln. Kann das sein?«

Kathi schälte ihre Äpfel weiter. »Wie jetzt? Ich stimme dir zu, und du meinst, ich wolle …«

Neele fing an, zu lachen. »Lass es sein, Kathi. Und bevor du fragst: Ja, wir treffen uns wieder. Er hat mich für heute Abend eingeladen.«

»Klingt doch gut. Was ziehst du an?«

Neele grinste. »Dafür hast du ja auch schon gesorgt. War übrigens ganz schön hinterlistig von dir. Mit den Klamotten, meine ich. Aber jetzt habe ich sie nun mal, und dann kann ich sie genauso gut anziehen.«

Kathi schmunzelte und freute sich, dass ihre kleine Initiative nicht umsonst gewesen war. Auch wenn sie Neele noch nicht so gut kannte, war sie sich sicher, dass Thades Chancen bei ihr nicht schlecht standen.

»Dann würde ich mal sagen, du kommst morgen etwas später. Du hast in den letzten Tagen schon genug Überstunden angesammelt. Die müssen mal weg.«

»Unsinn. Länger als zehn dauert das heute Abend nicht. Ich kann …«

»Keine Widerrede. Chefin hat immer recht. Schon vergessen?«

Neele gab nach und lächelte verlegen. Wenn Kathi ihre Reaktion richtig deutete, war sie ganz froh über den freien Morgen. Schweigend setzten sie ihre Arbeit fort.

»Zieht denn eigentlich deine Oma oben ein?«, fragte Neele, als sie einige Zeit später eine kurze Pause machten.

»Ganz ehrlich, ich weiß es nicht. Im Moment ist alles etwas durcheinander. Wichtig ist erst mal unsere Eröffnung, und dann sehen wir weiter.«

»Gibt es denn schon einen Termin?«

»Nein, noch nicht. Renke wollte sich darum kümmern. Einladungen und so weiter. Aber der ist gesundheitlich etwas angeschlagen, und ich habe schon überlegt, ob wir das nicht allein machen. Auf jeden Fall sollte die Einrichtung in zwei Wochen so weit sein.«

»Sag Bescheid. Ich bin dabei. Die Werbetrommel zu rühren, ist zwar nicht gerade mein Spezialgebiet, aber wat mutt, dat mutt. Wir kriegen das schon hin. Und deine Oma ist ja auch noch da. Die kennt doch sicher Gott und die Welt. Wir bekommen den Laden schon voll.« Sie ging zum Waschbecken und reinigte ihre Hände. »So, jetzt kommt der große Moment.« Langsam öffnete sie die Tür des großen Ofens.

»Willst du die Bleche reinschieben?«, fragte sie und trat zur Seite.

Kathi nahm eines der vier fertigen Bleche in die Hand und schob es vorsichtig in den vorgeheizten Ofen. Dann holte sie das zweite und wiederholte die Prozedur.

»Und jetzt du«, sagte sie zu Neele.

Gemeinsam stellten sie die Automatik ein und standen dann unschlüssig herum.

»Wollen wir hier Däumchen drehen, bis das Signal kommt?«, fragte Neele und griff nach zwei leeren Blechen. »Auf, auf. Es wartet noch etwas Arbeit auf uns. Und Gesa kommt gegen zwölf, wir wollten die neuen Kreationen ausprobieren.«

»Interessant«, sagte Kathi. »Warum weiß ich davon nichts?«

Neele schaute mit Unschuldsmiene an die Decke. »Keine Ahnung. Wahrscheinlich meint deine Großmutter, dass du im Moment genug um die Ohren hast.«

»Kann sein«, murmelte Kathi und machte sich an die Arbeit.

Gegen elf belud sie den Golf. Neele und sie waren vom neuen Ofen begeistert. In der Teepause hatte Neele das Handbuch studiert und mit leuchtenden Augen von den verschiedenen Programmen erzählt. Auch die Spülmaschine funktionierte einwandfrei, und alle anderen Geräte schienen ebenfalls in Ordnung zu sein.

Kathi fuhr auf die Straße und lenkte den Golf in Richtung Kampen. Knapp eineinhalb Stunden würde sie unterwegs sein und anschließend nach Hause fahren und mit Lilly zusammen mittagessen.

Als Kathi vor Björns Haus hielt, war es später, als geplant, weil einer der Küchenchefs sie in ein Gespräch verwickelt hatte und sie beim letzten Kunden eine Viertelstunde hatte warten müssen, bis einer der Mitarbeiter erschienen war und aufgeschlossen hatte.

»Lilly«, rief Kathi in den Flur hinein. »Ich bin wieder da.«

Gleich darauf öffnete sich die Küchentür, und Lilly sah sie freudestrahlend an. »Ich bin hier in der Küche.«

»Ich komme auch gleich«, sagte Kathi und begab sich ins Badzimmer, um sich frisch zu machen. Als sie über den Flur ging, drangen Stimmen aus der Küche an ihr Ohr, und sie ahnte, was sie dort erwarten würde.

»Hallo, Kathi«, sagte ihre Mutter. Ihr Lächeln misslang.

»Hallo, Elke«, sagte Kathi und eilte zum Kühlschrank, um den Auflauf herauszuholen, den sie am Abend zuvor vorbereitet hatte. Sie schob ihn in den Ofen und stellte die Uhr.

»In einer Dreiviertelstunde können wir essen«, sagte sie, an Lilly gewandt, die sich just in diesem Moment erhob.

»Ich muss oben noch kurz was machen. Ich komme dann zum Essen wieder runter«, sagte Lilly, nickte Elke zu und verschwand.

Kathi schaute ihr erstaunt hinterher.

»Hab ihr euch abgesprochen?«, fragte sie mit einem Blick auf Elke.

»Nein. Willst du dich nicht zu mir setzen?« Kathi zuckte mit den Schultern und blieb stehen. »Entschuldige, dass ich hier so reingeplatzt bin«, sagte Elke. »Aber ich muss mit dir reden. Es geht um Lilly.«

»Planst du wieder einen kleinen Trip ins Ausland?«

»Och, Kathi. Ich konnte euch nicht anrufen. Und wenn du mir einen Augenblick zuhörst, kann ich dir das auch erklären.«

»Stimmt! Ich erinnere mich. Um Erklärungen warst du nie verlegen. Ganz ehrlich, ich weiß nicht, ob mich das wirklich interessiert. Lilly ist ja wieder da, und es ist nichts passiert. Also vergessen wir die ganze Sache einfach.«

Elke sah sie durchdringend an. Sie schien mit sich zu kämpfen. Aufstehen und gehen oder sitzenbleiben und Ruhe bewahren.

»Es geht nicht um uns, Kathi. Ich weiß, dass ich damals nicht immer eine gute Mutter war. Und du hast alles Recht der Welt, mich zu verdammen. Aber jetzt geht es erst mal um Lilly. Sie braucht Hilfe. Professionelle Hilfe.«

»Und das kannst du beurteilen?«

»Nein. Das kann ich nicht. Aber ich weiß, was sie mir erzählt hat.

Und ich kann eins und eins zusammenzählen. Alles andere muss ein Psychologe entscheiden.«

»Und was hat sie dir erzählt?«

»Zuerst nur wenig oder eigentlich gar nichts. Deshalb ja auch unsere kleine Reise. Ich habe sie vorgeschlagen, und Lilly hat darauf bestanden, dass niemand was davon erfährt. Ich musste mich darauf einlassen und konnte euch auch nicht heimlich informieren. Mir war das Risiko einfach zu groß. Sie hätte nie wieder ein Wort mit mir geredet, wenn sie gemerkt hätte, dass ich unsere Vereinbarung nicht einhalte. Wir haben dann unsere Handys ausgeschaltet. Das war meine Bedingung. Nur wir beide. Keine Ablenkung. Kein ständiges Tippen auf dem Ding als Ausrede dafür, nicht miteinander zu sprechen.«

Kathi spürte plötzlich, wie ernst es ihrer Mutter war. Sie setzte sich zu ihr an den Tisch.

»Und dann?«, fragte Kathi.

»Wir haben geredet, gelacht, geschwiegen. Ich habe gespürt, dass sie irgendetwas belastet. Natürlich ist ihre Mutter bei dem Unfall umgekommen, und das allein ist schon Albtraum genug. Aber da war mehr.« Elke schluckte. Das Sprechen schien ihr schwerzufallen. »Wie sie mir irgendwann erzählt hat, macht sie sich schreckliche Vorwürfe wegen dem Tod ihrer Mutter. Und natürlich, weil ihr Vater im Koma liegt. Sie hat sich, bevor ihre Eltern gefahren sind, mit ihrer Mutter gestritten. Aber nicht nur das. Die beiden haben noch telefoniert, und dabei kam es wieder zu einem heftigen Streit. Lilly hat sie beleidigt und angeschrien und einfach aufgelegt. Und Lilly meinte, genau das sei der Grund für den Unfall gewesen. Sie dachte, ihre Mutter sei bei dem Streit gefahren und …«

»Das hat sie gesagt?«, fragte Kathi fassungslos.

»Ja. Und wenn mich nicht alles täuscht, hatte sie deshalb Selbstmordgedanken. Ich habe daraufhin im Internet recherchiert. Da stand, dass ihr Vater gefahren ist, und auch die Uhrzeit des Unfalls. In Lillys Handy konnten wir nachschauen, wann sie mit ihrer Mutter gesprochen hat.

Die beiden Zeiten liegen eine halbe Stunde auseinander. Als ich ihr das alles gesagt habe, ist sie regelrecht zusammengebrochen, hat stundenlang geheult. Irgendwann ist sie eingeschlafen, und als sie wieder wach wurde, hat sie sich geweigert, weiter über den Unfall und ihre Selbstvorwürfe zu sprechen. Ich habe nicht mehr weiter gefragt. Und wie sie im Moment drauf ist, weißt du ja nur zu gut. Wie ausgewechselt, würde ich sagen. Aber genau das macht mir schreckliche Angst. Verstehst du, was ich meine?«

Elkes Augen waren feucht geworden. Am Schluss hatte sie leise und mit brüchiger Stimme gesprochen. Noch nie hatte Kathi ihre Mutter so gesehen. Elkes Sorge um Lilly war regelrecht mit Händen zu greifen.

»Ja. Ich verstehe, was du meinst.« Kathi atmete schwer. »Ich war wohl etwas zu … Entschuldige.«

»Die Einzige, die sich zu entschuldigen hat, bin ich.«

Elke legte die Hand auf Kathis Arm. Kathis erster Impuls war, sie abzuschütteln, aber dann hielt sie still. Sie spürte die Wärme der Hand und schloss für einen kurzen Moment die Augen.

»Ich spreche heute Abend mit Björn. Meinst du denn, dass Lilly sich überhaupt auf einen Psychologen einlassen würde?«

»Ich habe mit ihr darüber gesprochen. Ihr erklärt, wie wichtig jetzt eine neutrale Person für sie wäre, jemand, der sich mit solchen Problemen auskennt und ihr wirklich helfen kann. Ich glaube, sie hat es verstanden.«

»Danke, dass du dich um Lilly gekümmert hast«, sagte Kathi leise. »Ich war so wütend auf dich, als Gesas Anruf kam. Alles klang wie immer. Du machst das, was dir gerade in den Kopf kommt, und ich kann die Suppe auslöffeln.«

Elke schwieg und war sichtlich betroffen. Nach einer Weile fing sie stockend an, zu sprechen. »Du warst schon … ja, als kleines Kind warst du schon so verantwortungsbewusst und später … Ich habe wohl immer wieder vergessen, dass du … ein Kind bist.« Während Elke sprach, starrte Kathi auf ihre Hände. Ihr Hals fühlte sich an wie zugeschnürt. Erst als Elke leise stöhnte, sah sie auf. »Ich hatte so viel mit mir selbst zu tun«, fuhr Elke leise fort. »Glaub mir, ich habe mich häufig dafür gehasst und tue es immer noch.«

Lange saßen sie einander schweigend gegenüber. Schließlich stand Kathi auf, um nach dem Auflauf zu schauen.

»Du bleibst doch zum Essen?«, fragte sie.

Elke lächelte. »Gerne. Sehr gerne sogar.«

Björn hörte aufmerksam zu, als Kathi ihm von dem Gespräch mit ihrer Mutter erzählte. Lilly war nach dem Abendessen auf ihr Zimmer gegangen, um mit einer Freundin zu chatten.

»Nein«, sagte Björn. »Lilly hat nichts mit dem Unfall zu tun. Zumindest nicht direkt. Ob die beiden sich über sie unterhalten haben und mein Bruder abgelenkt war … Aber das wäre völlig konstruiert.«

»Kennst du einen Psychologen, der auf Kinder spezialisiert ist?«

»Das überlege ich auch schon die ganze Zeit. Im schlimmsten Fall müssen wir halt aufs Festland rüber. Wir wechseln uns ab mit dem Fahren. Das wird schon irgendwie gehen. Wenn wir …« Björn stutzte. »Irgendwie.«

Kathi wusste, dass er an die Praxis im *Alten Land* dachte.

»Wir schaffen das schon. Gesa ist auch noch da, und meine Mutter wird ja jetzt wohl länger hierbleiben.« Kathi schenkte Björn Wein nach. »Was ist denn bei dem Bankgespräch herausgekommen?«

Björn seufzte. »Ganz so einfach, wie ich mir das vorgestellt habe, ist es nicht. Mir fehlt das Eigenkapital. Das Haus kann ich nicht als Sicherheit mit einbringen, da es mir nicht allein gehört, einen solventen Bürgen habe ich nicht. Aber das ist trotzdem alles lösbar, meint Herr Brörken.«

»Aber?«

Björn sah Kathi erstaunt an. »Kennst du mich schon so gut, dass du das *Aber* heraushörst?« Er fuhr sich mit der Hand durchs Haar. »Brörken meint, ich solle mich nicht einfach so auf die Zahlen verlassen. Er hätte da schon so einiges erlebt. Die Kunden der Praxis lassen sich nun mal nicht mit verkaufen. Sie kommen oder kommen nicht. Ich solle nichts überstürzen. Er hat natürlich recht. Ich habe dann einen Kollegen angerufen. Der sitzt in Harburg. Das ist nicht so weit weg vom *Alten Land*. Er kennt Kollege Bohlen nur flüchtig, will sich aber etwas umhören. Er hat mir noch die Telefonnummer von einem Kollegen in Stade gegeben. Der war aber leider nicht mehr da, als ich ihn angerufen habe. Am besten wäre es, meinte Brörken, wenn ich erst mal ein paar Wochen in der Praxis arbeiten würde. Aber was soll ich Martin erzählen?«

Kathi überlegte, ob sie von dem Gespräch mit Onkel Fritz berichten sollte, entschied sich aber dagegen. Björn würde sicherlich keine voreilige Entscheidung treffen.

»Wollte Dr. Piper nicht auch mit dir sprechen?«

»Das hat nicht mehr geklappt. Als wir uns gerade hinsetzen wollten, kam ein Notfall rein, und er ist direkt zu dem Bauern gefahren. Morgen werden wir wohl etwas Zeit finden. Wahrscheinlich geht es sowieso um Annemarie und das Haus. Immerhin ist die Stimmung wieder besser geworden. Dass nicht ich die Anzeige zurückziehen kann, sondern nur Sabrina, hat er inzwischen verstanden. Das war wohl eher eine spontane Reaktion.«

»Das Haus. Immer wieder das Haus.«

»Ja, ich bin es auch bald leid.«

Kathi lehnte ihren Kopf an seine Schulter.

»Wir müssen hier nicht wohnen. Vielleicht …«

»Ich weiß, aber auf Sylt ist es nicht so einfach, mal eben umzuziehen. Und im Moment will ich einfach nicht noch eine Baustelle aufmachen. Eins nach dem anderen. Außerdem ist dies schließlich auch mein Haus. Ich will nicht einfach so klein beigeben, nur weil Annemarie sich etwas in den Kopf gesetzt hat. Das kann morgen schon ganz anders aussehen, und sie verschwindet wieder für eine Weile. Lass uns da noch etwas abwarten.«

»Ja, das wird wohl das Beste sein. Zuerst Lilly, dann die Praxis im *Alten Land* – und wenn wir da Klarheit haben, schauen wir weiter.«

Björn beugte sich zu ihr hinüber und gab ihr einen Kuss.

»Dein Café nicht zu vergessen. Was macht der Eröffnungstermin?«

Kathi seufzte.

»Erst mal haben wir die neue Küche und sind aus der *Kate* raus. In spätestens zwei Wochen sollte die restliche Einrichtung da sein, und dann könnten wir im Prinzip … Renke wollte sich eigentlich um die Eröffnung kümmern, aber ihm scheint es im Moment nicht so gut zu gehen. Ich werde auf jeden Fall morgen bei ihm vorbeischauen. Vielleicht geht es ja auch ohne eine große Feier.« Kathi stand auf und setzte sich auf Björns Schoß. »Morgen sehen wir weiter«, sagte sie, gab Björn einen Kuss und fügte leise hinzu: »Kommst du mit nach oben?«

Björn schmunzelte. »Und wer räumt hier auf?«

Kathi stand auf und hielt ihm die Hand hin. »Die Heinzelmännchen. Wer sonst?«

Kapitel 17

Gesa stellte eine Tasse vor Kathi auf den Tisch und ging dann zur Anrichte.

»Tut mir wirklich leid, dass ich dir im Moment nicht helfen kann. Ich habe ja noch nicht einmal die neue Küche gesehen.«

»Wir kommen gut zurecht«, sagte Kathi. »Mach dir deshalb keine Gedanken.«

»Ich war gestern den ganzen Tag mit Renke im Krankenhaus. Eine Untersuchung nach der nächsten. Jetzt liegt er im Bett und schläft hoffentlich.«

»Habt ihr denn schon Ergebnisse?«

Gesa kam mit einer Kanne Tee zurück zum Tisch. »Noch nicht alle, aber seine Nieren machen Probleme. Wahrscheinlich hatte er eine Nierenentzündung, die nicht ausreichend behandelt worden ist – oder zu spät. Auf jeden Fall braucht er Ruhe.«

»Das klingt nicht gut. Hat er Schmerzen?«

»Du kennst doch die Männer. Sie sagen nichts und tun so, als wären sie aus Stahl, und erst, wenn die Schmerzen unerträglich werden, rücken sie damit raus. Nur nicht zum Arzt gehen. Aber ab sofort habe ich ihn unter Kontrolle. Morgen müssen wir wieder ins Krankenhaus. Dann gehen die Untersuchungen weiter.«

»Renke fällt also erst mal aus.«

»Auf jeden Fall. Er redet zwar ununterbrochen von der Eröffnung, aber ich habe ihm verboten, auch nur daran zu denken, etwas zu organisieren.«

Kathi nickte besorgt. »Wir schaffen das allein. Sag ihm das. Ich habe sowieso schon überlegt, alles ein paar Nummern kleiner zu machen. Wir können auch noch im nächsten Frühjahr eine größere Eröffnungsfeier machen.«

»Das finde ich gut. Ein kleiner Kreis von Menschen, die wir kennen und schätzen. Ich könnte Hauke fragen, ob er ein paar Häppchen macht, oder wie nennt man das heute?«

»Fingerfood?«, meinte Kathi lächelnd.

»Genau. *Fingerfood!* Und Neele wird sich um das Dessert kümmern. Das sollte doch zu schaffen sein. Zwanzig, höchstens dreißig Leute, das reicht.«

»Okay. Ich suche nach einem Termin, und wir erstellen zusammen die Gästeliste. Dann teilen wir die Anrufe untereinander auf und ersparen uns damit eine aufwendige Einladungskarte.«

Gesa schenkte Tee nach und lehnte sich auf dem Stuhl zurück.

»Dann hätten wir das in trockenen Tüchern. Und Renke muss sich keine Gedanken mehr darum machen.«

»Vielleicht können wir Elke ja auch noch einspannen«, schlug Kathi vor.

»Sie war gestern bei dir?«, fragte Gesa, ohne auf Kathis Vorschlag einzugehen.

»Ja, sie war da. Wir haben geredet.«

»Es ging um Lilly?«

»Und um diesen heimlichen Trip nach Rømø. Sie hat mir alles erklärt. So, wie es aussieht, war es schon richtig, was sie gemacht hat. Lilly braucht Hilfe, und Björn hat heute auch schon mit einem Psychologen telefoniert. Er hat mir allerdings nur eine kurze SMS geschickt. Genaues weiß ich noch nicht.«

Gesa sah ihre Enkelin erwartungsvoll an.

»Nein, wir haben uns nicht gestritten«, fügte Kathi hinzu.

»Das ist doch gut.«

»Gut ist nichts, aber es geht um Lilly. Und Elke hat sich wirklich um sie gekümmert. Das muss ich anerkennen. Alles andere …«

»Ein Anfang, würde ich mal sagen. Ich habe übrigens auch mit ihr gesprochen. Sie kann nicht zurück nach Frankfurt. Ihre Wohnung ist leer geräumt, die Sachen entsorgt. Sie hat nur noch das, was sie bei sich hat.«

»Und jetzt? Will sie hier auf Sylt bleiben?«

»Genau darüber wollte ich mit dir sprechen. Ich werde hier bei Renke wohnen, und im Grunde genommen, ist doch die Obergeschosswohnung frei.«

Kathi sah sie mit großen Augen an. »Das ist nicht dein Ernst, oder? Ich werde jeden Tag dort sein und …«

»Sie könnte im Café arbeiten. Du suchst doch eine Servicekraft. Oder hast du schon jemanden gefunden?«

»Was soll die Frage, Oma? Du weißt genau, wie schwierig das im Moment ist. Mitten in der Saison.«

»Du bist also dagegen, dass Elke erst mal dort wohnt?«

Kathi schob die Teetasse von sich weg. »Das habe ich nicht gesagt. Außerdem ist es dein Haus.«

»Und du leitest das Café. Also frage ich dich. Wollen wir uns jetzt etwa streiten? Elke ist meine Tochter, und wenn sie Hilfe braucht, ist die Familie ja wohl die erste Adresse. Und die Wohnung steht sowieso leer.«

Kathi stöhnte leise. »Ich habe es ja verstanden. Aber ich weiß nicht, ob ich mit ihr zusammenarbeiten kann.«

»Das ist einzig und allein deine Entscheidung. Ich habe Elke die Wohnung bisher nicht zugesagt und schon gar nicht einen Arbeitsplatz im Café. Vielleicht hat sie ja auch gar keine Lust dazu.« Gesa grinste. »Immerhin wärst du dann ihre Chefin.«

Bevor Kathi antworten konnte, stand Gesa auf und ging zur Tür. In diesem Augenblick hörte auch Kathi das leise Klopfen.

»Das ist Renke. Ich muss zu ihm.«

»Geh ruhig. Ich räume hier noch auf und verschwinde dann auch.«

Gesa kam zurück zu Kathi und nahm sie in die Arme.

»Überleg dir das mit der Wohnung noch einmal in Ruhe. Wir finden eine Lösung. So oder so.«

Kurze Zeit später befand sich Kathi vor Björns Haus und schloss die Tür auf. Lilly stand im Flur, als erwartete sie Kathi.

»Hallo, Kathi. Hast du schon was gegessen? Ich habe dir was übrig gelassen.«

»Das ist lieb von dir, Lilly. Aber im Moment habe ich keinen Hunger. Ich warte, bis Björn kommt.«

Lilly stand unschlüssig vor ihr und schien mit sich zu ringen. Kathi sah sie auffordernd an. »Wir könnten ja was zusammen machen«, sagte Lilly.

»Klar, wenn du möchtest.«

»Ich war schon lange nicht mehr am Strand spazieren.«

»Gut«, sagte Kathi und nahm den Autoschlüssel wieder in die Hand. »Auf los, geht's los.«

Wenig später parkten sie in der Nähe des Strandes auf der Ostseite der Insel. Lilly sprang aus dem Auto und rannte voraus. Als Kathi sie einholte, saß sie im Sand und zeigte mit der Hand aufs Watt.

»Wir sind auf der falschen Seite der Insel. Hier ist wieder kein Wasser. Daran werde ich mich wohl nie gewöhnen. Man freut sich auf die Nordsee und hat nur Schlamm vor sich.«

»Das ist das Wattenmeer und kein Schlamm. Wenn du mal an einer Wattwanderung teilnimmst, wirst du dich wundern, wie lebendig der Schlamm ist.«

»Super! Wollen wir das zu dritt machen? Björn, du und ich?«

»Warum nicht? Ich kann mich schon gar nicht mehr so richtig an meine letzte Wanderung erinnern. Auf jeden Fall war mein Opa dabei. Er war der absolute Naturfreund. Er wusste über alles auf der Insel Bescheid: Vögel, Seehunde, Pflanzen.«

»Vermisst du ihn?«, fragte Lilly.

»Ja. Sehr.«

»Ich vermisse meine Mama auch.« Sie senkte den Kopf und fügte hinzu: »Tut es bei dir auch so weh, wenn du an deinen Opa denken musst?«

»Am Anfang war das so, ja, aber später habe ich mich an die schönen Tage mit ihm erinnert. An die Sachen, die wir gemacht haben. Das hat mir sehr geholfen.«

»Ich habe mich mit Mama viel gestritten. Immer wieder«, sagte Lilly leise.

»Aber ihr hattet doch auch schöne Tage, oder?«

»Manchmal ja. Früher auf jeden Fall. Als ich noch kleiner war.« Lilly sah zum Himmel hoch und ließ ihren Blick über die kleinen Sommerwolken wandern. Ohne Kathi anzuschauen, fragte sie: »Papa wird nicht wieder wach, oder?«

»Das kann keiner voraussagen. Niemand weiß das. Er kann morgen wieder aufwachen oder auch erst in ein paar Jahren.«

»In ein paar Jahren«, flüsterte Lilly. »Das ist lange. Vielleicht bin ich dann ja schon erwachsen, und Papa erkennt mich vielleicht auch gar nicht wieder.«

»Das glaube ich nicht. Eltern wissen, wer ihre Kinder sind. Da musst du dir keine Sorgen machen.«

Unvermittelt sprang Lilly auf und lief los. Kathi eilte ihr hinterher, bis Lilly abrupt stehenblieb.

»Seid ihr jetzt meine Familie?«, fragte sie und starrte dabei mit leerem Blick auf das Wasser. »Willst du mich überhaupt haben?«

Die Tränen flossen über ihre Wangen. Sie schien sie nicht zu bemerken. Kathi trat zu ihr und nahm sie in den Arm.

»Natürlich bleibst du bei uns. Bis dein Vater wieder ganz gesund ist. Wir sind für dich da. Björn, Elke, Gesa und ich natürlich auch.«

Lilly nickte stumm. Sie standen eine Weile ganz nah beieinander, bis Lilly tief durchatmete und Kathi anlächelte.

»Wollen wir weitergehen?«, fragte sie.

»Ja, wir gehen weiter. So weit du möchtest.«

Als sie nahe am Watt weiterliefen, reichte Kathi Lilly die Hand.

»Alles wird gut. Ich verspreche es dir.«

»Er heißt Hajo Bundes und hat eine Praxis in Westerland. Erst hat er gezögert, aber dann zugesagt, dass Lilly nächste Woche zu ihm kommen kann. Als eine Art Nothilfe sozusagen. Ab Oktober würde es ohnehin ruhiger, meinte er, und dann könnte Lilly regelmäßig kommen.«

Björn lehnte sich auf seinem Stuhl zurück und schloss die Augen. »Das war ein Tag.«

Als Björn am späten Nachmittag nach Hause gekommen war, hatte er vorgeschlagen, essen zu gehen. Da Lilly Elke eingeladen hatte, um sich mit ihr einen Film im Fernsehen anzuschauen, waren Björn und Kathi allein in die kleine Pizzeria in List gegangen.

»Wollen wir erst mal was aussuchen?«, fragte Björn und reichte Kathi die Karte.

»Was hat Dr. Piper denn jetzt von dir gewollt?«, fragte Kathi, als der Kellner ihre Bestellung aufgenommen hatte.

»Wie ich mir schon gedacht habe, ging es um Annemarie und um das Haus. Er will vermitteln, hat er gesagt – und dass er keinen Streit möchte.«

Kathi rollte mit den Augen. »Das soll er mal lieber seiner Tochter sagen.«

»Ich glaube, er meint es schon ernst, und er hat auch mit ihr gesprochen. Was sie dazu gesagt hat, hat er mir natürlich nicht erzählt. Ich vermute mal, sie haben sich heftig gestritten. Als er auf die Praxis zu sprechen kam, konnte ich einfach nicht mehr schweigen und habe ihm von dem Angebot im *Alten Land* erzählt.«

»Ob das richtig war?«, warf Kathi ein.

»Das weiß ich auch noch nicht. Auf jeden Fall war er erst mal, gelinde gesagt, sehr erstaunt, dass ich mir etwas anderes suchen will. Ich habe ihm natürlich gesagt, dass es nur ein Angebot ist und ich mir bis jetzt lediglich die Praxis angeschaut habe.«

»Genau so ist es ja auch. Warum solltest du dich nicht umschauen? Im Moment ist ja auch noch überhaupt nicht klar, wie es hier mit der Praxis weitergehen soll. Hatte Dr. Piper nicht eigentlich vor, bald kürzerzutreten?«

»Ja, das stimmt. Aber wir sind nie dazu gekommen, etwas festzulegen. Ich glaube, er wusste damals auch selbst noch nicht, wann und wie er aus der Praxis ausscheiden will. Jetzt hat sich die Situation natürlich grundlegend verändert. Auch heute hat er kein Wort darüber verloren, wie er sich das vorstellen würde. Aber unser Gespräch verlief zumindest sehr friedlich. Fast wie in früheren Zeiten.«

»Warte, bis er wieder mit Annemarie zusammen war. Die hat sicher noch genug Giftpfeile für dich übrig.«

»Ich weiß ja. Aber auf der anderen Seite kann ich ihn ja auch verstehen. Was soll er machen? Sich gegen seine Tochter stellen? Er kennt sie gut genug, um das, was sie von sich gibt, einschätzen zu können.«

Kathi wiegte den Kopf hin und her. »Gesa sagt immer, Blut ist dicker als Wasser. Wollen wir mal hoffen, dass sie dieses Mal nicht recht hat. Letztendlich willst du doch auch keinen Streit.«

»Überhaupt nicht. Ich würde einiges darum geben, wenn ich mich mit Annemarie friedlich einigen könnte. Ich fürchte nur, ihr geht es um mehr. Ihr Auftritt beim Poloturnier spricht ja Bände.«

Der Kellner brachte eine Vorspeisenplatte und Brot, schenkte Wein nach und wünschte ihnen einen guten Appetit.

Als er wieder gegangen war, hob Björn das Glas. »Auf was wollen wir trinken?«

»Auf unsere Liebe«, sagte Kathi sofort und stieß mit ihm an.

Neele reichte Kathi eine Liste.

»Das sind meine Favoriten für die erste Zeit nach der Eröffnung. Im Wechsel jeden Tag fünf verschiedene Angebote. Die *Sylter Wolken* sollten wir ständig im Programm haben, schließlich wird das Café so heißen. Die *Sylter Sterne* werden sicher auch gut laufen, aber da müssen wir sehen, ob wir sie wirklich die ganze Woche über anbieten. Ich habe alles schon mit Gesa durchgesprochen. Sie ist einverstanden.«

Kathi überflog das Blatt. Für die verschiedenen Jahreszeiten und das damit einhergehende Angebot an Obstsorten hatte Neele Torten vorgeschlagen. Dazu gab es eine Liste mit Ganzjahrestorten und Gebäck.

»Sieht doch gut aus. Letztlich müssen wir ausprobieren, was angenommen wird, und uns dann langsam an eine Mischung herantasten, die hoffentlich irgendwann einzigartig und ein Markenzeichen unseres Cafés sein wird.«

»Genauso habe ich es mir auch vorgestellt. Wir sind ja quasi den ganzen Tag direkt vor Ort und werden schon sehen, was die Leute begeistert und was nicht.«

Neele holte eine zweite Liste aus ihrer Tasche.

»Und das habe ich für die Eröffnung geplant. Das *Fingerfood* kommt ja aus der *Kate,* und für uns bleibt dann die süße Seite übrig.«

Kathi studierte den Vorschlag. Neben den *Sylter Wolken* hatte Neele Eierlikör-Trüffel-Pralinen, Marzipan-Kügelchen, überzogen mit einer Zartbitterkuvertüre, Erdbeer-Käse-Sahne-Kuchen im Glas und eine Amaretto-Schoko-Mousse vorgesehen.

»Wow! Damit sollten wir alle Gäste begeistern können«, sagte Kathi und nickte anerkennend. »Was würde ich nur ohne dich tun?«

»Jetzt mach mich mal nicht verlegen. Alles ganz normale Desserts. Dann werde ich mal die Einkaufsliste erstellen.«

Kathi gab ihr die Listen zurück und erkundigte sich beiläufig: »Thade hast du schon eingeladen?«

»Soll ich? Er hat doch …«

»Das wird eine kleine intime Runde. Wir und unsere Freunde und Familie. Mehr nicht. Also wenn du Thade einladen möchtest, ist das von meiner Seite aus absolut okay. Ihr seid doch jetzt fest zusammen?«

»Vielleicht«, antwortete Neele ausweichend. »Ich schlaf noch mal 'ne Nacht drüber und sag dir dann Bescheid, ob er auf die Gästeliste soll.«

Kathi schmunzelte. Selbstverständlich würde Neele Thade einladen. So, wie sie in den letzten Tagen von ihm gesprochen hatte, war sie bis über beide Ohren in ihn verliebt. Sie schien nur noch eine Weile zu brauchen, um es sich selbst eingestehen zu können.

»Kein Problem«, sagte Kathi. »Ich halte einfach mal einen Platz für Thade frei.«

Neele arbeitete eine Weile schweigend weiter und fragte dann unvermittelt: »Ist das für dich immer so einfach gewesen? Du triffst einen Mann und weißt gleich, dass er der Richtige ist?«

»Geahnt habe ich es vielleicht. Aber letztendlich wirst du es nie herausbekommen, wenn du nichts wagst und dich vor lauter Angst, dass es schiefgehen könnte oder er nicht der Richtige ist, vergräbst. Gib ihm und dir eine Chance. Alles andere wird sich zeigen.«

»Das klingt so einfach und richtig, aber …«

»Kein *Aber*. Ich setze Thade auf die Gästeliste. Einverstanden?«

Neele grinste. »Wenn die Chefin es vorschreibt. Was soll ich da noch machen?«

»Sag ich doch. So und jetzt Endspurt. Was steht für heute noch auf dem Programm?«

Als Kathi am Nachmittag ihren PC anmachte, um die Mails abzurufen, fand sie unter den Nachrichten eine aus dem *Alten Land*. Fritz' Sohn schrieb ihr, dass sein Vater ihn gebeten hätte, ihr einen Artikel aus der örtlichen Tageszeitung zu schicken. Kathi öffnete den Anhang und las den eingescannten Artikel. Es war eine kurze Mitteilung, dass im Oktober in Horneburg eine neue Tierarztpraxis eröffnet würde. Kathi rief sofort eine Landkarte im Internet auf und überprüfte, ob ihre Erinnerung sie nicht täuschte. Wie erwartet, lag Horneburg nur wenige Kilometer von Dr. Bohlens Praxis entfernt. Kathi druckte den Zeitungsbericht aus und faltete ihn sorgfältig zusammen. Die Gerüchte, von denen Fritz erzählt hatte, schienen also zu stimmen. Trotzdem zögerte sie, Björn sofort anzurufen. *Warte bis heute Abend*, sagte sie sich, *und rede dann in Ruhe mit ihm.* Warum hatte Björns Kollege in

Stade nichts von der neuen Praxis gewusst? Als Björn ihn endlich erreicht und mit ihm telefoniert hatte, hatte dieser ihm weder etwas zu Dr. Bohlen sagen können noch von einer weiteren Tierarztpraxis gesprochen. Vielleicht kannte er Dr. Bohlen persönlich und wollte ihm nicht das Geschäft verderben? Kathi steckte den Zettel ein und ging zu Lillys Zimmer. Als sie an der Tür klopfte, rief Lilly: »Komm doch rein.«

Lilly saß am kleinen Schreibtisch und blätterte die neuen Schulbücher durch, die Björn und sie am Vortag besorgt hatten. In einer Woche endeten die Ferien.

»Hast du schon einen Überblick? Ist der Stoff sehr viel anders als in deiner vorherigen Schule?«, fragte Kathi.

»In manchen Fächern sind sie weiter, in anderen eher nicht. Da werde ich wohl etwas Stoff nachholen müssen.«

»Sag Bescheid, wenn ich dir helfen kann. Meine Schulzeit liegt zwar schon ein paar Jahre zurück, aber wenn es nicht gerade Mathe ist, sollte ich mich noch an das eine oder andere erinnern.«

»Das würdest du machen?«, fragte Lilly erstaunt.

»Klar. Gerne sogar. Und Björn können wir auf jeden Fall in Biologie und Chemie heranziehen. Er hat mir mal verraten, dass er da Klassenbester war.« Kathi grinste. »Der alte Streber.«

Lilly lachte. »Ich kann mir nicht vorstellen, dass Onkel Björn ein Streber war. Dazu ist er viel zu nett.«

»Da wirst du ihn wohl mal selbst fragen müssen. Noch was anderes, Lilly. Hast du Lust, bei der Café-Eröffnung etwas zu helfen?«

Lilly sah sie skeptisch an. »Kann ich das denn? Ich habe so etwas noch nie gemacht.«

»Wir beide üben vorher ein wenig, und dann klappt das bestimmt. Bei meinem ersten Job in einer Studentenkneipe hatte ich gerade mal fünf Minuten Anlernzeit, und ich habe trotzdem nur zwei Gläser fallen lassen.«

»Hilft Elke auch mit?«, fragte Lilly, ohne Kathi anzuschauen.

Kathi zögerte mit der Antwort. Weder hatte sie mit Gesa noch einmal über die Oberwohnung gesprochen noch darüber nachgedacht, ob ihre Mutter im Café arbeiten könnte.

»Ich habe sie noch nicht gefragt«, sagte sie schließlich.

»Das kann ich für dich tun. Ich sehe sie morgen.«

»Danke, Lilly, aber das muss ich schon selbst machen.«

Lilly sah sie mit großen Augen an. »Das wäre doch toll. Wir alle zusammen. Oder?«

»Wie gesagt: Ich habe sie noch nicht gefragt. So, jetzt zeig mal deine neuen Schulbücher. Mal sehen, was sich so geändert hat.«

Als sie zu dritt beim Abendessen saßen, war Lilly sehr schweigsam. Björn erkundigte sich, was sie während des Tages gemacht hatte. Daraufhin erzählte sie von ihrem Besuch bei Gesa und Elke und von der Durchsicht der neuen Schulbücher.

»Wie geht es denn Renke?«, fragte Björn.

»Er war fast die ganze Zeit im Bett«, antwortete Lilly. »Ich glaube, Gesa macht sich ganz viel Sorgen um ihn. Aber gesagt hat sie nichts.«

»Ich habe heute auch mit Gesa telefoniert«, sagte Kathi. »Sie wissen noch nicht genau, wie schlimm es ist. Auf jeden Fall sind die Nieren betroffen, meinte Gesa.«

Björn raufte sich die Haare. »Das klingt ja nicht so gut. Immerhin ist er schon über siebzig. Zum Glück hat er jetzt Gesa. Ich werde in den nächsten Tagen mal bei ihm vorbeischauen.« Er wandte sich wieder Lilly zu. »Ich habe übrigens nur Gutes von dem Gymnasium in Westerland gehört. Der Sohn eines Freundes von mir geht dort zur Schule. Die Lehrer sollen in Ordnung sein und die Stimmung unter den Schülern sowieso.«

Lilly nickte. »Ich habe schon im Netz recherchiert und ein paar Leute auf *Facebook* gefunden. Wir haben schon gechattet.«

»Super!«, sagte Björn und grinste. »Wie haben wir das früher nur ohne Internet gemacht?«

Lilly lachte. »Ja, das muss richtig langweilig gewesen sein. Da gab es noch nicht mal Handys.«

Nach dem Essen verschwand Lilly in ihrem Zimmer und Björn half Kathi beim Abräumen.

»Gibt es eigentlich was Neues von Christoph?«, fragte Kathi, während sie gemeinsam das Geschirr in die Spülmaschine stellten.

»Ich habe gestern mit dem Arzt gesprochen. Keine wirkliche Änderung. Wir müssen jetzt bald darüber entscheiden, in welches Pflegeheim Christoph kommt. Ich habe mich schon erkundigt, aber alles hängt natürlich davon ab, wie es hier weitergeht.«

Kathi sah ihn fragend an.

»Martin hat mir heute einen Vorschlag gemacht«, sagte Björn zögernd.

»Vorschlag?«

»Er will aufhören. Nicht irgendwann, sondern ziemlich schnell. Und er bietet mir die Praxis an.«

»Was? Das sagst du erst jetzt?« Kathi war vollkommen baff angesichts dieser neuen Entwicklung.

»Ich wollte das vor Lilly nicht sagen. Sie war in der letzten Zeit schon genug Umwälzungen ausgesetzt.«

Kathi sah ihn fragend an, woraufhin Björn fortfuhr: »Martin hat natürlich Bedingungen gestellt. Er will, dass ich ihm meine Hälfte dieses Hauses überschreibe. Als Ablöse sozusagen. Und dann muss ich ihm natürlich monatlich Miete für die Praxis zahlen. Über die Höhe müsste ich noch mit ihm verhandeln. Auf jeden Fall müssen wir dann aus dem Haus raus. Und du weißt ja, wie schwierig es ist, auf Sylt etwas zu finden. Er hat mir die Wohnung über der Praxis angeboten. Aber die ist bei Weitem nicht so komfortabel wie das Haus hier.«

»Wäre ein Zimmer für Lilly vorhanden?«, fragte Kathi sofort.

»Das schon. Nicht so groß wie unser Gästezimmer, aber es sollte reichen. Schlafzimmer, Wohnzimmer, Küche und Bad. Etwas über hundert Quadratmeter, würde ich sagen.«

»Ich könnte auf jeden Fall zu Fuß zum Café gehen. Lilly hätte uns beide in greifbarer Nähe. Ich brauche den ganzen Platz hier nicht«, sagte Kathi und ging zum Kühlschrank, um eine Flasche Weißwein zu holen.

»Nimmst du zwei Gläser mit? Wollen wir nicht lieber ins Wohnzimmer gehen und das in Ruhe besprechen?«

Als sie nebeneinander auf dem Sofa saßen und Kathi den Wein eingeschenkt hatte, fragte sie Björn: »Das klingt doch alles gut, oder?«

»Ein Schnäppchen ist es nicht gerade. Und ich muss auf jeden Fall noch einen Kollegen für die Praxis auftreiben, weil ich ansonsten nicht auf den notwendigen Umsatz komme. Jemanden zu finden, ist nicht so einfach. Er oder sie braucht auch eine Wohnung, und wenn noch die Familie dranhängt, stellt sich wieder die Frage, ob alle auf Sylt leben wollen. Außerdem bin ich weiterhin von Martin abhängig. Das Haus, in dem sich die Praxis befindet, bleibt natürlich in seinem Besitz. Und falls er unerwartet sterben sollte, würde es Annemarie erben. Was das heißt, brauche ich dir nicht zu erzählen.«

»Wenn du mit ihm einen langfristigen Mietvertrag vereinbarst, haben wir doch Sicherheit. Zehn oder fünfzehn Jahre zum Beispiel.«

»Ja, daran habe ich auch schon gedacht.«

»Aber?« Kathi spürte deutlich, dass da noch mehr war.

Er zögerte kurz, bevor er antwortete: »Sabrina hat mich heute angerufen. Sie sagt, Dr. Bohlen will nicht länger warten. Ich müsse mich in den nächsten zwei Tagen entscheiden, ansonsten würde er die Praxis einem der anderen Bewerber anbieten.«

»Und jetzt hast du Angst, dass du, wenn du dich nicht mit Martin einigst, am Schluss beides verlierst?«

Björn trank einen großen Schluck aus dem Weinglas. »Ja, so in etwa. In der letzten Zeit hat Martin so häufig seine Meinung geändert, dass ich wirklich nicht mehr weiß, ob ich ihm trauen kann. Und wenn Annemarie ihn wieder becirct?«

Kathi zog den Zeitungsartikel aus der Tasche und reichte ihn Björn.

»Das habe ich heute von Onkel Fritz zugeschickt bekommen. Ich habe ihm bei meinem Besuch von der Praxis erzählt, und daraufhin hat er sich wohl daran erinnert.«

Björn faltete den Zettel auseinander und las die Nachricht.

»Was ist das denn?«, fragte er fassungslos.

»Die Praxis liegt nur ein paar Kilometer von Dr. Bohlens entfernt. Er muss doch davon gewusst haben, oder?«

»Selbstverständlich. So etwas bleibt nicht geheim. Und wenn sie jetzt schon in der Zeitung steht, muss die neue Praxis bereits eine ganze Weile in Planung gewesen sein. Mit Konkurrenz muss man natürlich immer rechnen, aber je mehr Praxen in der Nähe sind, desto weniger bekommt man beim Verkauf für die eigene. Deshalb hat Kollege Bohlen es also so eilig. Das kam mir die ganze Zeit schon spanisch vor.«

»Und jetzt?«, fragte Kathi.

Björn zuckte mit den Achseln. »Besteht die Welt eigentlich nur aus Gaunern?«, fragte er gedankenverloren. »Ich fasse es nicht. Mir das einfach zu verschweigen. Sabrina muss doch auch davon gewusst haben.«

»Nicht unbedingt. Sie ist schließlich keine Tierärztin.«

»Mag sein.«

»Bis wann will Dr. Piper eine Antwort von dir?«

»Darüber haben wir nicht gesprochen. Aber ich glaube, er will schnell Nägel mit Köpfen machen. Ihm scheint die ganze Situation über den Kopf zu wachsen.« Er sah Kathi fragend an. »Was machen wir denn jetzt bloß?«

Kathi nahm Björn liebevoll in den Arm. »Wir schlafen eine Nacht darüber, und morgen nehmen wir uns richtig Zeit, um zu entscheiden. Ich rufe gleich Neele an, dass ich morgen nicht komme. Sie wird es auch allein schaffen. Wir machen einen langen Sparziergang am Strand und gehen später irgendwo etwas essen. Dann haben wir genug Zeit, um eine Entscheidung zu fällen.«

Björn küsste sie zärtlich. »Das ist eine gute Idee. Martin hat bestimmt auch Verständnis dafür, wenn ich morgen nicht komme.«

Kurz darauf hörten sie Schritte auf der Treppe, und im nächsten Moment schaute Lilly ins Zimmer hinein. »Ich wollte euch gute Nacht sagen.« Sie stutzte und sah die beiden mit zusammengezogenen Augenbrauen an. »Ist alles in Ordnung?«

Björn stand auf und ging zu ihr.

»Ja, es ist alles in Ordnung. Schlaf gut.«

Lilly beugte sich leicht vor und gab ihm einen Kuss auf die Wange.

»Ihr auch«, sagte sie lächelnd und lief die Treppe hoch.

Kapitel 18

Kathi sah zum Himmel hinauf. Die Sonne war wenige Minuten zuvor aufgegangen und verhieß einen wunderschönen Frühherbsttag. Das Thermometer würde laut Wetterbericht bis auf zwanzig Grad steigen, der Wind nur mäßig wehen, und Regen war weit und breit nicht in Sicht. *Genau das richtige Wetter für eine Eröffnung*, dachte Kathi. Als sie das Café betrat, kam Neele ihr aus der Küche entgegen.

»Du bist schon da?«, fragte Kathi verwundert.

»Ich konnte nicht mehr schlafen. Und da dachte ich mir …«

»Sicher ist sicher«, beendete Kathi den Satz für sie.

»Genau! Aber es scheint alles in Ordnung zu sein. Die Desserts, die ich gestern vorbereitet habe, sehen gut aus, und den Rest habe ich in der Mache.«

Kathi zog ihre Jacke aus und machte einen Rundgang durch die Räume. Im größten Zimmer stand eine große verglaste Verkaufstheke, in der die Kuchenspezialitäten präsentiert werden konnten. Der Boden war mit rustikalen Eichendielen ausgelegt. Passend zum Charakter des alten Hauses, hatte Kathi Binsenstühle anfertigen lassen. Die standen zu zweit oder zu viert um je einen der kleinen Holztische aus heller Eiche gruppiert. Neben dem großen Gastraum gab es zwei weitere kleinere Räume, in denen jeweils acht bis zehn Gäste Platz finden konnten. Die Eröffnungsfeier sollte gegen ein Uhr mit einem kleinen Umtrunk beginnen. Danach würde es das *Fingerfood* geben und anschließend das Dessert.

»Ich habe meine Klamotten für später ins Büro gelegt«, sagte Neele, als Kathi zu ihr in die Küche kam.

»Habe ich schon gesehen. Kein Problem.«

»Wann kommt denn das *Fingerfood*?«

»Hauke wollte es persönlich vorbeibringen. Wahrscheinlich so gegen elf Uhr. Wir müssen nur etwas Platz in der Kühlung lassen.«

»Denke ich dran. Schälst du die Äpfel? Der Teig liegt schon im Gefrierfach.«

»Schon dabei«, sagte Kathi, band sich die Schürze um und machte sich an die Arbeit.

Kurz nach zehn stieß Gesa zu den beiden dazu.

»Wie geht es Renke heute?«, fragte Kathi sofort.

»Er hält sich tapfer«, antwortete Gesa. »Elke und Lilly leisten ihm gerade Gesellschaft. Ich löse sie nachher ab.«

Kathi schaute sie enttäuscht an. »Dann kann er tatsächlich nicht zur Eröffnung kommen?«

»Er will unbedingt. Aber ich weiß nicht, ob das so gut ist. Du kennst ja den alten Sturkopf. Wenn der sich mal was in den Kopf gesetzt hat, ist er nur schwer davon abzubringen. In den letzten Tagen ging es zwar bergauf, aber ich will ihn jetzt nicht überfordern.«

»Das verstehe ich doch«, sagte Kathi. »Thade macht einen kleinen Film von der Eröffnung. Den bringe ich euch morgen gleich vorbei.«

»Vielleicht hilft das ja. So, jetzt aber an die Arbeit. Was ist zu tun?«

Punkt elf stand Hauke vor der Tür.

»Bin ich hier richtig im Café *Sylter Wolken*?«, fragte er grinsend.

»Ich glaube, ja, mein Herr«, antwortete Kathi schmunzelnd.

»Oh, die Chefin persönlich. Bekomme ich eine exklusive Führung?«

»Selbstverständlich, Hauke. Komm rein. Sag mal, ich habe schon ein paar Tage nichts mehr von Maja gehört. Geht es ihr gut?«

»Ich hoffe. Gestern haben wir auch nicht telefoniert. Ich konnte sie nicht erreichen. Wenn ich heute Abend mit ihr spreche, sage ich ihr, dass sie dich anrufen soll.«

Kathi führte ihren ehemaligen Chef durch die Räume und zeigte ihm als Letztes die Küche.

»Beeindruckend«, sagte er und fügte schmunzelnd hinzu: »Da bin ich ja mal froh, dass du kein Restaurant eröffnest. Das würde mir sicher reichlich Konkurrenz machen. Die *Sylter Wolken* werden wir doch weiter bekommen, oder?«

»Auf jeden Fall. Wir bieten natürlich noch weitere Spezialitäten an. Wenn du willst, bringe ich dir gerne ab nächster Woche etwas aus unserem Programm zum Probieren vorbei.«

»Gute Idee«, sagte Hauke. »Dann hole ich mal das *Fingerfood,* und danach werde ich mich zu Hause etwas schick machen.«

Als Hauke zu seinem Wagen schlenderte, sagte Gesa zu Kathi: »Ich geh denn gleich mal. Wann kommt eigentlich Björn?«

Kathi schaute auf die Uhr. »Er ist mit Dr. Piper beim Notar. Eigentlich wollte er schon da sein. Die Praxis ist ja heute zu.«

»Ich finde es wunderbar, dass er sich entschlossen hat, hier auf Sylt zu bleiben. Wann werdet ihr denn umziehen?«

»Das steht noch nicht fest. Die Wohnung muss noch komplett renoviert werden. Wahrscheinlich dauert das bis Ende Oktober.«

»Für euch drei ist das doch eine gute Lösung.« Gesa holte einen Schlüssel aus der Tasche und reichte ihn Kathi. »Der Schlüssel für oben. Hast du schon überlegt, wann du es Elke sagst?«

»Das wollte ich eigentlich heute machen. Sie kommt ja nachher zusammen mit Lilly vorbei.«

»Und du hast dir das gut überlegt?«

»Ja, Oma. Das habe ich. Und jetzt ab mit dir zu Renke. Der wartet wahrscheinlich schon sehnsüchtig auf dich.«

Gesa umarmte sie. »Ich möchte Renke im Moment auf keinen Fall allein lassen. Du verstehst das doch sicher. Und falls wir nachher nicht kommen können: Schon mal jetzt herzlichen Glückwunsch! Ich wünsche dir alles Gute für deinen neuen Start hier auf Sylt. Willkommen zu Hause!« Sie küsste Kathi auf beide Wangen und umarmte sie noch einmal herzlich.

Kathi sah, dass Gesa den Tränen nah war, und reichte ihr ein Taschentuch. »Hey, ich bin doch die Heulsuse von uns beiden.« Sie wurde ernst.

»Danke, Oma. Für alles. Was hätte ich nur ohne dich gemacht?«

»Papperlapapp. Du hättest auch so deinen Weg gemacht. Und jetzt gehe ich, bevor ich wirklich noch anfange, zu weinen.«

Kathi begleitete sie zur Tür und winkte ihr hinterher.

»Kommen Gesa und Herr Frerichs später auch?«, fragte Neele, die sich soeben im Büro umgezogen hatte und jetzt neben ihr stand.

»Sie weiß es noch nicht«, sagte Kathi. »Ich fahre jetzt auch kurz nach Hause, um mich umzuziehen.«

»Und ich halte hier die Stellung.«

Kurze Zeit später stand Kathi vor dem Spiegel im Badezimmer und zog sich die Lippen nach. Ihr neues Kleid, das sie zwei Tage zuvor zusammen mit Björn gekauft hatte, lag im Schlafzimmer bereit. In Gedanken ging sie ihre Rede durch. Gesa und Renke hatten darauf bestanden, dass die Geschäftsführerin ein paar Worte sagen müsse. Widerstrebend hatte sie zugestimmt, ohne zu ahnen, welche Schwierigkeiten ihr das bereiten würde. Nachdem sie mit Müh und Not eine Rede geschrieben hatte, hatte sie den Text wenig später wieder verworfen. Schließlich schrieb sie sich nur Stichworte auf und hoffte, dass ihr spontan etwas einfallen würde.

»Bist du oben, Liebes?«, rief Björn von unten herauf.

»Gleich fertig«, antwortete Kathi, ging ins Schlafzimmer und zog sich schnell ihr Kleid über.

»Hängt mein Anzug im Schrank?«, fragte Björn, als sie sich vor dem Schlafzimmer trafen.

»Habe ich alles schon rausgelegt. Du musst dich nur noch anziehen und mitkommen. Alles gut gegangen beim Notar?«

»Ja, aber der gute Mann musste den ganzen Vertrag vorlesen, und das hat gedauert.« Björn breitete die Arme aus. »Vor dir steht der frisch gebackene Inhaber einer Tierarztpraxis.«

»Dann passen wir ja gut zusammen«, antwortete Kathi lachend.

»Stimmt. Ich muss ja noch gratulieren.«

»Später. Jetzt zieh dich um, sonst fahre ich allein los«, sagte Kathi und ging die Treppe hinab.

Brummend zog Björn ab und kam fünf Minuten später nach unten.

»Was sagst du?«, fragte er. »Nimmst du mich so mit?«

Sie musterte ihn mit strengem Blick. »Ausnahmsweise.«

»Fantastisch!«, jubelte Björn und umarmte sie.

»Nicht so stürmisch. Meine Frisur muss noch ein paar Stunden halten.«

Lachend gingen sie zusammen aus dem Haus und stiegen ins Auto.

Auf der Fahrt erzählte Björn von einem Gespräch, das er am Vormittag mit seinem Kollegen aus Hamburg geführt hatte. Dieser hatte ihm mitgeteilt, dass die Praxis von Dr. Bohlen immer noch nicht verkauft wäre und es offensichtlich auch keine weiteren Interessenten mehr gäbe.

»Der Kelch ist zum Glück an mir vorbeigegangen«, sagte Björn, als er das Auto vor dem Café parkte. »Dank meiner lieben Frau, die die besten Kontakte ins *Alte Land* hat.«

Er beugte sich zu ihr hinüber, küsste sie, und Kathi spürte, wie die Last der vergangenen Tage von ihr abfiel.

Als Kathi die Tür vom Café aufschloss, kam ihr Lilly entgegen. Sie drehte sich einmal um sich selbst.

»Wow!«, sagte Kathi. »Perfektes Outfit für den Job.«

Lilly grinste. »Eigentlich mag ich ja lieber grelle Farben und kürzere Röcke. Aber weil du es bist, habe ich eine Ausnahme gemacht. Elke ist übrigens in der Küche bei Neele. Falls du sie suchst.«

Kathi strich dem Mädchen liebevoll über die Schulter und ging weiter.

In der Küche stand ihre Mutter neben Neele und ließ sich erklären, welche Desserts serviert werden sollten.

»Hallo, ihr beiden.«

»Hallo, Kathi«, sagte Elke. »Neele weist mich gerade ein.«

»Hast du noch kurz Zeit für mich?«, fragte Kathi ihre Mutter.

»Klar. Worum geht es?«

»Kommst du mit?«

Kathi führte Elke in die Dachgeschosswohnung. Nach einem kurzen Rundgang reichte Kathi ihr den Schlüssel, den sie von Gesa bekommen hatte.

»Oma wollte hier eigentlich einziehen. Aber jetzt hat sie sich ja anders entschieden, und deshalb hat sie vorgeschlagen, dass du die Wohnung bekommst.«

Elke sah sie verblüfft an.

»Oma hat ihre Möbel einlagern lassen. Vielleicht kannst du ja welche davon gebrauchen. Wir können morgen gerne mal ins Lager fahren.«

Elke schluckte. »Das ist eine … Überraschung.«

»So bist du in Zukunft auch in Lillys Nähe. Wir ziehen ja bald gegenüber in die Praxiswohnung ein.«

»Ja, das hat Lilly mir erzählt.« Elke ging einen Schritt auf ihre Tochter zu. »Sag mal, Kathi, war es auch deine Entscheidung, dass ich hier einziehen kann?«

»Ja«, sagte Kathi ohne Umschweife. »Ich musste etwas darüber nachdenken, aber jetzt bin ich absolut damit einverstanden.«

»Danke«, sagte Elke. »Es tut gut, das zu hören. Vielleicht haben wir ja noch eine Chance. Eine kleine. Was meinst du?«

Kathi nickte. »Ich hoffe es«, sagte sie leise. »Es wäre schön.«

Aus dem Erdgeschoss rief jemand Kathis Namen.

»Ich glaube, wir müssen nach unten«, sagte Elke. »Kommst du?«

Nach und nach füllte sich das Café mit Gästen. Kathi begrüßte alle persönlich und sprach ein paar Worte mit jedem von ihnen. Neele, Elke und Lilly schenkten Prosecco oder Orangensaft aus. Gerade als Kathi mit ihrer Rede anfangen wollte, öffnete sich die Tür, und Renke kam an Gesas Arm herein.

Schnell eilte Kathi zu ihnen und umarmte Renke. »Ich freue mich ja so, dass du gekommen bist. Die Feier wäre ohne dich nur halb so schön gewesen. Immerhin bist du …«

»Zu viel der Ehre«, unterbrach Renke Kathis Redeschwall. »Ich habe dich nur etwas unterstützt. Alles andere ist dein Werk. Sind wir noch rechtzeitig zu deiner Rede gekommen?«

Kathi schaute etwas verlegen. »Rede? Ich wollte eigentlich nur ein paar Worte sagen.«

»Du machst das schon«, mischte sich Gesa ein und wandte sich dann an Renke: »Und wir beide werden uns jetzt einen schönen Sitzplatz suchen.«

Kathi sah den beiden hinterher. So sehr sie sich freute, dass Renke gekommen war, ihm war deutlich anzusehen, wie krank er war. Sie beschloss, darauf zu drängen, dass Gesa bald wieder mit ihm nach Hause fuhr.

Dann sah Kathi zu Björn, der kurz nickte und vorsichtig mit dem Löffel gegen ein Glas schlug. Langsam verstummte das Stimmengewirr. Kathi räusperte sich und atmete tief durch.

»Zuerst einmal möchte ich Sie und euch herzlich willkommen heißen in unserem neuen Café.« Sie machte eine Pause und sah in die Runde. »Ich habe vor ein paar Tagen eine lange Rede geschrieben, die ich eigentlich heute halten wollte. Aber als ich sie gestern noch einmal durchgelesen habe, klang alles so, als hätte … ja, als hätte jemand anderes sie geschrieben. Deshalb …«, sie hob beide Hände, »… habe ich den Zettel zu Hause gelassen und werde jetzt nur ein paar ganz persönliche Worte sagen.«

Kathi spürte, dass sich ihre anfängliche Aufregung mit jedem weiteren Wort legte, und sie wusste plötzlich ganz genau, was sie sagen wollte.

»Ich bin nicht auf Sylt geboren, aber eigentlich habe ich mich immer wie eine Insulanerin gefühlt. Fast die gesamten Ferien habe ich in meiner

Kindheit und Jugend bei meinen geliebten Großeltern hier auf Sylt verbracht. Ich war in Hochstimmung, wenn ich aus dem Zug in Westerland ausstieg, und traurig, wenn es zurückging. Einmal habe ich mich sogar versteckt und damit tatsächlich einen ganzen Tag gewonnen. Von dem Ärger, den ich damals mit Gesa bekommen habe, will ich jetzt nicht reden.« Die Gäste lachten und Kathi wartete, bis es wieder ruhig geworden war, ehe sie fortfuhr: »Als ich im Frühjahr alles verloren hatte, was mein Leben bis dahin ausgemacht hatte, bin ich mit einem Koffer und meinem Kater Walter zum Hamburger Hauptbahnhof gegangen und spontan in den nächsten Zug nach Sylt gestiegen. Es hatte sich angefühlt, als würde ich nach Hause kommen – nach langer, langer Zeit. Die salzige Luft, das Rauschen der Nordsee, das ruhige Watt und natürlich zuallererst meine liebe Oma Gesa. Sie hat mich aufgenommen. Ohne zu fragen, ohne den geringsten Vorwurf, so, als wäre es das Normalste der Welt, wenn die erwachsene Enkelin plötzlich mit Sack und Pack vor der Tür steht.« Kathi musste kurz innehalten. Sie nahm das Taschentuch, das Björn ihr reichte, und wischte sich damit über die Augen. »Gesa hat mich aufgemuntert und ist mit mir so lange am Strand entlanggelaufen, bis mein Kopf wieder frei wurde. Sie war einfach da, wie sie immer für mich da gewesen ist. Natürlich hat sie auch noch dafür gesorgt, dass ich in Arbeit und Brot komme. Ich bekam im Restaurant *Kate* eine neue Chance …« Kathi brach mitten im Satz ab, als sie bemerkte, dass Hauke jemanden stürmisch umarmte. Ihr stockte der Atem, als sie die Frau erkannte. Es war Maja. Mit einem Lächeln auf den Lippen räusperte Kathi sich und sprach weiter: »Ja, in der *Kate* habe ich nicht nur viele nette Kollegen getroffen, sondern auch eine Freundin fürs Leben gefunden. Sie hat mir geholfen und mich unterstützt. Und ich sehe gerade, dass sie sich auf den langen Weg von den Malediven zu uns hierher nach Sylt gemacht hat und jetzt dort hinten steht. Auch wenn ich weiß, dass sie nicht nur wegen der Eröffnung gekommen ist, freue ich mich unglaublich darüber, dass sie wieder da ist.« Sie winkte Maja zu, die sich von Hauke löste und ihr eine Kusshand zuwarf. Noch

einmal holte Kathi tief Luft, um zum Ende ihrer Rede zu kommen. »Dass ich bei ihr in der *Kate* arbeiten und lernen durfte, habe ich einem Mann zu verdanken, der, obwohl es ihm im Moment krankheitsbedingt nicht so gut geht, heute hier ist. Renke Frerichs hat mir nicht nur den Arbeitsplatz verschafft, sondern auch den Grundstein gelegt, sodass wir heute hier stehen und die Eröffnung des *Sylter Wolken* feiern können. Er ist inzwischen viel mehr als ein Geschäftspartner für mich. Danke, Renke.« Nach einem kurzen Blick zu Renke, der sie anlächelte, fuhr Kathi fort: »So, jetzt habe ich viel mehr geredet, als ich eigentlich wollte. Bestimmt habe ich vergessen, den einen oder anderen zu erwähnen. Seid mir bitte nicht böse. Ihr dürft euch dafür später ein Extra-Dessert nehmen, das Neele, meine treue Mitarbeiterin, so liebevoll hergestellt hat. Unterstützt werden wir heute von Lilly und meiner Mutter. Meine Mutter hat sich übrigens vor Kurzem auch dazu entschlossen, wieder in die Heimat zurückzukommen. Sie wird bald in die Oberwohnung des Cafés einziehen und, wenn ich Glück habe, mir ab und an bei der Arbeit helfen. Ja, dann wäre sozusagen die ganze Familie wieder zusammen.«

Kathi sah, wie Gesa Tränen über die Wangen liefen und Elke ihren Arm um Gesas Schultern legte. Sie lächelte beiden zu und holte noch einmal tief Luft.

»Ich eröffne jetzt das Büfett, möchte mich aber vorher noch bei einer Person bedanken, die mich in den letzten Monaten der Arbeit und Planung ertragen und immer unterstützt hat: Björn, der Mann meines Lebens.«

Björn, der jetzt neben ihr stand, nahm sie in den Arm und küsste sie zärtlich. Als die Gäste anfingen zu klatschen, flüsterte Björn ihr ins Ohr: »Ich liebe dich!«

Kathis Augen wurden feucht. Sie umarmte Björn und sagte ebenso leise wie er: »Ich liebe dich auch.«

Sylter Sterne – Beerenmuffins

Zutaten

250 g Beeren (gemischt, gern herbere oder säuerliche Beeren)
100 g Margarine
150 g Zucker
1 Pck. Vanillezucker
2 Eier
1 Prise Salz
150 ml Buttermilch
250 g Mehl
2 TL Backpulver
½ TL Natron
etwas Fett für die Form

Zubereitung

1 Die Muffinform einfetten (im Internet sind Muffinformen in Sternform erhältlich).

2 Die Beeren etwas klein schneiden, tiefgekühlte vorher auftauen. Margarine, Zucker, Vanillezucker, Eier, Salz und die Buttermilch mit einem Handrührgerät schaumig schlagen.

3 Das Mehl mit dem Backpulver und dem Natron vermischen und mit der Eiermasse verrühren. Anschließend die Beeren unter den Teig heben.

4 Dann in die Förmchen füllen und im vorgeheizten Backofen bei 200°C 20-25 Minuten backen.

5 Die Muffins erst nach 5 Minuten aus den Förmchen nehmen, sonst fallen sie zusammen.

Tipp:
Falls zur Hand, ca. 1/3 Krähenbeeren und 2/3 Sanddorn verwenden. Dann gegebenfalls etwas mehr Zucker hinzufügen.

Guten Appetit!

Sarah Mundt

Sarah Mundt lebt mit Mann und Kindern in der Nähe von Oldenburg. Sie arbeitet für eine Werbeagentur und schreibt schon seit ihrer Kindheit. Mit „Sylter Wolken“ legte sie ihren ersten erfolgreichen Roman vor. Die Autorin kennt Sylt seit Kindertagen, in der sie mit den Eltern den Urlaub auf verschiedenen Nordseeinseln verbrachte – bevorzugt auf Sylt. Seither nutzt sie jede Gelegenheit, ihre Lieblingsinsel zu besuchen.

Sylter Wellen – Band 3 der Sylt-Saga

Als hätte Kathi es nicht irgendwie geahnt! Kaum ist das Café „Sylter Wolken" im Haus ihrer Großmutter eröffnet, da steht neue Aufregung ins Haus. Die schon sicher geglaubte Finanzierung des Cafés steht auf wackligen Beinen, weil Hauke, der Sohn ihres Kompagnons Renke, sein Erbe einfordert, um sein in Schieflage geratenes Restaurant zu retten. Auch mit der Tatsache, dass Oma Gesa und Renke ihre Hochzeit planen, kann er sich nicht abfinden. Es droht Familienkrach und ein endgültiges Zerwürfnis zwischen Vater und Sohn.

Kathis Versuche, zwischen den Streithähnen zu vermitteln und den Frieden wiederherzustellen, bewirken eher das Gegenteil. Plötzlich sitzt sie zwischen allen Stühlen. Als dann noch Renke ernsthaft erkrankt und auf eine Organspende eines nahen Verwandten angewiesen ist, scheint die Situation aussichtslos. Bis Oma Gesa schließlich mit einem lange gehüteten Geheimnis herausrückt, das alles noch zum Guten wenden kann.

Nachwort von tolino media

Liebe Leserinnen und Leser,

Sie haben sich für ein Buch entschieden, das vom Autor selbst verlegt wird. Es ist im Rahmen des *tolino media Selfpublishing* erschienen und gehört zur Reihe *tolino books*, die den Weg vom eBook zum gedruckten Buch gefunden haben. So vielfältig die Werke der *tolino books*, so unterschiedlich sind auch die Selfpublishing-Szene und ihre Autoren. Jeder hat seine eigenen Ideen und Gedanken sowie eine ihm eigene Motivation, warum er oder sie überhaupt Autor geworden ist. Gegenwärtig kursieren verschiedene Bezeichnungen: von Selfpublisher über Indie-Autor bis einfach „nur" Autor. Und dann gibt es noch sogenannte Hybridautoren, die mit Verlagen zusammenarbeiten und nur einen Teil ihrer Bücher selbst verlegen. Für unser Verständnis ist dieses Schubladendenken überholt. Wie auch immer der Verfasser bezeichnet wird und welchen Vertriebsweg beziehungsweise welches Format er oder sie wählt: Wichtig ist allein, dass gute Bücher Sie als Leser erreichen.

Selfpublishing bedeutet, dass der Autor unabhängig vom Verlag handelt: Er schreibt sein Buch in seinem Stil, in dem von ihm gewählten Genre, ohne Vorgaben Dritter. Er bestimmt die Zielgruppe und somit auch die Marketingaktionen und -strategien. Und auch den Preis. Das hat unmittelbar Einfluss auf seinen Erfolg (oder Misserfolg). Je gezielter seine Vorbereitungen und je konkreter seine Vorarbeit, desto eher stellt sich auch das gewünschte Ergebnis ein – nämlich viele Leser für sein Buch. Zwar ermöglicht es der wachsende Onlinemarkt, dass die Erstellung eines eBooks und die damit verbundenen Produktionskosten im Gegensatz zu einem Printtitel marginal sind, doch fallen im Gegenzug bestenfalls Investitionen in ein einschlägiges Cover, ein professionelles Lektorat und gezieltes

Marketing an. All dies, um Ihnen als Leser eine erstklassige Lektüre zu verschaffen.

Entschieden einst die Verlage und Lektoren über die Auswahl der Manuskripte, ist heute eine aktive Teilnahme der Autoren am Buchmarkt (und der damit verbundenen Leserschaft) direkt möglich. Autoren, die sich entscheiden, ihre Bücher in Eigenregie herauszubringen, behalten die Hoheit über ihre Bücher – vom Schreiben bis hin zum Verkauf. Hier dürfen Sie sich aber keinen Illusionen hingeben: Dies bedeutet eine Menge Arbeit, Verantwortung und Risiko – auf eigene Kosten. Was traditionell ein Verlag übernimmt, muss ein Selfpublisher alleine stemmen. Dies verlangt eine Menge Wissen und Disziplin. Denn auch im Selfpublisher-Markt gilt: Nur mit erstklassiger und konsequenter Arbeit stellt sich auch Erfolg ein.

Wir als *tolino media* unterstützen unsere Autoren ganz gezielt bei ihrem Buchprojekt. Dass Sie als Leser heute dieses Buch in der gedruckten Ausgabe in Ihrer Hand halten, ist ein Teil unseres Anliegens und macht uns stolz.

Tolino media glaubt an den stationären Buchhandel und an einen gemeinsamen Markt für Print- und eBooks. Statt Entweder-oder machen wir uns für ein Sowohl-als-auch stark: Jeder Kunde sollte ein Buch in seinem Lieblingsformat erwerben können, egal ob digital oder gedruckt. Die Bücher der Selfpublisher werden von einigen Kollegen in der Buchbranche nach wie vor unterschätzt und belächelt. Dies ist unserem Verständnis nach nicht richtig. Wir glauben an unsere Autoren und zeigen mit den *tolino books*, dass deren Titel gleichberechtigt mit Verlagstiteln in den Regalen der Buchhändler stehen können. Davon profitieren vor allem Sie als Leser.

Im Herbst 2015 starteten wir mit zehn Büchern die *tolino-books*-Reihe, darunter Sarah Mundts Debütroman *Sylter Wolken*. Der locker leichte Liebesroman begeisterte die Leser und Buchhändler zugleich, daher freut es uns sehr, mit dem Folgeband unsere Reihe fortzusetzen. Auch dieses Mal hat es sehr viel Spaß gemacht, gemeinsam mit Sarah das Buch herauszubringen. Herzlichen Dank!

München, 2016
Ihr Team von *tolino media*